1. Kapitel

Southport, England, Ende Mai 2008

Laura van Dyck öffnete die Tür des Krankenzimmers und betrat den Raum. An diesem Morgen im späten Frühling fiel ein Strahl goldgelben Sonnenlichts auf das Krankenbett, in dem eine alte Frau lag. Gegenüber, auf der anderen Seite des Bettes mit dem Rücken zur Sonne, saß eine weitere Frau mittleren Alters.

»Was ist passiert? Warum ist sie hier?«

Laura hatte die Tür hinter sich kaum geschlossen und das Bett, an dem ihre Mutter Georgina bereits wachte, erreicht, als die Sorge um ihre Tante Harriet die Oberhand gewann. Sie nahm sich nicht mal die Zeit, ihren Mantel abzulegen.

»Mama, sag schon, was ist passiert?«, bedrängte sie ihre Mutter Georgina. Besorgt sah sie auf ihre Tante hinab. Deren Hände waren runzlig und faltig, übersät von Altersflecken. Deutlich hoben sich die Venen hervor, woben ein Gespinst unter der papierartigen Haut. Laura stellte sich das darin fließende Blut vor, langsam und träge, ohne den Elan und die Kraft der Jugend. Was, wenn es einfach nicht mehr weiter fließen wollte? Wenn der Strom der großen Umwälzpumpe, des Herzens, einfach versiegte? Beklommen blickte Laura zuerst in das Gesicht ihrer Tante, dann in das ihrer Mutter.

»Die Ärzte sagen, sie sei gestürzt.« In Georginas blauen Augen stand Bestürzung. »Die Pflegerin fand sie heute Morgen beim Schichtwechsel. Sie ist anscheinend nachts aufgestanden und wohl über die Kante ihres Teppichs gestolpert.«

»Aber wieso hat denn die Nachtschwester sie nicht gehört? Sie wird doch bestimmt um Hilfe gerufen haben?« Es schien undenkbar, dass ihre Tante stundenlang auf dem Boden ihres Zimmers des Seniorenheims, nur wenige Schritte von ihrem Bett entfernt, gelegen haben musste.

»Sie wurde bereits befragt und beteuerte mehrmals, dass sie Harriet nicht rufen gehört hat.« Georgina wirkte unsicher. Sie sackte ein winziges Stück in sich zusammen, dann richtete sie sich jedoch wieder auf und blickte ihre Tochter an, die dieselbe Augenfarbe wie Georgina hatte. »Ich denke schon, dass man ihr glauben kann, Laura.«

»Welche Untersuchungen sind denn bis jetzt gemacht worden, Mama?«, fragte sie.

»Sie haben eine Kernspin durchgeführt. Die Bilder werden gerade ausgewertet. Die Ärzte vermuten ein Gerinnsel im Gehirn. Das könnte erklären, warum sie sich nicht bemerkbar gemacht hat.«

»Oh nein!« Der Schmerz, der sich in Laura ausbreitete, war tief und dunkel. Er war unglaublich schnell, drang in Sekundenbruchteilen bis in die letzte Faser ihres Körpers vor, lähmte sie und ließ ihre Kehle trocken werden. Was, wenn Harriet nie wieder aus der Bewusstlosigkeit erwachte? Oder, falls doch, wenn sie nie wieder dieselbe werden würde wie früher?

»Ja. So haben sie Harriet gefunden, und seitdem hat sich ihr Zustand nicht verändert.«

»Sie darf nicht sterben, Mama«, flüsterte Laura gequält und konnte nicht verhindern, dass ihr die Tränen die Wangen hinab-

Anne Colwey

Das Erbe von La Florentina

Das Buch

Als ihre geliebte Tante Harriet stirbt, ist Laura am Boden zerstört. Zu ihrer Mutter hat sie kein gutes Verhältnis und als sie dann auch noch ihren Job als Köchin verliert, ist sie endgültig verzweifelt. Ihr Traum vom eigenen Restaurant rückt wieder einmal in weite Ferne. Doch dann erreicht sie unerwartet Post aus Italien: Harriet hat ihr ein Weingut im malerischen Kampanien hinterlassen. Laura fliegt Hals über Kopf nach Süditalien. Das Weingut La Florentina liegt idyllisch an den Hängen der Amalfiküste hoch über dem Meer. Für Laura ist klar: Sie will das Weingut so schnell wie möglich verkaufen und das Kapital für ihren Lebenstraum zu nutzen. Doch weder hat sie mit dem sturen und wahnsinnig gutaussehenden Gutsverwalter Matteo gerechnet, noch damit, dass seine und ihre Familiengeschichten untrennbar miteinander verwoben sind. Und Laura merkt: Nur wer seine Vergangenheit kennt, kann eine Zukunft planen ...

Die Autorin

Die in Norddeutschland lebende Schriftstellerin Anne Colwey, Jahrgang 1980, schreibt zeitgenössische, belletristische Romane. Anne Colwey veröffentlichte bisher fünf Romane und Novellen. Für die Zwillingsmutter stehen neben dem Schreiben Zeit mit ihrer Familie, Gartenarbeit und Unternehmungen im Freien an erster Stelle.

Anne Colwey

Das Erbe von La Florentina

FOREVER

Forever by Ullstein
forever.ullstein.de

MIX
Papier
FSC FSC® C083411

Originalausgabe bei Forever
Forever ist ein Verlag der Ullstein Buchverlage GmbH,
Berlin Dezember 2019 (1)

Umschlaggestaltung:
zero-media.net, München
Titelabbildung: © FinePic®
Innengestaltung: deblik Berlin
Gesetzt aus der Quadraat Pro powered by pepyrus.com
Druck- und Bindearbeiten: CPI books GmbH, Leck

ISBN 978-3-95818-525-8

rannen. Plötzlich bekam sie es mit der Angst zu tun. Nicht Harriet! Nicht ihre über alles geliebte Tante, die ihr Leben lang für Laura da gewesen war, im Gegensatz zu ihrer eigenen Mutter. Wenn Harriet ging, wer blieb Laura dann noch? Harriet war immer wie ein Puffer zwischen Laura und ihrer Mutter gewesen, hatte besänftigt, wenn es Streit zwischen den ungleichen Frauen gab. Harriet tröstete, wenn Georgina es nicht vermochte, und ermahnte, wenn Laura ihrer Mutter auf der Nase herumtanzte, was leider nur allzu häufig passiert war, sobald das Mädchen alt genug gewesen war, um zu verstehen, dass ihre eigene Mutter nicht stark genug war für ihr stures und temperamentvolles Kind. Wer sollte verhindern, dass Laura nicht doch etwas Unverzeihliches herausrutschte, wenn Harriet nicht mehr wäre? Harriet durfte einfach nicht gehen.

Jedoch sah es genau danach aus, dachte Laura voll dunkler Beklommenheit, als sie die Tränen fortwischte und zögerlich nach der Hand ihrer Tante griff. Eine innere Stimme riet ihr, sich auf das Schlimmste einzustellen und sich zu wappnen für den Moment, wenn Harriet für immer ging.

Sie spürte den argwöhnischen Blick ihrer Mutter von der anderen Seite des Bettes her. Genau hier und jetzt wurde ihre Tante schon wieder als Puffer aktiv, wenn auch unbewusst, denn Laura verkniff sich jede Bemerkung gegen ihre Mutter aus Respekt vor Harriet.

»Laura, es ist gleich zehn Uhr«, begann Georgina zögerlich. »Du musst doch zu deiner Arbeit.«

»Mama, wie kannst du jetzt an Arbeit denken?« Lauras Empörung war echt. Ihr war gerade der Boden unter den Füßen weggezogen worden, und ihre Mutter wollte zur Tagesordnung übergehen.

»Ich meine ja nur, es ist immerhin dein Job. Er ist doch wichtig. Was soll der Chef denn denken, wenn du zu spät kommst?«

Laura biss sich auf die Zunge, um sich eine Erwiderung zu verkneifen.

Sie strich über die Hand ihrer Tante. Harriets Haut fühlte sich weder kalt noch warm an, eher leblos. Ängstlich blickte sie auf den Brustkorb ihrer Tante. Hob und senkte er sich noch? Ja, zum Glück.

»Sobald ich etwas weiß, rufe ich dich an, in Ordnung? Und wenn es so aussieht, als ob ..., dann rufe ich dich ebenfalls sofort an, ja?« Ein neuer Versuch, Laura von der Seite ihrer Tante fortzubewegen. Laura ignorierte es.

»Laura, du willst doch diesen Job nicht auch schon wieder verlieren, oder? Du gehst da jetzt besser hin. Hier kannst du eh nichts ausrichten.« Die kleine verbale Spitze ihrer Mutter ließ Laura doch aufblicken.

Sie rang mit sich, einfach dort in dem sonnendurchfluteten Krankenzimmer zu bleiben, weil ihr jede Minute so kostbar erschien, die sie noch mit ihrer Tante verbringen konnte. Doch schließlich gab sie nach. Warum sie das tat, wusste sie nicht. Normalerweise war sie stur genug, die gut gemeinten Ratschläge ihrer Mutter einfach auszusitzen, aber hier mussten es wohl die außergewöhnlichen Umstände sein, die sie wanken ließen.

»Nun gut.« Laura stand auf, beugte sich zu Harriet hinab und gab ihr einen sanften Kuss auf die Wange. Für Sekundenbruchteile atmete sie noch einmal tief den ganz ureigenen Geruch ihrer Tante ein, die Mischung aus Seife, ihrer üblichen Gesichtscreme und ihres Eau de Toilette brannte sich in ihr Gehirn. Dann erhob sie sich und stand mit zusammengebissenen Zähnen vor der Szene. Ihre Mutter saß still und abwartend auf ihrem Stuhl, ein Baum am anderen Ufer des Flusses zwischen ihnen, auf dem das

Schiff mit ihrer Tante fuhr, den Strom des Lebens hinab, nun bald der Mündung nahe. Laura hoffte so sehr darauf, dass sie sich erhob und ihre Tochter tröstend in den Arm nahm. Doch leider rührte Georgina sich nicht, blieb einfach auf dem Stuhl sitzen und hielt die Distanz zwischen ihnen aufrecht. Als Laura klar wurde, dass sogar diese außergewöhnliche Situation es nicht vermochte, eine Brücke zwischen ihr und ihrer Mutter zu schlagen, schwappte ein Gefühl der Enttäuschung aus ihrem Inneren hoch und verursachte ihr einen Kloß im Hals.

»Mama.« Ein knapper Abschied, welcher mit einem ebenso knappen Nicken zur Kenntnis genommen wurde. »Ich melde mich bei dir, Laura, sobald ich etwas weiß«, versicherte Georgina ihr noch einmal. Laura verließ das Zimmer ohne ein weiteres Wort und ging zurück in den Frühlingsmorgen.

2. Kapitel

»Du bist spät dran!« Sergios harsch hervorgestoßene Worte prallten an Laura ab. Sie hatte verdammt gute Gründe, spät dran zu sein. In großer Eile fasste sie ihre glatten dunkelbraunen Haare zusammen und schlang ein Gummiband darum. Der Pferdeschwanz fiel bis unter die Schulterblätter. Dann band sie sich eine frische weiße Schürze um und wusch sich gründlich die Hände, bevor sie an die Seite des Restaurantchefs trat.

»Beim nächsten Mal bleibt es nicht bei einer Verwarnung, Laura!«, drohte Sergio ihr und reichte ihr seine Notizen für das Tagesmenü herüber. »Ich kann Unpünktlichkeit nicht ausstehen. Und jetzt sieh zu, dass du das Gemüse vorbereitest!«

»Alles klar, Sergio!«, brummte Laura knapp und griff sich eins der Messer aus dem Messerblock. Besser, sie behielt den Grund ihres Zuspätkommens für sich, Sergio würde dahinter ohnehin nur eine Ausrede vermuten.

Die Küche des Restaurants Pescatore war klein und beengt. Laura musste sich zuerst etwas Platz auf einer der Arbeitsflächen verschaffen, bevor sie mit dem Putzen und Schneiden des Gemüses für das Mittagsmenü beginnen konnte. Sie stapelte Eimer mit pürierten Tomaten in einer Ecke der Küche, stellte benutzte Gewürze wieder zurück an ihren Platz im Gewürzregal und schleppte einen Sack Kartoffeln in den angrenzenden Vorratsraum. Natürlich hätte Sergio selbst für Ordnung sorgen oder einen seiner Helfer anweisen können, aber Laura hatte schon längst herausbekommen, dass Sergio lieber vorne im Restaurant an der Bar saß und telefonierte oder das Wochenmenü zum dritten Mal umänderte. Da Laura nicht befugt war, die Helfer anzuweisen, blieb das lästige Aufräumen zum wiederholten Mal an ihr hängen.

Endlich war die Arbeitsfläche freigeräumt. Das geputzte und geschnittene Gemüse wurde in weißen Kunststoffbehältern mit Deckel gelagert, von denen Laura sich nun einige bereitstellte. Sie wusch grüne und rote Paprika und schnitt sie anschließend in mundgerechte Stücke. Laut Sergios mehrmals überarbeiteter Tageskarte sollten diese die Beilage für das Hauptgericht, Lachs vom Grill, sein. Sein handschriftlich verfasster Plan war schwer zu lesen, offensichtlich hatte er sich mehrmals umentschieden. Vieles war durchgestrichen worden oder wieder unterkringelt und mit Anmerkungen versehen. Für Laura wies der Notizzettel erschreckende Ähnlichkeit mit der chaotischen Restaurantküche auf.

Der Job hier war vollkommen anders, als sie es sich erhofft hatte, nachdem sie ihrem Wunsch, Köchin zu werden, gefolgt war und die Ausbildung mit Auszeichnung bestanden hatte. Sie war achtundzwanzig Jahre alt und hatte nach Jahren der Berufspraxis immer mehr das Gefühl, auf der Stelle zu treten. Damals, als sie ihre Ausbildung gemacht hatte, glaubte sie, ihrer Kreativität freien Lauf lassen zu können. Das Kochen liebte sie wie nichts anderes auf der Welt. Es erschien ihr als das einzig Verlässliche in ihrem Leben. Abgesehen von Tante Harriet natürlich, aber diese drohte ihr nun für immer zu entgleiten, sodass auch dieser Halt verloren schien.

»Wie weit bist du denn, Laura?« Sergios ungeduldige Stimme riss sie aus ihren Gedanken. Am liebsten hätte sie ihm eine passende Antwort gegeben in Bezug auf aufgeräumte Arbeitsflächen, aber sie verkniff sie sich. Sie sollte nicht auch noch diesen Job verlieren, da musste sie ihrer Mutter notgedrungen recht geben.

»Das Gemüse für den Hauptgang ist fast fertig vorbereitet«, beeilte sie sich mit ihrer Antwort. Sie schnitt die letzte Paprika und griff dann noch einmal nach dem Plan. Mühsam entzifferte sie »Frühlingszwiebelsuppe« in einem Bereich weiter oben. Schon wieder? Die Gäste des Pescatore hatten diese Suppe gerade erst vor zwei Wochen auf der Tageskarte gehabt, aber Laura hütete sich, etwas zu sagen.

»Es ist gleich elf, Laura. Nun beeil dich mal! Warum dauert das so lange mit dem Gemüse?« Sergio stand plötzlich neben ihr und warf einen kritischen Blick in die weißen Plastikbehälter. »Du hast die Paprikastücke zu groß geschnitten. Und an die Zitronenscheiben für den Fisch hast du ja noch gar nicht gedacht!«

»Ich halte mich zuerst an die Zutaten für die Tagessuppe, Sergio. Damit ich diese schon mal aufsetzen kann«, entgegnete Laura bestimmt und deutete auf die Frühlingszwiebeln, die sie gerade in feine Ringe schnitt.

»So ein Quatsch!«, widersprach ihr Chef. »Mach zuerst das Gemüse für den Hauptgang fertig. Ich bereite schon mal den Lachs vor. Die Suppe kannst du danach vorkochen.«

»Sergio, ich –«

»Nein, Laura!« Sein harter Blick duldete keinen Widerspruch. »Ich bin der Chef dieses Restaurants. Und wenn ich sage, dass du die Paprika nicht vernünftig vorbereitet hast, dann kümmerst du dich gefälligst sofort darum. Ist das klar?«

»Ja, Sergio. Ist klar«, gab sie nach. Sie schob die Frühlingszwiebeln beiseite, kippte die Plastikschale mit den Paprika kurzerhand auf der Arbeitsplatte aus und machte sich daran, die zu großen Stücke herauszusuchen und diese noch einmal durchzuschneiden.

Als Sergio sah, dass sie seiner Anordnung Folge leistete, verließ er ihren Arbeitsbereich. Laura hielt kurz inne, um den Frustkloß herunterzuschlucken, der sich in ihrem Hals gebildet hatte. Sie hasste diesen Arbeitsplatz mit seiner ständigen Unordnung, dem cholerischen Chef und der vermaledeiten Wochenkarte. Laura schwor sich, niemals Frühlingszwiebelsuppe anzubieten, falls sie jemals ihren Traum, ein eigenes Restaurant zu besitzen, umsetzen sollte.

Viele Stunden später warf sie ihre schmutzige Schürze in den Wäschesack der Mitarbeiterumkleide des Restaurants. Sie hielt den vollgestopften Raum jedenfalls für die Umkleide, obgleich er ihr wie eine Besenkammer vorkam, in die Sergio eine Handvoll Spinde gestellt hatte, um dieses Loch großzügig als Umkleide bezeichnen zu können.

Vor dem Restaurant atmete Laura die frische Luft tief ein und spürte den Stress und das Gefühl des Unwohlseins, für so einen Egozentriker wie Sergio zu arbeiten, von sich abfallen. Und obwohl die Erleichterung gerade groß war, wieder einen Arbeitstag »geschafft« zu haben, war es nicht zu übersehen, dass ihr Leben derzeit nur noch daraus bestand, »Tage zu schaffen«.

Als sie sich in die Schlange der Wartenden vor der S-Bahn einreihte, fragte sie sich nervös, wann ihr die Freude am Leben abhandengekommen war und warum ihr nicht schon viel eher bewusst geworden war, dass sie etwas ändern musste. Arbeitslohn hin oder her, sie weigerte sich schlicht, zu akzeptieren, dass der Inhalt ihres Daseins nur noch aus »geschafften Tagen« bestehen sollte.

Auf dem Nachhauseweg machte Laura einen Abstecher zu ihrer Tante ins Krankenhaus. Lange hielt sie sich dort nicht auf, denn alles war unverändert: Harriet lag so friedlich im Bett, dass es Laura schien, als schliefe sie sich einfach nur einmal gründlich aus. Zu schön wäre es, wenn dieser Gedanke wahr wäre. Laura saß verzagt auf dem Stuhl und beobachtete Harriet einen Moment. Dann wandte sie den Blick ab und starrte aus dem Fenster. Sie konnte nichts tun, konnte nicht helfen, nur warten. Für einige Zeit hockte sie noch bei ihrer Tante und hatte viel zu viel Zeit zum Nachdenken. Das Gefühl, sich beruflich in einer Tretmühle zu befinden, hielt immer noch an und beschäftigte sie, während sie untätig an Harriets Bett saß. Es nagte sogar so sehr an ihr, dass sie es abends bei ihrem Treffen mit ihrer Freundin Fiona ansprach.

»Sag mal, glaubst du eigentlich, dass es das jetzt schon gewesen ist?« Laura rührte nachdenklich in ihrem Cocktail. Ihre ehemalige Mitauszubildende Fiona saß ihr gegenüber, sie hatte nach bestandener Prüfung Arbeit in einer Krankenhausgroßküche gefunden.

»Wie meinst du das?«

»Na ja, so, wie ich es sage. Wir sind jetzt halt Ende zwanzig, haben unsere Jobs, und tja, das war's dann, oder wie? So wird es jetzt immer weitergehen, jahrelang, bis wir irgendwann siebzig sind, arthritische Finger haben und uns fragen, ob wir das Grau noch einmal überfärben sollen?«

Fiona lachte so schallend auf, dass sich einige Gäste verwundert nach den zwei Frauen umblickten. Laura stierte zurück. Sollten die doch denken, was sie wollten. In ihr nagte etwas. Und dieses Etwas war unangenehm hartnäckig.

»Mensch, Laura, was ist denn heute mit dir los? Hast du deinen Philosophischen, oder was?« Fiona lachte weiter. Ihre blonden Locken wippten dabei fröhlich auf und ab.

»Vielleicht liegt es an Tante Harriets Krankenhausaufenthalt«, meinte Laura. »Ich hatte dir ja heute Vormittag vor der Arbeit noch eine SMS geschickt, dass sie überraschend ins Krankenhaus gekommen ist und dass es nicht gut aussieht. Na ja. Jedenfalls hab ich seit einiger Zeit das Gefühl, dass es irgendwie nicht mehr so rundläuft, und heute Morgen dann, als ich sie dort liegen sah, da wurde mir wohl bewusst, wie schnell so ein Leben auch zu Ende sein kann. Keine Ahnung«, schloss sie ihre Erklärung ab und spielte frustriert mit ihrer Cocktailserviette.

»Ach komm!«, versuchte Fiona sie wieder aufzumuntern. »Du bist ja echt früh dran mit der Midlife-Crisis. Es tut mir echt leid für deine Tante. Du hängst sehr an ihr, nicht wahr? Und dass du mit dem lieben Sergio deine Probleme hast, ist auch für jeden offensichtlich. Aber da klingt ja schon fast so etwas wie Resignation heraus. Das ist doch nun wirklich ein bisschen übertrieben, meinst du nicht?«

Laura nahm einen Schluck von ihrem Cocktail. Das pinkfarbene Schirmchen wackelte bedenklich, als sie das Glas zurück auf die Serviette stellte. »Nun ja, sieh uns beide doch mal an, Fiona! Wir sollten doch unsere Schäfchen schon längst im Trockenen haben, sonst wird das nichts mehr mit unserer Traumkarriere! Müssten wir nicht längst das Kapital für unser eigenes Restaurant zusammenhaben, damit wir endlich mal loslegen können?«

Noch in der Ausbildung hatten sie sich geschworen, eines Tages gemeinsam ein Restaurant zu eröffnen. Sie waren sich schnell darin einig geworden, dass es vollkommen egal war, wo sich ihr Lebenstraum erfüllen sollte, das einzig unverrückbare Kriterium war, dass die Gäste ihres Hauses unbedingt die Möglichkeit haben sollten, einen Meerblick genießen zu können.

»Laura, du weißt doch, dass wir geduldig sein müssen!«, ermahnte Fiona. »Die Banken werden uns nicht genug Kredit geben, wenn wir nicht ausreichend zusammengespart haben. Das weißt du doch. Wir beide, wir haben diesen Traum, und wir haben nun mal auch einen gewissen Anspruch, damit unser Haus eben nicht das nächste Pescatore wird. Da lohnt sich das Warten doch allemal!«

»Du hast ja recht«, lenkte Laura wenig überzeugt ein. »Es ist nur so frustrierend, sich für andere abrackern zu müssen, während man mit der Realisierung seines eigenen Traums keinen Schritt weiterkommt.«

»Das stimmt ja gar nicht, Laura!«, rügte Fiona sie. »Wir sparen jeden Monat Geld. Wir verkneifen uns Urlaube, gehen kaum aus und versuchen doch nun wirklich, unsere Ausgaben so klein wie möglich zu halten.«

»Cocktailabende ausgenommen!«

»Okay, ja. Einmal im Quartal gehen wir Cocktails trinken. Das war es dann aber auch schon mit den Extras. Ich für meinen Teil glaube ganz fest daran, dass wir unseren Traum realisieren können. Und du sollst mal sehen: Zu zweit geht das viel schneller, als wenn sich jede von uns alleine abmühen müsste.« Fiona erhob ihr Glas. »Auf uns! Wir schaffen das!«

»Hoffentlich früher als später!«, ergänzte Laura noch, bevor sie mit Fiona anstieß.

3. Kapitel

»Mmmmhhh. Bin gleich da.« Irgendjemand störte ihren Traum. Ein nerviges, aufdringliches Geräusch, das einfach nicht weggehen wollte, hatte es gewagt, ihr beim Zubereiten von Lammkeule auf den Nerv zu gehen. Laura musste doch nur noch rasch in den Küchengarten, der sich hinter dem Restaurant befand, um frischen Rosmarin für das Lamm zu holen ... Allein der Duft würde dafür sorgen, dass ihren Gästen das Wasser im Mund zusammenlief. Dazu der passende Rotwein, tiefdunkelrot, gehaltvoll –

»Was ist denn!?«, rief sie laut aus und schreckte hoch. Das Geräusch hatte ihren Traum erfolgreich platzen lassen. Irritiert blickte sie sich um, stellte fest, dass sie in ihrem Bett in ihrer Einzimmerwohnung lag und dass es das Mobiltelefon war, welches unablässig klingelte und ihren Traum zerstört hatte. Lauras Schädel dröhnte. Im Dunkeln tastete sie auf dem Fußboden vor dem Bett herum. Irgendwo dort hatte sie es doch am Abend liegen lassen.

»Ja?«, sagte sie, als sie das Gespräch annahm. Es war mitten in der Nacht. Welcher Idiot konnte das schon sein?

»Laura. Hier ist Georgina.«

»Mama? Was ... was ist? Wieso rufst du mich mitten in der Nacht an?« Sie knipste ihre Nachttischleuchte an. Das Licht brannte in ihren Augen, aber wenigstens war sie nun annähernd wach. Laura erinnerte sich schwach daran, dass es am vorherigen Abend mit Fiona nicht nur bei einem Cocktail geblieben war.

Spätestens als sie den zweiten Cocktail halb ausgetrunken hatten, verloren sie sich in ihrem Traum, besprachen Einrichtung, Farben und Menükarten ihres zukünftigen Restaurants. Es war wunderbar gewesen, diese Bilder in ihrem Kopf entstehen zu lassen. Fiona schaffte es, Laura wieder Zuversicht zu geben und den Glauben an ihren gemeinsamen Traum zu erneuern. Sie erinnerte sich daran, dass sie glücklich und beschwingt heimgekehrt war – und ziemlich angeheitert.

»Laura, bist du noch dran?«, fragte Georgina jetzt.

»Ja klar.« Offenbar hatte Georgina etwas gesagt, das Laura nicht mitbekommen hatte. »Was hast du gesagt, Mama?«

»Ich sagte, dass ich dir etwas Trauriges mitzuteilen habe, Laura.«

»Was?«, fragte Laura beklommen. Durch den heraufziehenden Kater von zu vielen Cocktails dämmerte ihr langsam, welche Bedeutung Georginas Anruf mitten in der Nacht nur haben konnte. Plötzlich klammerte sie sich an ihr iPhone. »Nein, Mama, bitte nicht«, flehte sie, aber da sprach Georgina ihre schlimmste Befürchtung auch schon aus.

»Es tut mir leid, Laura. Harriet ist tot.«

»Nein!« Das durfte nicht wahr sein! Niemals war das wahr! Das ging schlichtweg nicht. »Nein, Mama, das glaube ich nicht!«

»Es tut mir so leid. Ich weiß, was sie dir bedeutet hat, Laura. Falls –«

»Pah! Woher willst du wissen, was Harriet mir bedeutet hat?«, unterbrach Laura ihre Mutter ungehalten. Dann biss sie sich auf die Zunge.

»Ich meine ja nur. Entschuldige, es war nicht böse gemeint.« Während in Laura ein Sturm aus Schmerz, Wut und Aggression zu toben begann, verfiel Georgina sofort in ängstliche Zurückhaltung.

»Du weißt gar nichts, Mama. Nichts. Und daran bist du selbst schuld!« Sie sollte aufhören, das wusste Laura im selben Moment, da sie ihren nächsten Angriff abgefeuert hatte. Aber sie konnte nicht. Sie wollte ihrer Mutter am liebsten noch mehr an den Kopf werfen, ihre ganze Wut und Verzweiflung, ihre ganze Einsamkeit vor Georginas Füße schütten und schreien: »Hier! Siehst du, was du mit mir angerichtet hast? Siehst du es endlich!?« Aber ihr letztes Fünkchen klarer Verstand hielt sie zurück. Laura konnte nur verlieren, da Georgina nichts bot, um das sie kämpfen konnte. So war es schon immer zwischen ihnen gewesen.

»Ich ... Ach, Laura. Wenn du doch nur ...« Ihre Mutter geriet ins Stammeln und verstummte.

Alles in Laura schrie: »Kämpf endlich, Georgina! Fang doch einmal im Leben an, für etwas zu kämpfen! Für mich, deine einzige Tochter!«

»Ich melde mich wieder, Mama!«, würgte sie stattdessen heraus, weil sie es nicht mehr aushielt. Ohne Georginas Antwort abzuwarten, beendete sie das Gespräch, warf das Telefon aufs Bett und starrte ziellos auf das Muster ihres Bettbezugs. Harriet war tot. Laura konnte es nicht glauben. Sie wollte es nicht glauben! Harriet war der einzige Mensch auf diesem Planeten gewesen, der sich wirklich mit Laura befasst hatte. Der für sie da gewesen war, der ihr den Rücken stärkte und sie unterstützt hatte, wo er nur konnte. Laura kannte ihren Vater nicht einmal, sowohl Georgina als auch Harriet hatten sich über ihn ausgeschwiegen. All das, was ihre eigene Mutter nicht zu geben in der Lage war, Kraft, Rückhalt und Liebe, das hatte Laura von Harriet empfangen. Ihre Tante Harriet hatte sie aufgefangen und sich ihrer angenommen, als sich immer mehr abzeichnete, dass ihre eigene Mutter dies nicht konnte. Wie sicher sie sich gefühlt hatte. Für wie selbstverständlich sie dieses Leben mit Harriet gehalten hatte.

Vorbei. Zerstört um drei Uhr in der Nacht.

Die Tränen begannen zu fließen in dem Augenblick, als Laura die Mauer aus Wut und Aggression niederriss und sich Angst und Einsamkeit offenbarten. »Verdammt noch mal!«, schluchzte sie verzweifelt. Jetzt war sie wirklich allein.

Die nächsten Tage hatte sie sich mechanisch zur Arbeit geschleppt. Sie hatte kaum ein Wort mit ihren Kollegen gesprochen und Sergios Launen kommentarlos über sich ergehen lassen. Natürlich informierte sie ihn über den Trauerfall, und sie hatte ihm auch gesagt, wann die Beerdigung war. Wenn sie auf Verständnis und Milde gehofft hatte, so lag sie da falsch: Sergio murmelte ein kaum verständliches »Mein Beileid« und meinte lapidar, dass die Arbeit sie von ihrem Kummer schon ablenken und sie auf andere Gedanken bringen würde. Offenbar hielt er seine eigenen Worte für eine Rechtfertigung, Laura dauerhaft im Blick zu behalten, noch kritischer zu sein als sonst und ihr ständig Vorhaltungen zu machen, was sie in seinen Augen noch verbessern könnte. Laura hielt es kaum mehr aus. Als der Tag der Beerdigung dann gekommen war, war sie geradezu erleichtert gewesen, nicht in die Restaurantküche gehen zu müssen. Sergio hatte ihr einen Tag Urlaub dafür zugestanden, mehr auch nicht.

Nun, am Tag danach, erwartete er Laura wieder in seiner Restaurantküche. Ob sie wollte oder nicht, sie musste zurück zur Arbeit. Dabei fühlte sie sich immer noch, als hätte man ihr den Boden unter den Füßen weggerissen.

Es tat so weh. Und es war so ungerecht, fand sie. Wie hatte Harriet einfach gehen können? Natürlich war sie betagt gewesen. Bei einem Alter von vierundachtzig stand das außer Frage. Aber irgendwie hatte Laura die Sterblichkeit verdrängt. Wie töricht sie doch gewesen war!

Sie stand vor dem Spiegel in ihrem winzigen Bad und betrachtete die Riefen und Schatten, die sich im Laufe der letzten Tage um ihre Augen eingegraben hatten. Sie waren im Zuge der Trauer gekommen, und sie fragte sich, ob sie blieben. Wenn sie es schaffte, diesen Verlust zu verarbeiten, würden dann dessen Spuren ebenfalls heilen und wieder verschwinden?

Laura kämmte ihr braunes Haar zurück und schlang es zu seinem üblichen Alltagsknoten zusammen. Dann legte sie etwas Make-up auf, trug eine Spur Lidschatten auf und griff nach dem Mascarafläschchen, um ihre dunklen Wimpern zu betonen. Als sie mit dem Schminken fertig war, stäubte sie sich einen Hauch ihres Lieblingsparfums an den Hals und fand sich einigermaßen gerüstet für einen weiteren Tag im Pescatore. Innerlich fühlte sie sich mies und aufgerieben von der Trauer um ihre Tante, doch dieser kleine Moment der Selbstfürsorge gab ihr die nötige Kraft für den Tag.

Im Treppenhaus ihres Wohnhauses, in dem sich die Einzimmerwohnung befand, fiel ihr auf, dass sie ihr Portemonnaie liegen gelassen hatte. Sie wollte nach der Arbeit noch einen Strauß Blumen holen und sie auf Harriets Grabstätte legen. Da sie Angst davor hatte, im Mitarbeiterraum beklaut zu werden, nahm sie ihr Geld so gut wie nie mit. Sie drehte noch einmal um und kehrte in ihre Wohnung zurück.

Plötzlich klingelte es an der Haustür. Sie drückte den Türöffner und wartete ungeduldig ab, wer das sein könnte.

Sie war todtraurig, wollte am liebsten mit niemandem reden und war, wie sie mit Bestürzung feststellte, schon wieder sehr spät dran.

»Ja?«, fragte sie daher knapp nach unten ins Treppenhaus.

»Post!«, kam die ebenso kurze Antwort zurück, gefolgt von dem Geräusch widerhallender Schritte auf den steinernen Treppenstufen des Wohnhauses.

»Guten Morgen!« Der Briefträger begrüßte sie knapp. »Ich habe hier einen Brief für Laura van Dyck. Sind Sie das?«

»Ja. Das bin ich.«

»Können Sie sich ausweisen?« Der Briefträger hielt den Brief bereit.

»Ausweisen?« Laura blickte ihn verdutzt an. Dann kam Bewegung in sie. »Natürlich. Einen Moment!« Sie holte ihr Portemonnaie hervor und zog ihren Ausweis aus einem der Fächer. »Hier, bitte!« Sie zeigte ihm das Dokument.

»Alles klar«, murmelte der Bote und überreichte ihr den Brief. Während er das Dokument zur Unterschrift vorbereitete, betrachtete Laura interessiert den Brief. Er war mit einer Reihe italienischer Marken frankiert, trug Stempel in Kreisform, Wellen und andere Markierungen.

»Bitte unterschreiben Sie den Erhalt des Briefes hier!«, forderte der Briefträger sie auf und hielt ihr ein Dokument und einen Stift entgegen.

»Natürlich.« Laura war viel zu perplex darüber, das Dokument unter die Nase gehalten zu bekommen, um weitere Fragen zu stellen. Eilig unterschrieb sie, und der Briefträger verabschiedete sich mit einem Dank. Während seine Schritte durch das Treppenhaus rumpelten, stand Laura immer noch wie festgewurzelt vor ihrer offenen Wohnungstür und versuchte, sich einen Reim darauf zu machen, soeben einen Brief aus Italien mit persönlicher Zustellung erhalten zu haben.

Wenige Sekunden später schlug die Glocke des Kirchturms zur vollen Stunde. Dieses Signal weckte sie aus ihrer Versunkenheit. »Oh Shit!«, rief sie, schleuderte den Brief auf die Arbeitsfläche der Küche ihrer winzigen Wohnung und zog die Tür energisch hinter sich zu. »Verdammt, verdammt, verdammt!« Sie hastete die Treppenstufen nach unten, stürzte auf die Straße und rannte zur Bushaltestelle, von der aus sie die Linie 10 zur S-Bahn-Station bringen sollte. Egal, was es mit dem Brief aus Italien auf sich hatte, dieser musste warten. Sie hatte erst ihren Arsch bei Sergio zu retten. Nur zu gut klang seine Warnung bei ihrer letzten Verspätung noch in ihren Ohren nach. Dieser Job war wichtig. Sie konnte ihn nicht auch noch verlieren. Solange sie nichts anderes an Land gezogen hatte, musste sie aufpassen, es sich nicht vollends mit Sergio zu verscherzen.

Gerade als sie um die Straßenecke bog, schlossen sich vor ihren Augen die Bustüren. »Nein!«, rief sie aus und sprintete die letzten Meter bis zum Bus. Sie klopfte noch verzweifelt an die Tür, aber zu spät, der Bus fuhr bereits an und fädelte sich in den Verkehr ein. Ohne Laura.

»Scheiße, scheiße, scheiße!« Außer Atem und mit in die Seiten gestemmten Händen blickte Laura ihrer verpassten Chance, die Arbeit noch pünktlich zu erreichen, hinterher. Der nächste Bus fuhr in fünfzehn Minuten. Sergio würde ihr die Hölle heißmachen. Und dieses Mal zu Recht.

4. Kapitel

Alles war wie immer. Dieselbe Unordnung. Dieselben stummen Kollegen, die sich nicht verantwortlich fühlten. Dieselbe hastig hingekritzelte Tageskarte auf einem Blatt Papier.

Laura stand inmitten des Chaos. Sergio befand sich noch in einem Gespräch mit einem Lieferanten an der Restauranttür. Sie hatte sich an ihm vorbeidrücken müssen, um in das Restaurant zu kommen. Knappe fünfundvierzig Minuten Verspätung waren es geworden. Natürlich hatte er ihr nicht Platz gemacht, und dem Blick nach zu urteilen, den er ihr zuwarf, sollte sie sich besser jetzt schon mit dem Ausräumen ihrer persönlichen Sachen aus dem Spind beschäftigen.

Aber genau das tat Laura nicht. Sie straffte sich und ergriff stattdessen das vollgekritzelte Blatt. Sie musste eben schneller arbeiten und die verlorene Zeit wieder aufholen. »Kartoffelsuppe mit Shrimps«, las sie aus dem Durcheinander heraus und »Dorade vom Grill, Broccoli, Möhre, Paprika, Kartoffeln«. Zuvor hatte das Wort »Mais« hinter dem Broccoli gestanden, war aber durchgestrichen und durch Möhre ersetzt worden. Ebenso war es dem Reis ergangen, der ursprünglich als Beilage hätte dienen sollen, jedoch von den Kartoffeln einen Platzverweis erhalten hatte.

Laura legte das Blatt zurück und machte sich daran, die Gemüse zusammenzusuchen. Dieses Mal ignorierte sie das Chaos um sich herum einfach und verfolgte zunächst das simple Ziel, alle Zutaten zusammenzustellen. Dabei fiel ihr sofort auf, dass die Kartoffeln entweder für die Vorsuppe reichten oder als Beilage für den Hauptgang. Für beide Gänge wären sie zu wenig. Sergio hatte wieder einmal nicht kontrolliert, womit er überhaupt arbeiten konnte. Ein Versäumnis, das es schon häufiger gegeben hatte.

Da sie wusste, wie wichtig Sergio die Tagessuppe war, entschied Laura kurzerhand, die Kartoffeln dafür zu verwenden. Dann würde es eben, seinem ursprünglichen Gedanken entsprechend, Reis als Beilage zum Fisch geben. Laura machte sich ans Werk, schob störende Gegenstände einfach zusammen und beiseite, anstatt sie wie sonst üblich aufzuräumen. Es musste eben auch so gehen.

»Was machen Sie da!?«, wurde sie kurze Zeit später von ihrem Chef angeherrscht.

»Wie bitte?« Laura blickte verdutzt von dem Julienneschneider auf, mit dem sie Möhren in gleichmäßige Stifte schnitt.

»Was Sie da machen, habe ich gefragt!« Sergios Ton war deutlich ungehalten. Er deutete auf die Julienne, die sich bereits in einer der großen Plastikboxen stapelten.

»Ich schneide Julienne für die Beilage zur Dorade«, erklärte Laura mit erzwungener Gemütsruhe. Sie machte sich wieder ans Werk, doch Sergio hielt sie zurück.

»So ein Quatsch!«, blaffte er. »Abgesehen davon, dass Julienne zu schneiden viel zu lange dauert, standen sie nicht auf der Karte!«

»Wir haben Möhre in Beilagenform in diesem Restaurant bisher immer in Form von Julienne serviert!«, rechtfertigte Laura sich. Ein Seitenblick verriet ihr, dass die Arbeiten um sie herum zum Erliegen gekommen waren. Die Kollegen beobachteten den Disput mit gespannter Neugier.

»Wären Sie heute Morgen mal wieder nicht zu spät gekommen, hätten Sie auch genug Zeit gehabt, Julienne zu schneiden! Aber jetzt ist schon elf Uhr vorbei, und Sie sind immer noch am Schnippeln, statt zu kochen!«

»Das stimmt ja gar nicht! Die Suppe ist bereits auf dem Feuer!«, widersprach sie nun doch mit Vehemenz. »Da, sehen Sie doch: Sie köchelt seit zehn Minuten vor sich hin. Gleich ist sie so weit, dass ich sie pürieren kann.« Mit dem Kopf wies sie in Richtung der Kochplatte, auf der zwei große Kochtöpfe das Gemüse auf sanfter Flamme in Kartoffelsuppe verwandelten. Befeuert durch die Angst um ihren Job, hatte sie die Zutaten Kartoffeln, Möhren, Lauch und etwas Sellerie in Rekordzeit zerkleinert und mit der Brühe aufgekocht. Sie hatte ihre verlorene Zeit definitiv wieder aufgeholt, fand Laura.

»Gut. Immerhin etwas, das Sie hier heute noch auf die Reihe kriegen«, brummte Sergio. Dann blickte er sich suchend um. »Wo sind die Kartoffeln für den Fisch?«

»Es gibt keine.«

»Was sagen Sie? Es gibt keine!?« Sergio trat einen Schritt näher und baute sich bedrohlich vor Laura auf. Diese verschränkte die Arme vor der Brust und begegnete ihm selbstbewusst.

»Es gibt keine Kartoffeln als Beilage zur Dorade, weil sie alle sind, Sergio. Stattdessen wird es Reis geben, so, wie Sie ursprünglich geplant hatten.«

»Was erzählen Sie denn da für einen Quatsch, Laura!« Sein Zorn traf sie mit voller Wucht. »Wie kommen Sie darauf, zu behaupten, dass die Kartoffeln alle sind? Und was fällt Ihnen ein, sich eigenmächtig über meine Kreation hinwegzusetzen?«

»Also, entschuldigen Sie mal, aber ich habe doch die Kartoffeln gesucht: Der letzte Rest ist in die Tagessuppe gewandert!« Laura fühlte sich ungerecht behandelt. »Es gibt keine anderen!«

»Wären Sie nicht ständig mit ihren eigenen Gedanken beschäftigt, würden Sie die Arbeitszeiten einhalten und einfach das tun, was man Ihnen sagt, Laura van Dyck, dann hätten Sie die zwei Zentner Kartoffelsäcke, die draußen auf der Palette stehen, sicherlich wahrgenommen, als Sie heute Morgen an mir vorbei ins Restaurant gestürzt sind!« Sergios Kopf wurde hochrot. Er taxierte sie aus wenigen Zentimetern Entfernung. »Packen Sie Ihre Sachen, und hauen Sie ab, Laura! Jemand so Unzuverlässigen und Eigensinnigen wie Sie kann ich hier nicht brauchen.«

»Was!?« Der Schock stand Laura ins Gesicht geschrieben.

»Sie haben mich verstanden, Laura.« Sergios kalter Blick versetzte ihr einen Stich in die Magengegend. Er trat beiseite, um ihr den Weg zum Mitarbeiterraum frei zu machen, und ließ sie keine Sekunde aus den Augen, während sie wie in Trance und gedemütigt die Möhre auf die Arbeitsfläche zurücklegte, die sie immer noch in der Hand hielt. Alle starrten sie an, als sie einen Fuß vor den anderen setzte und zum Kabuff hinüberging.

»Den noch ausstehenden Lohn überweise ich Ihnen. Auf ein Zeugnis und ein Empfehlungsschreiben verzichten wir besser. Sie kämen nicht gut dabei weg.«

Sergios letzte Worte hallten ihr in den Ohren, als sie die Schürze aufband und in den Korb mit der benutzten Wäsche tat. Er war leer. Ihre war die erste. Lauras Finger zitterten so sehr, dass sie Mühe hatte, ihren Spind aufzuschließen, um ihre wenigen Sachen herauszunehmen.

»Und das alles nur wegen dieser dämlichen Kartoffeln«, flüsterte sie, den Tränen nahe. Ganz tief in ihrem Innern wusste sie, dass das nicht stimmte. Es waren nicht die Kartoffeln gewesen. Auch nicht das ständige Chaos im Pescatore hatte Schuld daran. Nicht einmal Sergio an sich war es, nein. Es war etwas *in ihr*, das nicht stimmte. Etwas, das sie immer wieder dieselben Verhaltensmuster durchlaufen ließ, die zu immer denselben Fehlern führten und sie damit einen Job nach dem anderen kosteten. Sie spürte, wie ihr die Tränen kommen wollten, verbot es sich jedoch zu weinen.

Sie schlich aus dem Restaurant heraus, vermied jeden Blick zu den anderen Angestellten und war mehr als dankbar, dass ihr Sergio nicht noch ein weiteres Mal über den Weg lief. Sie öffnete die Tür, und sofort stach ihr die seitlich des Eingangs stehende Palette ins Auge. Säcke dicker gelber Kartoffeln lagen darauf. Zwei Helfer schickten sich an, sie in die Vorratskammer zu räumen, bevor die ersten Gäste das Lokal betraten. Wie hatte sie die übersehen können?

»Scheiß Kartoffeln«, grummelte Laura, und dann waren die Tränen nicht mehr aufzuhalten. Sie hatte es wieder einmal vermasselt.

»Hey, ich bin's. Hast du Zeit?« Laura merkte selbst, wie kleinlaut ihre Stimme klang. Sie schniefte, dann riss sie sich am Riemen. Sie hatte die Blumen für Harriet gekauft, war auf dem Friedhof gewesen. Am Grab ihrer Tante waren die Tränen unaufhaltsam geflossen. Laura hatte um alles getrauert, das ihr in den letzten Tagen genommen worden war. Zuerst ihre Tante, nun auch noch ihr Arbeitsplatz. Es war so ungerecht. Noch nie hatte sie sich so einsam und verlassen gefühlt wie an diesem Tag. Nicht einmal in dem Moment, als Georgina sie, die Vierjährige, damals vor Harriets Tür ablud und sagte, sie würde bald wiederkommen. Aus dem »bald« war ein »gelegentlich« geworden.

»Laura, was ist denn mit dir los?« Fiona klang besorgt. »Was ist passiert?«

»Können wir uns treffen? Also, ich meine, wenn du Zeit hast, natürlich«, ergänzte sie ihre Frage. Sie war vollkommen konfus.

Es kam ihr so vor, als wäre sie über die Kante eines Abgrunds spaziert und stellte im Fallen erst fest, dass sie einen Schritt zu weit gegangen war und den Halt komplett verloren hatte. Laura fror, obwohl die Sonne schien und es angenehme 25 C hatte. Ein Wetter, bei dem sie sich normalerweise ausgesprochen wohlfühlte. Heute nicht.

»Ja, klar. Natürlich hab ich Zeit. Ich hab heute Spätschicht. Ich muss erst um zwei im Krankenhaus sein. Wollen wir uns bei Barney's treffen?«

Barney's war eine Brasserie an der Strandpromenade, etwa einen halben Kilometer vom Pescatore entfernt. Sie hatten sich schon oft dort verabredet, weil sie das Konzept der Brasserie sehr bewunderten. Es hatte sich zu einem stillen Vorbild für ihr eigenes Vorhaben entwickelt.

Lauras Magen verkrampfte sich, als ihr bei dem Gedanken an ihre eigenen Zukunftspläne bewusst wurde, wie weit sie bei diesen wieder zurückgeworfen worden war, indem sie es sich mit dem Chef des Pescatore verscherzt hatte. Fiona würde von ihr maßlos enttäuscht sein.

»Okay, Barney's. Danke!«, sagte sie knapp, weil sie schon wieder schlucken musste.

5. Kapitel

Kurze Zeit später saßen sich Laura und Fiona an einem Tisch mit Blick über die belebte Promenade gegenüber.

»Du siehst grauenhaft aus, ehrlich gesagt.« Fiona nahm wie immer kein Blatt vor den Mund.

»Er hat mich rausgeschmissen, Fiona.« Laura bedeckte ihr Gesicht mit den Händen. Sie schämte sich. »Ich hab's schon wieder vermasselt. Der dritte Job in zwei Jahren.«

»Oh nein! Was war es dieses Mal?«

»Kartoffeln.«

»Was!?« Fiona gluckste ein paarmal, bevor sie in helles Gelächter ausbrach.

Laura schämte sich in Grund und Boden. Und dann passierte etwas Wunderbares: Sie lachte. Sie lachte mit ihrer Freundin Fiona, erzählte ihr unter Lachtränen, wie mehrere Zentner Kartoffeln ihren Abschied vom Pescatore verursacht hatten.

»Du hast dort nicht hingepasst, Laura«, sagte Fiona schließlich versöhnlich und trank einen Schluck Wasser. »Das war dir doch im Grunde genommen bereits selbst klar, oder?«

»Ja, schon«, nickte Laura. »Aber ich brauche einen Job, Fiona, egal, ob ich dort hineinpasse oder nicht.«

»Hey, jetzt sei doch nicht so hart zu dir selbst!«, ermahnte ihre Freundin sie mit sanfter Stimme. »Hör mal, du hast gerade einen geliebten Menschen verloren, und wahrscheinlich bist du deswegen noch vollkommen von der Rolle. Wer wäre das nicht?« Fiona strich sich eine blonde Locke aus der Stirn.

»Das stimmt schon, aber ...« Lauras Stimme verebbte. Sie wusste nicht, wie sie ihrer Freundin die Gefühle beschreiben konnte, die in ihr tobten. Kannte Fiona solche Gefühle überhaupt und würde sie verstehen?

»Aber was?«, hakte diese gerade nach.

»Ach, Fiona. Ich weiß nicht, wie ich das jetzt erklären soll. Bei dem Job – bei allen Jobs, die ich bisher hatte – ging es ja nicht nur um das monatliche Gehalt auf dem Konto, sondern ... ich hab es ja immer auch für Mama gemacht und für unser Projekt.« Laura merkte, wie sie sich genierte. Ihre Mutter hätte sie vielleicht besser unerwähnt gelassen.

»Deine Mutter? Wieso, was hat Georgina mit deiner Arbeit in einem Restaurant zu tun?« Fiona blickte sie verwundert an.

»Na ja. Direkt natürlich nichts. Es ist meine Arbeit. Aber indirekt ... ach, ich weiß nicht.« Sie strich sich eine Haarsträhne zurück. Es war doch gar nicht ihre Art, so herumzudrucksen. Wieso jetzt? Und wieso vor Fiona? Sie gab sich einen Ruck.

»Du weißt ja, dass ich ziemlich früh zu Tante Harriet gekommen bin. Georgina hat mich dort abgesetzt und mir versichert, dass sie bald wieder zurückkommt, um mich zu holen. Das hat sie nicht gemacht. Jedenfalls glaube ich, dass sie das drei Jahre lang nicht gemacht hat. Ich war noch so klein, ich kann mich nicht richtig erinnern. An eins jedoch schon: Als ich sieben war, stand sie wieder vor Harriets Tür und wollte mich mitnehmen.« Laura blickte auf ihren Teller herunter, auf dem Salatblätter, Tomaten und Mozzarella ein rot-weiß-grünes Streifenmuster bildeten. »Ich wollte das aber nicht mehr.« Nun ruhte ihr fester Blick auf Fionas Gesicht. »Ich, ihre einzige Tochter, wollte nicht wieder zurück zu ihr. Weil ich sie überhaupt nicht mehr kannte. Ich hatte kein Gefühl mehr für die fremde Person da an der Tür, die von sich als meine Mama geredet hat. Ich wollte bei Harriet bleiben, wollte zur Schule gehen mit den Mädchen, die ich kennengelernt hatte.«

»Aber du bist nicht dortgeblieben, bei Harriet, richtig?«, fragte Fiona leise.

»Nein. Georgina ist nun mal meine Mutter. Also hatte sie das Recht, mich wieder mitzunehmen. Und das hat sie getan. Ich erinnere mich an einen ziemlich schlimmen Streit deswegen. Harriet und Georgina waren unten, in Harriets Küche, und stritten sich, was das Zeug hielt. Ich habe mich so erschreckt, dass meine Nonna – ich durfte sie so nennen, obwohl sie meine Tante war – so laut werden konnte. Ich war oben in meinem Zimmer und sollte von meinen Sachen alles zusammensuchen, was ich mitnehmen wollte. Ein Koffer, hatte Georgina gesagt. Einer. Der Rest sollte bei Harriet bleiben.«

»Wieso hat Georgina das gemacht? Ihr muss doch selbst klar gewesen sein, dass du bei Harriet viel besser aufgehoben warst. Abgesehen davon, dass du mit sieben Jahren ja auch zur Schule musstest!«

»Ich weiß bis heute nicht, warum Mama mich damals in dieser Hauruckaktion von Harriet fortgeholt hat. Ich bezweifle mittlerweile sogar, dass es in dem Streit zwischen den beiden um mein Wohl ging. Zuerst dachte ich das, weil ich glaubte, dass Harriet sich für mich einsetzte. Das hat sie sicherlich auch, aber es ging da auch noch um etwas anderes. Ich kann mich daran erinnern, wie Mama mehrmals völlig außer sich geschrien hat: ›Du hättest es mir sagen müssen!‹, und auch: ›Warum hast du es mir nie gesagt?‹ Irgendwas war da zwischen den beiden, das überhaupt nichts mit mir zu tun hatte. Ich war bloß diejenige, die darunter litt. Im Endeffekt bin ich tatsächlich zu Georgina ins Auto gestiegen, mein Koffer hinten im Kofferraum, eingequetscht neben ihren Sachen. Ich habe geheult wie ein Schlosshund, und ich erinnere mich auch noch an Harriet, wie sie vor der Tür stand und ebenfalls weinte. Ich habe so lange Theater gemacht, bis Georgina mich voller Inbrunst anschrie: ›Hör endlich auf zu heulen, Laura!‹«

»Schrecklich!« Fiona wirkte bestürzt. »So geht doch keine Mutter mit ihrem Kind um!«

»Doch. Georgina schon. Und es ist so geblieben. Es gibt keine Gefühle zwischen uns. Jedenfalls nicht die, die eine Mutter und Tochter miteinander teilen sollten. So etwas wie Liebe, Stärke, Rückhalt. Und auch Freundschaft. Diese Dinge habe ich von Georgina nie erfahren, stattdessen ist sie immer sehr distanziert. Ich habe schon sehr oft das Gefühl gehabt, dass sie mich eigentlich gar nicht will, mich irgendwie ablehnt.«

»Und dann holt sie dich trotzdem von Harriet weg? Das ist doch unlogisch. Dann wäre es doch besser gewesen, wenn sie dich dort gelassen hätte.«

»Sicher. Nur wie gesagt: Da war ja noch dieser seltsame Streit. Vielleicht hatte sie sich verpflichtet gefühlt, mich von Harriet wegzuholen, obwohl sie es eigentlich nicht gewollt hatte?«, spekulierte Laura.

»Wohin ist sie denn mit dir gefahren?«, nahm Fiona den Faden wieder auf.

»Nach Italien.«

»Italien!?« Fiona guckte ehrlich überrascht. »Nun, ich hätte ja mit vielem gerechnet, aber Italien? Was hat sie denn in Italien zu schaffen gehabt? Wie alt war deine Mutter damals überhaupt?«

»Anfang dreißig muss sie gewesen sein.« Laura stocherte in ihrem Salat herum. »Wir sind nach Neapel geflogen. Dort hat uns jemand abgeholt. Wir sind mit dem Auto eine Zeit lang gefahren, eine Küstenstraße entlang. Ich saß auf der Seite, die dem Abgrund näher war. Ich weiß noch, wie ich vollkommen verängstigt den felsigen Schlund hinunterblickte, mich an dem Haltegriff an der Tür festklammerte, immer in dem Glauben, jeden Moment mit dem Auto da runterzustürzen, und gleichzeitig vollkommen fasziniert von diesen intensiven Farben und dem Geruch, der durch die geöffneten Fenster hereinströmte.«

»Klingt, als wärst du wie ein junger Baum entwurzelt und verpflanzt worden.« Fiona schmunzelte ein wenig.

Laura lachte kurz auf. »Ja, kann man so sagen.« Mit einem Kopfschütteln fuhr sie fort: »Wir kamen in ein Dorf, das innerhalb von Hügeln lag. Dort wohnten wir für die nächsten Jahre. Ich bin dort zur Schule gegangen, habe Italienisch gelernt und Freundschaften geschlossen. Und in jeden Ferien setzte meine Mutter mich in Neapel ins Flugzeug, damit es mich in England bei Harriet wieder ausspuckte.«

»Tja. Auf der einen Seite kann man denken, dass sie dir damit einen Gefallen tun wollte, damit du deine Nonna wieder um dich hast. Auf der anderen Seite ...« Fionas Worte verebbten.

»Ja. Die andere Seite. Die ist die wichtige Seite.« Laura blickte sie fest an. »Das ist die Seite, die du als Kind nie vergisst. Die sich dir einprägt. Und die dir immer wieder die Frage vor Augen führt: Will deine eigene Mutter dich loswerden? Warum ist deine eigene Mutter nicht in der Lage, eine gesunde, stabile Mutter-Kind-Beziehung aufzubauen? Ich weiß die Antwort bis heute nicht. Und sehr wahrscheinlich werde ich die Antwort auf diese Frage auch nie bekommen.«

»Es tut mir ehrlich leid für dich, Laura.« Fiona wirkte betroffen. »Nun hast du deine Tante Harriet verloren, von der du so viel Liebe und Bestärkung bekommen hast, während es nicht so aussieht, als würde sich an dem Verhältnis zu deiner Mutter etwas ändern, oder?« Fionas Blick war voller Sorge. Alleine ihr Mitgefühl sorgte schon dafür, dass Laura sich verstanden und getröstet fühlte.

»Tja. Das Leben ist oft nicht fair. Georgina hat immer wieder dafür gesorgt, dass ich entwurzelt wurde. Es hat sie überhaupt nicht interessiert, wie es mir dabei erging. Es drehte sich immer nur alles um sie.« Laura trank einen großen Schluck Wasser, um die Wut hinunterzuspülen, die im Begriff war, an die Oberfläche zu kommen. »Nach den Jahren in Italien lebten wir sogar für einige Jahre in Deutschland. Georgina arbeitete in Berlin als Übersetzerin, und ich bin dort auf eine Schule gekommen, lernte Deutsch, schloss neue Freundschaften, hoffte noch einmal auf Dauerhaftes.«

»Was hat sie denn nach Berlin verschlagen?«

»Keine Ahnung. Sie hat darüber nicht geredet. Mir wurde lediglich gesagt, dass wir nun nach Berlin zögen. Wir waren dort um die fünf Jahre, glaube ich, dann war auch das wieder vorüber. Und so sind wir letztendlich doch wieder in England gelandet, wenn auch nicht direkt in Harriets Haus, sondern zwei Zugstunden von ihr entfernt.«

»Herrje! Was für eine verworrene und ziemlich unstete Kindheit du gehabt hast. Mensch, das tut mir echt leid für dich.« Fiona sah sie voller Bedauern an. »Da ist es natürlich verständlich, dass du dich nun wie eine Ertrinkende an deine Jobs klammerst und ihnen vielleicht sogar mehr Bedeutung beimisst, als sie eigentlich haben sollten.«

»Wie meinst du das?«, hakte Laura nach. Irgendwie schien Fionas letzter Satz einen wunden Punkt bei ihr getroffen zu haben, denn sie spürte ihn wie den Stachel in ihrem Fleisch.

»Eben hattest du doch selbst gesagt, dass dir schon länger klar war, dass es mit Sergio und dem Pescatore nicht klappt. Trotzdem hast du verbissen daran festgehalten, anstatt dir etwas anderes zu suchen. Als ob du dich selbst davon abhieltest, deine persönliche Situation zu verbessern, weil du Angst davor hast, eine Zeit lang ohne Job dazustehen.« Fiona zögerte einen Moment, anscheinend war sie nicht sicher, ob sie weitersprechen sollte.

»Du meinst, ich würde jeden Job annehmen, egal, wie mies er ist, weil ich dadurch meine, mir sicher sein zu können, wo ich hingehöre? So was in der Art?«, hakte Laura mit einem Stirnrunzeln nach. Ein ungutes Gefühl beschlich sie, dass Fiona recht haben könnte, und das gefiel ihr überhaupt nicht.

»Ja, so in etwa«, bestätigte diese gerade. »Es tut mir so leid für dich, dass du deinen Job verloren hast. Erst deine Tante und nun das. Bitte versteh mich jetzt nicht falsch, Laura. Du selbst warst vor Kurzem noch so desillusioniert, als du mich gefragt hast, ob ›es‹ das nun gewesen sein soll. Erinnerst du dich an unser letztes Gespräch? Du schienst mir damals schon so unglücklich, allerdings dachte ich zu dem Zeitpunkt noch, dass das mehr eine vorübergehende Laune sei. Aber nun scheint sich, vor allem durch deine Erzählung, herauszustellen, dass da bei dir noch viel mehr dahintersteckt.« Fiona blickte sie mitfühlend an, doch Laura spürte, wie sie anfing, sich ihrer Freundin gegenüber zu verschließen.

»Und wenn dem so wäre?«, stellte sie die Gegenfrage. »Was ist, wenn ich meinen Platz einfach noch nicht gefunden habe? Oder was ist, wenn ich schlicht und ergreifend nicht für ein Angestelltenverhältnis gemacht bin? Solche Menschen soll es ja geben.« Den letzten Satz sagte sie mit einem ironischen Unterton, von dem sie sich erhoffte, dass er die Hilflosigkeit kaschierte, die sie gegenüber Fionas Argumentation verspürte.

»Du wirst nicht Halt und Stabilität dadurch finden, dass du dich mit dem Job identifizierst, egal, ob es ein Angestelltenverhältnis ist oder eine Selbstständigkeit«, entgegnete Fiona jetzt. »Was ist mit dir selbst, Laura? Bist du dir im Klaren darüber, wer du eigentlich bist? Was dir wichtig ist? Was du brauchst und willst?« Fionas Stimme hatte einen sanften, aber drängenden Ton angenommen. »Wenn du nicht lernst, den Rückhalt zuerst in dir selbst zu finden, wirst du immer wieder auf die Nase fallen, auch bei unserem geplanten Projekt.«

»Das ist ja völliger Quatsch!« Laura legte empört ihre Gabel ab. »Ich kann das sehr wohl voneinander trennen.« Innerlich rang sie mit sich. Sie konnte das doch, oder? Aber warum ging es ihr dann so an die Nieren, diesen Job auch noch verloren zu haben? Warum hatte sie all die Beschäftigungen überhaupt verloren? In ihrem Innern kämpften Widerstand und Zweifel miteinander. Plötzlich wurde ihr alles zu viel. Sie ahnte, dass in Fionas Worten eine Menge Wahrheit steckte, mehr, als sie im Augenblick ertragen konnte und bereit war, sich damit auseinanderzusetzen.

»Es ist ja lieb und nett, dass du dir anscheinend Sorgen um mich machst, aber glaub mir: Ich weiß, wer ich bin und was ich will«, rechtfertigte sie sich. »Ich hab halt einfach gerade 'ne Menge um die Ohren und bin wohl auch echt etwas neben der Spur wegen meiner Tante.«

Laura zog eilig einen Geldschein aus ihrer Börse und klemmte ihn unter ihr Wasserglas. Besser, sie räumte das Feld, bevor zutage kam, dass sie sich – entgegen ihren eigenen Worten – gerade über gar nichts mehr sicher war.

»Laura!« Fionas Stimme klang nun eindringlich. Ihr Gesicht trug einen besorgten Ausdruck. »Bitte glaub mir, dass ich dir nicht schaden will. Du wirkst so unglücklich, ich wollte dir nur helfen. Es tut mir leid, dass das anscheinend so nach hinten losgegangen ist. Bitte glaub mir!«

»Ist schon okay, Fiona. Ich geh jetzt besser, mir wird das gerade alles zu viel.« Laura schluckte hart. »Man sieht sich.«

Bevor Fiona noch großartig etwas erwidern konnte, stand sie auf und verließ das Restaurant. Als sie auf der Promenade stand, entschied sie sich kurzerhand, bis hinunter an den Strand zu gehen und heimwärts den Weg an der Wasserkante entlang zu nehmen.

Laura starrte auf die Wellen, die sich zu ihren Füßen brachen. Wieso kam Fiona auf den Gedanken, dass es Laura selbst an innerem Halt mangelte? Im weiteren Sinne bedeutete diese Unterstellung ja, dass Laura nicht gelernt hatte, Eigenverantwortung zu übernehmen. Stimmte das?

»Quatsch! Ich bin erwachsen. Ich komme allein klar. Ich weiß, was das Richtige für mich ist.« Laura bückte sich und hob einen Stein auf, der durch das Meer rund geschliffen worden war. Ihr Daumen strich über die glatte, ebenmäßige Oberfläche. Neidisch blickte sie auf den Kiesel, der ihr angesichts ihres eigenen, unperfekten Lebens wie Spott erschien. Wütend schleuderte sie ihn zurück ins Meer. Sollte er doch vom Wasser abgeschliffen werden, bis er weg war. Laura trotzte ihm und dem Rest der Welt. Einer Welt, die ihr wieder einmal innerhalb kürzester Zeit den Boden unter den Füßen weggezogen hatte, auf dem sie zuvor noch vermeintlich sicher gestanden war. Zuerst Harriet, dann ihr Job bei Sergio und jetzt auch noch Fiona.

»War es das jetzt, Schicksal?«, flüsterte sie und wischte sich Tränen aus den Augen. »Ich wäre so gern einfach mal angekommen und bin es so leid, immer wieder von vorn anzufangen.« Leider erhielt sie keine Antwort. Sie fand nur einen weiteren von den Wellen perfekt geschliffenen Stein.

6. Kapitel

Lauras Rückweg führte sie den Strand entlang bis zum Ende der Promenade. Von dort aus benutzte sie die öffentlichen Verkehrsmittel bis nach Hause.

Dort angekommen stach ihr als Erstes der Brief ins Auge, den sie am Morgen in ihrer Eile auf die kleine Arbeitsfläche der schlichten Einbauküche geworfen hatte. Sie hatte ihn im Zuge der Ereignisse des Tages vollkommen vergessen.

Italienische Briefmarken.

Sie nahm sich ein Glas Wasser und den Brief und machte es sich auf ihrem Sessel bequem.

Als sie ihn geöffnet und die ersten Zeilen überflogen hatte, die dort in gestochen scharfer Schrift auf sie warteten, stockte ihr der Atem.

… Aufgrund familiärer Differenzen hat es Frau Georgina van Dyck für das Beste gehalten, Ihnen den Besitz zu übertragen und Sie somit als Eigentümerin des Weinguts ›La Florentina‹ in das Grundbuch einzutragen. Mit dem Tod von Harriet Wilkers ist die Überschreibung wirksam geworden, sodass Sie nun die Eigentümerin des besagten Objektes sind. Wir erbitten Ihre Anwesenheit in unserer Kanzlei bis spätestens zum …

»Äh, wie bitte?« Laura starrte auf die Zeilen. Jegliches klare Denken war unmöglich, sie musste sich in einem Schockzustand befinden.

Ein Weingut? Auf ihren Namen?

Sie las den Brief noch einmal. Dann ein weiteres Mal, weil sie es nicht glauben konnte. Mit zitternden Händen ließ sie den Brief schließlich in ihren Schoß sinken. Ihre Mutter hatte ihr ein Weingut überschrieben. In Italien. Ungläubig schüttelte sie den Kopf.

»Das ist doch nicht wahr!«, rief sie voller Entrüstung aus. Kurzerhand griff sie zum Telefon und tippte die Nummer ihrer Mutter ein. Tief in ihrem Innern fröstelte es sie. Sie hatte Georgina seit Harriets Beerdigung nicht mehr gesprochen. Ein Weingut. Auf *sie* überschrieben.

Bereits nach dem dritten Klingeln ging Georgina ans Telefon.

»Hallo?«

»Ich bin's. Laura.«

»Hallo, Laura.« Schweigen. Was sollte sie sagen? Wo sollte sie anfangen?

»Wieso habe ich ein Weingut in Italien überschrieben bekommen?«, fragte sie ihre Mutter unumwunden.

»Oh! Du hast also Post von der Kanzlei bekommen. Man sagte mir, dass sie dich kontaktieren würden.«

»Mama, wieso?«, beharrte Laura, die an Georginas Ausflüchte gewöhnt war. *Warum müssen wir nach Italien? Wieso sollen wir von jetzt an in Berlin leben?*

Ihre Mutter schaffte es immer, sich um die wirklich wichtigen Antworten herumzudrücken. Und sie selbst gestand Georgina das zu, fiel Laura in diesem Moment auf. Weil sie glaubte, sonst noch weniger von ihrer Mutter geliebt zu werden, wenn sie sie weiter bedrängte. Natürlich war das Blödsinn. Georgina hatte sie ja ohnehin nie richtig geliebt.

Dieses Mal würde sie Georgina nicht davonkommen lassen.

»Nun, ich hielt es für das Beste, Laura. Freust du dich nicht? Eine junge Frau wie du, im besten Alter, nun Besitzerin eines Weinguts ... Darum werden dich andere schwer beneiden!«

»Mama, du weichst mir aus! Sag mir, warum ich ein Weingut überschrieben bekommen habe, anstatt dich in Ausflüchten zu ergehen. Wieso gibt es ein Weingut im Besitz unserer Familie?« Laura verstand die Welt nicht mehr. Und die einzige Person, die ihr etwas dazu sagen konnte, schien es offenbar schon wieder nicht tun zu wollen.

»Wir haben halt ein Weingut, Laura. Es gehört uns, den *van Dycks*.« Laura fiel die besondere Betonung des Nachnamens auf.

»Wieso ist es so wichtig, dass es den van Dycks gehört, Mama? Überhaupt, wieso gehört es nicht den Wilkers? Harriets Sohn, den sie aus ihrer Ehe mit dem Arzt hat, wäre doch der Nächste in der Erbfolge?«

»Weil er nicht Teil *dieser* Familie ist, Laura. Ganz einfach. Ich schlage vor, du tust das, was der Notar in dem Schreiben sagt: Flieg nach Italien und nimm deinen Besitz in Augenschein. Ich bleibe hier in England. Es ist unnötig, dass ich mit von der Partie bin.«

»Also, hör mal, Mama! Du kannst doch nicht allen Ernstes von mir verlangen, dass ich so mir nichts, dir nichts zur Besitzerin eines Weinguts werde!«

»Ist es wegen deiner Arbeit? Du hast doch bestimmt noch Urlaub!«

»Ich hab die Arbeit nicht mehr ...«, rutschte es Laura heraus, noch bevor sie merkte, was sie sagte.

»Was? Wieso das denn nicht?« Georgina schien ehrlich überrascht.

»Er hat mich rausgeworfen. Deshalb«, entgegnete Laura so knapp wie möglich.

»Wieso kannst du nicht einmal an etwas festhalten, Laura?«, entgegnete Georgina. Aus ihrer Stimme klang Enttäuschung durch.

»Wie bitte!?«, explodierte diese. »Wer hat denn schon vor über zwanzig Jahren dafür gesorgt, dass ich keine Ahnung von festen Bindungen habe?« Sofort schämte sie sich für diese Worte. Sie waren das Letzte, was die ohnehin schon brüchige Beziehung zu ihrer Mutter brauchen konnte. Und gleichzeitig hatte es nie deutlichere Worte gegeben als diese, die genau das widerspiegelten, was Fiona ihr mittags zuvor vorgehalten hatte.

»Ich meine ja nur. Du bist so ... unstet, wenn ich das mal so sagen darf.«

»Du sagst mir nie, was dich damals bewogen hat, mich bei Tante Harriet abzugeben, Mama, und dich dann fast gar nicht mehr um mich zu kümmern.«

Es wurde totenstill am anderen Ende der Leitung. Laura wusste, dass die Verbindung immer noch bestand, ab und zu hörte sie die zittrigen Atemzüge ihrer Mutter. Vielleicht rang Georgina endlich mit sich, Laura zu erklären, warum ihre Mutter eben ... Georgina war. Eine bange Hoffnung tat sich in Laura auf und wurde mit jeder Sekunde, die verstrich, größer.

»Fahr nach Italien, Laura«, sagte ihre Mutter nach einer endlosen Pause, und Lauras Hoffnung zerbarst. »Lerne das Weingut kennen, das dir jetzt gehört. Ich habe damit nichts mehr zu tun.«

»Na klar!«, entgegnete Laura voller Bitterkeit, die sie nicht länger zurückhalten konnte. »Warum auch? Wieso bin ich immer wieder so dumm und mache mir Hoffnungen, dass meine eigene Mutter sich meiner annimmt?«

»Laura, bitte! Ich –« Dieses Mal hörte Laura echten Schmerz

aus Georginas Worten, doch es war zu spät. Statt weiterer Ausflüchte hätte ihre Mutter sich ihr einfach erklären sollen.

»Lass gut sein!«, unterbrach Laura sie brüsk. »Ich will es schon gar nicht mehr wissen, weißt du? Es ist ja deine Vergangenheit, die dir offensichtlich im Weg steht! Ich bin bloß immer der Prellbock gewesen. Aber weißt du was? Damit ist jetzt endgültig Schluss! Du hast recht: Ich fliege nach Italien und sehe mir das Weingut an, das ich so unerwartet geerbt habe. Und da du mir ja so offenkundig nicht mitteilen willst, was es mit dem Weingut in unserem Familienbesitz auf sich hat, werde ich es wohl selbst herausfinden müssen.«

»Laura, lass mich doch –«

»Nein, Mama! Dafür ist es jetzt zu spät! Ich fahr nach Italien. Und weißt du was? Ich freu mich sogar darauf!«

Wütend drückte Laura ihre Mutter weg. Die frischen Kerben in ihrem Herzen ignorierte sie, so, wie sie gelernt hatte, sie jedes Mal zu ignorieren, wenn sie und ihre Mutter nicht weiterkamen. Laura schaltete verbissen ihren altersschwachen PC ein, öffnete den Browser und schaute sich die aktuellen Wetterdaten der Ortschaft in Kampanien an, in der sich die Kanzlei befand.

7. Kapitel

Manchester, England, Juni 2008

»Hallo! Herzlich willkommen auf Ihrem Flug nach Neapel!« Die breit lächelnde Stewardess deutete, noch während sie sprach, mit ihrer Hand den Gang des Flugzeugs hinunter. Laura erwiderte den Gruß mit einem kleinen Lächeln und suchte sich ihren Fensterplatz im hinteren Bereich des Flugzeugs.

Als sie Platz genommen und sich angeschnallt hatte, kehrten eine Reihe Erinnerungsfragmente zurück, kleine Schnipsel aus der Zeit, in der sie in jeden Ferien von Italien nach England und zurückgeflogen war.

Dann schoben sich die wenigen Jahre in Berlin in ihre Erinnerung, in denen sie nur ein Mal von Deutschland zu Harriet geflogen war, bis sie gar nicht mehr geflogen war, weil Georgina und sie nach England zurückgekehrt waren. Ihr letzter Flug lag gute zehn Jahre zurück, und Lauras Stimmung schwankte zwischen der freudigen Aufregung, endlich wieder zu fliegen, und der Angst vor dem Ungewissen, das sie dort in Italien erwartete.

Wenn sie dieses Mal nach Italien zurückkäme, würde alles anders sein. Sie war nicht mehr das Kind Laura, das in dem kleinen Dorf in den Hügeln hinter Neapel mit ihren Freunden und Freundinnen spielte und die dortige Schule besuchte. Aus ihr war eine erwachsene Frau geworden, die zwar gelernt hatte, wie man kochte, aber die ganz offensichtlich Schwierigkeiten hatte, sich ihr Leben so aufzubauen, dass sie sich darin sicher und wohlfühlte.

Laura kaute auf ihrer Unterlippe herum und kramte in ihrer Handtasche. Kurz vor ihrem Abflug hatte ihr die Post Broschüren und Informationsblätter von Immobilienmaklern zugestellt, die in der weitläufigen Gegend um das Weingut herum und in Neapel ansässig waren.

Bereits kurz nach dem Disput mit ihrer Mutter am Telefon war Laura der Gedanke gekommen, dass sie das ihr unwillkommene Erbe in bare Münze verwandeln und sich somit Kapital für ihr eigenes Restaurant sichern könnte.

Zuerst schämte sie sich für diesen Gedanken. Sie konnte doch nicht einfach den Verkauf dieses Weinguts in Erwägung ziehen! Aber dann erinnerte sie sich daran, nicht um das Erbe gebeten zu haben und dass Georgina ihr sofort Steine in den Weg legte, sobald sie Näheres darüber wissen wollte.

»Es kann ja nicht schaden, sich dahingehend beraten zu lassen«, murmelte sie und begann, eine der Broschüren zu lesen.

Während sie durch die Seiten blätterte, beendete die Maschine den Startvorgang und hob schließlich ab. Sie gewann an Höhe, und schon nach wenigen Minuten erreichte sie ihre Reiseflughöhe. Laura atmete tief durch. Obwohl sie schon so oft geflogen war, ließen Starts und Landungen ihren Magen für ein paar Minuten verkrampfen. Jetzt, da sie in der Luft waren, entspannte sie sich wieder.

Sie packte die Broschüren zurück in ihre Tasche, kuschelte sich tiefer in ihren Sitz und kam zum ersten Mal seit Wochen zur Ruhe. Gegen die erzwungene Untätigkeit, mehrere Stunden in einem Flugzeug zu sitzen, konnte sie nichts ausrichten, und so schloss sie die Augen und ließ ihre Gedanken kreisen.

Für einen Moment drängte sich ihr die Frage auf, welchen Sinn es eigentlich machte, sich durch einen Verkauf des Weinguts Kapital zu beschaffen, wenn sie es sich mit ihrer Geschäftspartnerin Fiona sehr wahrscheinlich verscherzt hatte? Laura war bis jetzt immer von einer Selbstständigkeit ausgegangen, die sie mit einer anderen Person teilte. Ob sie sich auch ganz allein selbstständig machen könnte? Sie konnte diese Frage nicht beantworten. Stattdessen kramte sie weiter in ihren Erinnerungen an das Italien aus ihrer frühen Kindheit. Über diesen Gedanken nickte sie schließlich ein.

Das Flugzeug befand sich bereits im Landeanflug auf Neapel, als Laura wieder erwachte. Sie blickte aus dem Fenster auf die vertraute und doch fremde Welt unter ihr. Die Maschine flog einen sanften Bogen über die Bucht und den Vesuv, drosselte die Motoren und setzte schließlich mit einem leisen Rumpeln auf der Landebahn des Flughafens auf.

Laura suchte ihre Sachen zusammen und verließ mit den anderen Gästen das Flugzeug.

Der Bus brachte die Fluggäste vom Flugzeug zum Ankunftsterminal. Allgemeines Stimmengewirr, surrende Aufregung verwoben mit unterschwelliger Ungeduld begleiteten die kurze Busfahrt zum Terminal. Laura, die sich daran erinnerte, dass es auf dem Neapeler Flughafen nur Busverbindungen gab, blieb gelassen, während andere Fluggäste offenbar verwundert waren, keine Fluggastbrücken vorzufinden, die sie auf direktem Weg in den Terminal brachten.

Nach kurzer Suche fand sie das richtige Gepäckband für die Gäste des Fluges aus Manchester. Sie wartete geduldig, bis ihr Koffer auf dem Band zu ihr herüberfuhr. Als sie ihn entdeckte und er sich ihr näherte, beschlich sie ein seltsames Gefühl, fast so, als wäre ihr Schicksal besiegelt, wenn sie ihren Koffer nun vom Band nahm. Gedanken dieser Art waren völliger Quatsch, das wusste Laura, also griff sie beherzt nach ihrem Gepäckstück, hob es vom Gepäckband herunter und machte sich auf den Weg in Richtung Autovermietung.

Sie würde es schon hinkriegen. Sie würde herausfinden, warum Harriet Besitzerin eines Weinguts gewesen war und warum sie das ihrer Nichte verschwiegen hatte, wo sie doch sonst so innig miteinander gewesen waren. Was hatte Harriet bewogen, nie darüber zu reden, und was hatte ihre Mutter Georgina dazu gebracht, das Weingut nicht selbst zu übernehmen, sondern es jahrelang vor ihrer einzigen Tochter geheim zu halten?

Während Laura durch das Flughafengebäude ging, halb sinnierend, ob sie die Mauern, Strukturen und Geschäfte mit den Erinnerungen aus ihrer Kindheit in Einklang bringen konnte, grübelte sie darüber nach, ob Georgina, seitdem sie wieder in England lebten, längere Zeit in Italien gewesen war, um sich um besagtes Weingut zu kümmern. Aber nein. Das hätte sie bestimmt mitbekommen.

»Nun gut«, murmelte sie voller Entschlossenheit. »Ich werde das herausfinden. Und dann werde ich es verkaufen, damit ich mir ein eigenes Restaurant aufbauen kann.«

Irgendwann auf ihrem Flug, zwischen Träumen und festem Schlaf, hatte sie sich entschieden, das Weingut zu verkaufen. Sie hielt es für falsch, sich einen derart großen Klotz ans Bein zu hängen, sich einem Ort zu verschreiben, der mehrere Flugstunden von ihrem Lebensmittelpunkt entfernt lag. Sie sah keinen Sinn darin, sich auf das Weingut einzulassen. Weder kannte sie den Ort noch seine derzeitigen Verwalter. Besser, sie erledigte ihren

Job, fand einen Käufer und flog schleunigst nach England zurück, um ihr Ding durchzuziehen.

»Guten Tag! Was können wir für Sie tun?«

Laura war am Schalter der Autovermietung angekommen. Drei Damen und zwei Herren bemühten sich redlich, die Wünsche der angekommenen Fluggäste zufriedenzustellen. Die Frau auf der anderen Seite des Tresens sprach sie auf Englisch an. Laura zögerte, ihr in derselben Sprache zu antworten, dann entschied sie sich spontan dagegen. Sie konnte schließlich Italienisch. Sie hatte es nur jahrelang nicht mehr gebraucht.

»Buon giorno!«, begann sie langsam, dann musste sie erst einmal überlegen, wie sie ihren Wunsch ausdrücken sollte. Das Lächeln auf dem Gesicht der Frau verrutschte etwas, als ihr schwante, dass eine Touristin ihre Italienischkenntnisse an ihr ausprobieren wollte. Laura bemerkte das, doch sie gab nicht auf. Schließlich hatte sie die richtigen Worte zusammengesucht, um ihr Anliegen auf Italienisch zu formulieren. »Ich brauche für die nächsten Wochen ein Auto. Ein Kleinwagen reicht. Kann ich die Mietdauer gegebenenfalls spontan verlängern oder verkürzen?«

Laura war stolz auf sich. Zwar waren ihr die Worte noch sehr stockend herausgerutscht, immerhin waren es ihre ersten italienischen Sätze seit Jahren gewesen, aber mit jedem einzelnen Wort spürte sie die Freude über die Sprache zurückkehren.

Das Gesicht der Mitarbeiterin der Autovermietung erhellte sich zusehends während ihres Gesprächs. Am Ende war Laura im Besitz der Schlüssel für einen türkisblauen Fiat 500, den sie glücklich auf dem Parkplatz der Autovermietung in Empfang nahm.

8. Kapitel

Die Fahrt vom Flughafen durch das spinnennetzartige Verkehrssystem Neapels forderte Lauras ganze Aufmerksamkeit. Sie mäanderte mit ihrem Fiat tapfer durch die verschlungenen, verkehrsreichen Straßen. Es war warm, die Leute machten sich auf den Weg in den Neapeler Nachmittag, zu Fuß, mit dem Fahrzeug, Bussen und der Straßenbahn. Von der Stadt selbst bekam sie deshalb nicht viel mit, da sie ihre ganze Konzentration für den regen Verkehr brauchte, in dem ihr Fiat und sie sich zu behaupten versuchten.

Schließlich fand sie die richtige Straße und fuhr diese südwärts, im großen Bogen um das Zentrum Neapels herum und am Vesuv vorbei, dessen Massiv sich beeindruckend über der Ebene von Neapel erhob. Nach einiger Zeit hielt sie an einem Aussichtspunkt an der Straße und stieg aus. Der Ort war gerade menschenleer. Sie lief die wenigen Schritte bis zu der Stelle, an der man den besten Überblick über die Bucht hatte. Als sie dort stand, entfuhr ihr ein Ausruf der Überraschung.

Die Sonne tauchte die Bucht unter ihr in ein mildes, goldenes Licht. Ihre Strahlen verstärkten die Intensität der Farben, brachten die an die Küstenlinie geschmiegten Häuser zum Leuchten. Tiefgrüne Pinien konkurrierten mit dem Meer, das unter ihr an die Felsen brandete, um ihr Auge. Sie konnte die Brandung ganz schwach hören, sodass sie den Kopf neigte und nach unten blickte. Dort, wo sich das Meer an den Felsen brach, schäumte weiße Gischt auf. An Untiefen schimmerte es türkisblau zu ihr herauf, an anderen Stellen irisierend grün. Der Duft der Pinien, Sträucher und Kräuter drang in Lauras Nase, und ihr Körper entspannte sich zusehends unter der angenehmen mediterranen Wärme.

Laura sah zurück zu ihrem Fiat, der geduldig auf dem Parkplatz auf sie wartete. Doch sie konnte sich von dem Anblick, der sich ihr bot, noch nicht losreißen. Sie hatte die Schönheit dieser Gegend vergessen. Damals als Kind hatte sie eine tiefe, tröstliche Freude beim Anblick der süditalienischen Landschaft empfunden. Genau wie damals ging ihr die Schönheit erneut zu Herzen. Sie verunsicherte sie und ließ Laura sich verletzlich fühlen.

Schließlich wandte sie den Blick ab und stieg zurück ins Auto. Sie wollte heute Abend noch am Weingut La Florentina ankommen.

Einen letzten Blick zurückwerfend, verunsichert, ob ihre Pläne durch Schönheit und Echos aus ihrer Kindheit aufgeweicht worden sein könnten, setzte sie den Blinker und bog in die Straße ein, die sie ihrem Ziel näher bringen sollte.

Ihre Route führte sie durch die lang gezogene Bucht von Salerno, die Salerno mit dem antiken Ort Paestrum verband. Später gelangte sie von Agropoli aus in den nördlichen Nationalpark Cilento, fuhr durch ein Tal nach Süden, bis sie in die weitläufige Ebene des Flusses Alento kam, in der Wasserbüffel grasten. Von hier aus erklomm ihr Fiat einen der Ausläufer des Monte Stella und kam schließlich in dem kleinen Dorf an, zu dem das Weingut gehörte.

Die Sonne stand bereits tief am Himmel, als der Fiat die letzte Steigung mit einem Schnaufen nahm. Das Dorf hatte Laura gut finden können, den Weg zum Weingut La Florentina hatte sie sich dennoch erfragen müssen. Es lag versteckt am Hang eines Hügels oberhalb des kleinen Ortes.

Sie reduzierte die Geschwindigkeit und fuhr langsam die Auffahrt hinauf. Büsche und Sträucher säumten die geschotterte Straße, durch das geöffnete Wagenfenster drang das Zirpen der Grillen zu ihr hinein. Erdiger, würziger Geruch stieg ihr in die Nase und verwob sich mit der abschwächenden Hitze des späten Nachmittags.

Sie streckte sich auf ihrem Sitz, blickte nach links, nach rechts, dann wieder geradeaus und konnte doch nicht alle Eindrücke aufnehmen. Zu ihrer Linken, fast schon in ihrem Rücken, breitete sich das Meer aus, durchbrach Landschaft und Himmel als tiefblaues Band. Vielleicht lag es drei Kilometer Luftlinie vom Weingut entfernt, vielleicht auch fünf.

Beiderseits der Zufahrtsstraße zum Weingut wuchsen auf den Hängen, der Sonne entgegengestreckt, Weinreben. Automatisch verlangsamte Laura die Geschwindigkeit noch weiter, um sie sich genauer anzusehen. Junge, kaum auszumachende Trauben saßen an den Pflanzen, von hellgrüner Farbe und noch winzig klein. Sie sahen eher aus wie Gruppen von Stecknadeln, und Laura fiel es schwer, sich vorzustellen, dass aus diesen Häufchen durch fachmännische Pflege und süditalienische Sonne jemals große, pralle Trauben mit mehreren Kilogramm Gewicht werden sollten.

Drei, manchmal vier Reihen Draht, aufgespannt zwischen Holzpfosten, bildeten das Gerüst für die Weinreben. Derart festgebunden fanden sie Halt, während die in gleichmäßigem Abstand aufgespannten Drahtreihen für Struktur und Ordnung sorgten. Jede Weinrebe war sorgfältig an die Drähte aufgebunden worden.

Obwohl Laura wusste, dass dieses Verfahren die Pflege und

das Beernten des Weinbergs vereinfachte, rieselte ihr ein leichter Schauer des Unbehagens den Rücken hinunter. Diejenige Weinrebe nämlich, welche es wagte, aus der Reihe auszubrechen, freier und wilder zu wachsen als alle anderen, würde gestutzt werden, damit wieder Einheit herrschte. Die Regelmäßigkeit der Reihen stieß Laura mit einem Mal ab. Sie gab Gas und legte den Rest der Strecke zurück, die sie und ihren Fiat noch von der lockeren Ansammlung von Gebäuden trennte, welche sich vor ihr abzuzeichnen begannen.

Die Zuwegung mündete in einen großen Platz, der von einer Handvoll Gebäude gesäumt war. Laura steuerte ihr Auto vor das größte, ein zweistöckiges Landhaus aus gelblich braunem Sandstein mit einem gedrungenen Dach aus terrakottafarbenen Tonziegeln.

Sie zählte links und rechts der offen stehenden Haustür je vier Fenster, deren dunkelgrüne Läden alle verschlossen waren, bis auf eins zu ihrer Rechten. Dort arbeitete ein Mann an einem geöffneten Laden, welcher im Vergleich zu den anderen noch sehr neu aussah. Er blickte kurz auf, als sich das Fahrzeug näherte, und Laura erhaschte einen Blick auf ein gebräuntes, anziehend wirkendes Gesicht, auf dessen Wangen ein dunkler Bartschatten lag und das von dunklen, fast schulterlangen Haaren umspielt wurde. In dem kurzen Moment, als sich ihre Blicke trafen, spürte sie einen Schwall Hitze in sich aufsteigen, der ihren Herzschlag emporschnellen und sie nervös werden ließ. Ihn jedoch schien sie nicht zu beeindrucken, denn nach dem kurzen Aufschauen, wer auf den Hof gekommen war, neigte er den Kopf bereits wieder und setzte seine Arbeit ungerührt fort. Laura nahm an, dass der Mann zu einer Handwerkerfirma gehörte, die einen der Fensterläden ersetzte oder reparierte.

»Nun, wenn ein Handwerker vor Ort ist, wird ja auch jemand

von der Verwalterfamilie da sein, oder?«, murmelte sie am Steuer und schnallte sich ab. Sie wollte besser gar nicht daran denken, wie befangen sie im Grunde genommen jetzt schon war. Sie empfand sich selbst als Fremdkörper in einem geschlossenen System, hatte keine Ahnung, wie sie Zugang zu diesem bekam und ob man ihr diesen überhaupt gewähren würde. Doch sie war nun einmal die Erbin dieses Weinguts und hatte beschlossen, ihre eigenen Pläne umzusetzen.

Sich dies vor Augen führend nahm sie ihre große schwarze Handtasche vom Beifahrersitz und verließ ihre türkisblaue Sicherheitszone namens Fiat 500. Entschlossenen Schrittes ging sie auf den Handwerker zu.

Dieser ließ seine Tätigkeit nun doch ruhen, sobald er gemerkt hatte, dass sie ausgestiegen war, und blickte sie an.

»Hallo!«, begrüßte sie ihn. Sein skeptischer, zurückhaltender Blick stach ihr ins Auge. Wahrscheinlich hielt er sie für eine Touristin, die sich in der Gegend verfahren hatte. Vielleicht fühlte er sich auch bei seiner Arbeit gestört. Er wirkte vital, schien noch voller Tatendrang an diesem Frühsommerabend. Laura schätzte ihn auf Mitte dreißig. »Ich suche die Verwalterfamilie des Weinguts. Können Sie mir sagen, wo ich sie finde?«

Beim Klang ihrer in stockendem Italienisch hervorgebrachten Frage erhellte sich seine Miene etwas.

»Warum suchen Sie sie denn?« Er wandte sich wieder seiner Arbeit zu. Lauras Augen folgten der Bewegung, sahen große, gebräunte Hände Einstellungen an Scharnier und Fensterladen vornehmen. Von Nahem wirkte er ungewöhnlich attraktiv auf sie, wenngleich sie sich nicht erklären konnte, warum. Sie kannte ihn schließlich überhaupt nicht.

»Ich möchte sie sprechen«, antwortete sie. Ihr Blick ruhte

weiterhin auf seiner Beschäftigung, bis er durch seine nächsten Worte wieder auf sein Gesicht zurückgelenkt wurde.

»Falls Sie hier übernachten möchten: Die Pension Florentina gibt es schon lange nicht mehr. Ich weiß, dass sie immer noch in einigen Reiseführern erwähnt wird, aber wir haben den Betrieb vor Jahren eingestellt.«

»Es gab hier eine Pension?« Vor lauter Überraschung übersah Laura die Tatsache, dass der Mann im Plural gesprochen hatte, als gehörte er dazu.

»Ja.« Er unterbrach seine Arbeit nun ganz, richtete sich auf und deutete mit dem ausgestreckten Arm auf eins der Nebengebäude, welches ein gutes Stück abseits des Platzes lag. Ein Kopfnicken forderte sie auf, seiner Blickrichtung zu folgen. »Das Gebäude dort. Das ist die ehemalige Pension Florentina.«

In dem Gebäude musste es tatsächlich schon seit Langem keinen Pensionsbetrieb mehr geben, sinnierte Laura, als sie das verwahrloste Äußere und den zugewucherten Weg, der zum zweistöckigen Haus führte, betrachtete. Das Gras stand gut einen Meter hoch, kleine Büsche eroberten die Beete entlang des Weges zurück, Disteln, Kamille und andere Kräuter stellten sich dem Besucher in den Weg.

Die Läden vor den Fenstern des Gebäudes waren geschlossen, so sie denn noch da waren: Einige schienen entfernt worden zu sein oder hatten sich nicht mehr in den Angeln halten können, weil sie vermodert waren. Alles in allem machte das rechteckige, längliche Gebäude einen bemitleidenswerten Eindruck. Nicht gerade überzeugend für einen Immobilienmakler, fand Laura, hütete sich aber, diesen Gedanken laut auszusprechen.

»Wieso wurde der Betrieb denn eingestellt?«, erkundigte sie sich und richtete den Blick wieder zurück auf den Handwerker. Dieser wischte sich die Hände an einem Putzlappen sauber. Bevor sie eine Antwort bekam, trat er vom Fenster zurück und kam wenige Sekunden später aus der Haustür zu ihr heraus.

Laura musterte den Mann. Er war von großer, athletischer Statur, trug eine abgetragene Jeans, schlichte Arbeitsschuhe und ein einfaches, kariertes Hemd aus Baumwollstoff, dessen Ärmel er bis zu den Ellenbogen aufgekrempelt hatte. Ein schwarzer Werkzeuggürtel lag locker auf seinen schmalen Hüften, aus dem Schraubenzieher, Kugelschreiber und anderes Kleinwerkzeug hervorlugten. Zu Lauras großer Irritation steckte an der Seite sogar eine Gartenschere.

»Nun. Manchmal klappt das eben nicht so, wie man es sich wünscht.« Laura blickte ihn fragend an, wartete ab, ob er noch mehr sagen würde. Dabei fiel ihr seine ungewöhnliche Augenfarbe auf: Die Iris bestand aus einem klaren Graugrün, dem braune Sprenkel beigemischt waren. Durch seine gebräunte Haut hob sich die auffällige Farbe strahlend von seinem Gesicht ab. Sie wartete jedoch vergeblich auf eine Erklärung. Er verriet nichts weiter, sah nun seinerseits abwartend auf sie herab.

»Das klingt nach Pleitegehen«, rutschte es ihr heraus. »Das ist ja nicht so schön.« *Gar nicht schön*, hätte es wohl eher getroffen, aber auch das konnte sie nicht laut aussprechen. Ganz bestimmt war dem lokal ansässigen Immobilienmakler, mit dem sie einen Termin ausmachen wollte, die Pleite des Florentina bekannt. Wäre das Objekt dadurch schwerer verkäuflich? Wer wollte sich ein Weingut ans Bein binden, auf dem eine verwahrloste, seit Jahren stillgelegte Pension stand? Zweifel beschlichen Laura. Sie befürchtete, dass der Verkauf doch nicht so leicht werden würde, wie sie es sich erhofft hatte. Sie wandte sich um und blickte über den Platz, bis hinüber zu den anderen Gebäuden, die dem Haupthaus gegenüberstanden.

Das erste dieser Gebäude schien ein Wohnhaus zu sein. Es

war kleiner als das Haupthaus, auf dessen Treppenabsatz sie sich gerade befand. Aus demselben graugelblichen Stein erbaut wie das Haupthaus, schien es von allen Gebäuden im Ensemble das Anheimelndste zu sein. Laura wurde sofort klar, woran das lag: Jemand hatte sich Mühe gegeben und Terrakottatöpfe voll Geranien und anderer Sommerblüher rechts und links der Haustür aufgestellt, und weiße Gardinen hingen hinter den Fenstern, deren Läden auf dem nun beschatteten Teil des Gebäudes wieder geöffnet worden waren.

Sie war sich ziemlich sicher, dass dieses Haus der Sitz der Verwalterfamilie sein musste. Ein weiteres, viel kleineres Gebäude daneben schien ebenfalls leer zu stehen, denn es machte einen ähnlich einsamen Eindruck wie das Haupthaus und das Pensionsgebäude. Es hatte nur ein Stockwerk, auf dem ein flaches Dach aus Tonziegeln ruhte. Die Läden der zwei Fenster neben der braunen Haustür waren geschlossen.

Rechts des kleinen Gebäudes säumten Steineichen, Olivenbäume und immergrüne Sträucher den Platz. Dahinter sah Laura am Horizont das Meer liegen, dessen Farbe sich im wechselnden Licht des Tages zu einem blassgraublauen Streifen verwandelt hatte.

Die Pflanzengruppe wurde von einem schmalen Weg unterteilt, der den Hügel in den Weinberg hinabführte. In einiger Entfernung vom Hauptgebäude stand ein trutzig und massiv wirkendes Wirtschaftsgebäude. Seine Lage bildete den Abschluss des Platzes zu Lauras Rechten, und seine wuchtigen Mauern wurden durch eine Reihe kleiner viereckiger Fenster durchbrochen. Laura vermutete darin die Weinproduktion.

»Nein. Nicht pleitegegangen, sondern aufgegeben«, erwiderte der Mann hinter ihr, und Laura wandte sich zu ihm zurück. Er verlagerte sein Gewicht auf das linke Bein und stemmte die linke Hand in die Seite. Er wirkte ungeduldig, als er sich durch die glatten dunkelbraunen Haare strich. »Wie auch immer. Wenn Sie eine Gelegenheit zur Übernachtung suchen, muss ich Sie leider enttäuschen. Wir nehmen keine Gäste mehr auf. Am besten fahren Sie zurück ins Dorf und nehmen sich dort ein Zimmer im Hotel.«

»Gehören Sie zum Weingut dazu?«

»Ja, allerdings. Ich bin der Verwalter.«

»Oh! Ich hielt Sie für einen Handwerker, der einen Auftrag zur Reparatur des Fensterladens erhalten hat.«

»Nein, diese kleinen Reparaturen mache ich alle selbst.« Er schnaufte einmal kurz auf. Laura ahnte, dass er keine Lust mehr auf weitere Konversation hatte. »Hören Sie, nichts für ungut, aber ich habe hier noch eine Menge zu tun, und ich will die Zeit nutzen, bevor es dunkel wird. Fahren Sie doch einfach zurück in den Ort, ja?« Damit schien das Gespräch für ihn beendet zu sein, denn er machte Anstalten, in das Haupthaus zurückzukehren.

»Tja. Zwar ist mir das jetzt ein wenig unangenehm, Sie derart zu überrumpeln, aber ich fahre nicht zurück in den Ort. Ich habe vor hierzubleiben.«

»Wie bitte?« Überrascht und dieses Mal sichtlich verärgert sah er sie an. Der Blick aus seinen graugrünen Augen sprach Bände. »Was bitte schön verstehen Sie an meinen Worten nicht?«, fragte er mit Vehemenz. Er trat ganz nah an sie heran, sodass Laura die feinen Fältchen um seine Augen sehen konnte, die die Sonne und der Weinberg in seine Haut eingegraben hatten. »Sie können nicht hierbleiben. Es gibt hier keinen Platz für Sie!«

»Der wird sich schon finden. Mein Name ist übrigens Laura van Dyck. Ich habe dieses Weingut vor Kurzem geerbt.«

Die Wirkung ihrer Worte trat sofort ein.

»*Sie haben was!?*«, fragte er sichtlich schockiert.

»Ich habe das Weingut geerbt. Ich bin die rechtmäßige Besitzerin. Falls Sie mich fragen wollen, ob es mein größter Wunsch war, Besitzerin eines Weinguts zu werden: Nein, war es nicht! Aber ich konnte es mir nun mal nicht aussuchen. Aber auch das Problem kriege ich schon noch gelöst.« Laura stand gerade, verschränkte die Arme vor der Brust und fixierte ihren Gegner. Sie hatte ja selbst nicht vor Begeisterung in die Hände geklatscht, als sie von ihrem Erbe erfuhr.

»Sie haben wohl lange nichts mehr von der ursprünglichen Eigentümerin gehört, was?«, spekulierte sie, als sie seinen abweisenden Gesichtsausdruck sah.

»Das kann ja wohl nicht wahr sein!«, rief er sichtlich erregt aus. »Sie können doch nicht mir nichts, dir nichts hier vorgefahren kommen und behaupten, La Florentina gehöre nun Ihnen! Was erlauben Sie sich!?«

»Okay. Ich habe einen Brief von einer italienischen Kanzlei erhalten. « In ihre Stimme hatte sich ein knurrender Unterton geschlichen. Laura wich keinen Schritt zurück. Instinktiv wusste sie, dass hier gerade Machtverhältnisse geklärt wurden. Und sie hatte keine Lust, sich den Platz, den man ihr in Form des Erbes zugesprochen hatte, streitig machen zu lassen. »Glauben Sie es, oder glauben Sie es nicht: Ich habe das Weingut geerbt. Es gehörte meiner Tante Harriet, die es an meine Mutter Georgina vererbt hat. Leider ist meine Tante vor Kurzem gestorben, und kaum dass sie unter der Erde war, hat meine Mutter dafür Sorge getragen, dass sie das Weingut los ist und ich es stattdessen bekomme. Aber machen Sie sich deswegen keine Sorgen: Ich werde nicht lange hierbleiben. Ich will ... mir nur einen Überblick verschaffen, dann bin ich wieder weg.« Puh, fast hätte sie ihm in ihrer Erregung ihre Verkaufsabsicht direkt ins Gesicht geknallt. Das hätte wahrscheinlich jede weitere Kommunikation zwischen ihnen zum Erliegen gebracht. Laura biss sich auf die Lippe. Es half ja nichts, sie brauchte im Augenblick die Hilfe dieses Mannes, damit sie einen Schlafplatz bekam.

»Also, hören Sie, ich bin seit dem frühen Morgen auf den Beinen, habe seit heute Mittag nichts mehr gegessen und wäre froh, wenn meine Reise für heute einfach abgeschlossen ist. Ich bitte Sie doch nur, mir eine Schlafgelegenheit zur Verfügung zu stellen, eine einfache Matratze auf dem Fußboden reicht vollkommen oder meinetwegen ein Sofa. Ich verspreche, ich lasse Sie in Ruhe, sobald ich das habe, ja?«

»Mann, sind Sie hartnäckig!«, entfuhr es ihm mit einem entnervten Augenrollen, gefolgt von ungläubigem Kopfschütteln. Aber er gab nach. Er trat einen Schritt zurück, verschaffte ihnen beiden mehr Luft zum Atmen und nahm die Gewitterstimmung mit sich. »Also gut. Kommen Sie herein, Laura van Dyck!« Er deutete mit der Rechten auf die offene Haustür und ließ ihr den Vortritt.

»Wie heißen Sie überhaupt?«, fragte sie, als sie an ihm vorbeiging.

»Ich bin Matteo Santoro«, stellte er sich vor, sobald er ihr ins Innere des Gebäudes gefolgt war. Sie standen in einem geräumigen Flur, auf dessen rechter Seite eine Treppe in das Obergeschoss führte und von dem mehrere Türen in die Zimmer des Erdgeschosses abgingen. Jetzt, wo sie auf selber Höhe nebeneinanderstanden, nahm sie den Größenunterschied zwischen ihnen überdeutlich wahr: Neben seiner beeindruckenden Größe von fast zwei Metern kam sie sich winzig vor, da sie ihm kaum bis ans Brustbein reichte. »Ich bin der Enkel der ursprünglichen Eigentümerin Giulia Santoro. Ahh –«, unterbrach er sich und berührte sie am Arm, damit sie ihm ihre volle Aufmerksamkeit schenkte. »Da fällt mir etwas ein: Giulia wohnt immer noch hier auf dem Weingut. Es ist das erste Gebäude gleich neben der Auffahrt. Das ist ihr Haus. Lassen Sie sie bitte in Ruhe, ja? Sie ist sehr alt und verträgt keine unnötige Aufregung.«

»Sie muss das mit dem Erbe aber erfahren«, widersprach Laura.

»Sicher. Sobald ich sichergehen kann, dass Sie mir die Wahrheit erzählen.« Matteos Stimme klang warnend. Davon ließ Laura sich nicht beeindrucken.

»Ich lüge nicht. Ich habe die Papiere bei mir, die die Rechtmäßigkeit meiner Ansprüche beweisen.« Sie sprach ganz ruhig. »Soll ich sie Ihnen zeigen?«

»Das muss bis morgen warten. Wenn ich meine Arbeit noch fertigkriegen will, muss ich mich wirklich sputen. Die Schlafzimmer sind im oberen Stockwerk. Der erste Raum hier vorne links ist die Küche.« Er zeigte auf die verschlossene Holztür. »Der Salon liegt geradeaus. Eine Bibliothek, ein separates Arbeitszimmer und andere Räume gibt es zwar auch noch, aber das Haus ist nicht in Gebrauch. Am besten benutzen Sie eins der zwei Bäder oben, wenn Sie duschen wollen. Ich stelle Ihnen die Haupthähne für Wasser und Strom gleich noch an. Die Bäder und die Küche haben Warmwasserboiler.«

»Danke!« Laura war froh, den Disput mit Matteo fürs Erste beigelegt zu haben.

»Um alles Weitere müssen Sie sich selbst kümmern.«

»Klar.«

»Also dann.« Er wandte sich zum Gehen. »Ach ja: Hier ist der Schlüssel für das Haus.« Laura spürte, wie unangenehm es ihm war, einer Fremden den Haustürschlüssel überreichen zu müssen.

»Keine Angst, ich stehle Ihnen die goldenen Löffel nicht, Matteo«, versuchte sie zu scherzen, um ihr eigenes Unwohlsein zu überspielen. War es überhaupt richtig, was sie hier tat?

»Es gibt hier keine goldenen Löffel, die Sie stehlen könnten, Laura«, entgegnete Matteo prompt. »Ich mache den Fensterladen fertig, und dann haben Sie hier Ihre Ruhe. Wir sprechen uns morgen.«

»Okay. Bis morgen!« Laura stellte ihre schwarze Tasche neben der Haustür ab und eilte die vorderen Stufen hinunter, um ihren Koffer aus dem Fiat zu holen. Ein leichtes Kribbeln im Nacken verriet ihr, dass Matteo sie nicht aus den Augen ließ.

9. Kapitel

Kurz darauf war Laura allein im Haupthaus. Mit Einbruch der Dunkelheit schaltete sie in ihrem Schlafzimmer, an der Treppe, auf dem großen Flur unten und in der Küche das Licht ein.

Die altmodische Beleuchtung, die aus Lampenschirmen, einem imposanten Kronleuchter im Flur und Glühbirnen in simplen Fassungen bestand, spendete den Räumen ein warmes, wenn auch etwas schummriges Licht. Man hatte die Möbel mit Laken abgedeckt, um sie vor Staub zu schützen. Laura fing zuerst in dem von ihr gewählten Schlafzimmer an, die Laken vorsichtig von den Möbeln herunterzuziehen.

Sie versuchte, so wenig Staub wie möglich aufzuwirbeln, doch schon wenige Augenblicke später tanzten Staubfäden durch die Luft, kitzelten sie in der Nase und brachten sie zum Niesen.

Sie trug die Laken nach unten und deponierte sie im großen Salon, den sie danach wieder sich selbst überließ. Allein die wenigen Räume Schlafzimmer, Bad und Küche stellten sie an diesem ersten Abend vor genügend Herausforderungen: Woher ein frisches Bettlaken für das Bett bekommen? Funktionierte der Boiler im Bad auch wirklich noch? Sie sehnte sich nach einer Dusche. Das Rumpeln des altersschwachen Kühlschranks in der Küche erklang unangenehm laut durch das stille Haus. Ob er überhaupt noch richtig arbeitete?

Schließlich fand sie frische Bettwäsche in einem wuchtigen Schrank auf dem oberen Flur. Zwischen Stapeln von Bettlaken, Kissen- und Bettbezügen entdeckte Laura eine Handvoll Lavendelsäckchen, die das Leinen vor Mottenfraß schützen sollten. An der Wäsche haftete ein kaum mehr wahrnehmbarer Lavendelduft, und Laura fragte sich unwillkürlich, wie lange das Haupthaus bereits leer stand. Sie wählte einen Kissen- und einen Bettbezug aus, die beide mit dem Monogramm »AS« bestickt waren. Sie fuhr mit dem Finger die erhobenen Buchstaben nach und überlegte, wer das wohl gewesen sein könnte.

Ein lautes Knacken ließ sie zusammenzucken. Es kam aus dem Bad, in dem sie den Wasserboiler angestellt hatte. Verschreckt überprüfte Laura den Boiler, aber es schien alles in Ordnung zu sein. Sie atmete zittrig aus und fragte sich einmal mehr, ob sie dem, was sie an dem ihr vollkommen unbekannten Ort vorhatte, gewachsen war.

»Natürlich kannst du das, Laura van Dyck!«, schalt sie sich. »Das ist nur ein altes Haus, das Geräusche macht. Mehr nicht. Verkauf das Weingut einfach und bau dir etwas Eigenes auf.«

Die Erinnerung an den Zweck ihrer Reise führte ihr vor Augen, dass sie Fiona schon längst eine Nachricht schuldete. Seit ihrem Disput im Restaurant hatten sie nicht mehr miteinander gesprochen. Fiona wusste noch gar nicht, dass Laura in Italien war, geschweige denn, dass sie durch den Verkauf dieses Weinguts viel schneller an Kapital herankommen würde, als jede von ihnen jemals erwartet hätte.

Bei diesem Gedanken hob sich ihre Stimmung automatisch. Guter Dinge richtete sie ihr Bett her, dann suchte sie in ihrem Koffer nach dem Päckchen Cracker, welches sie morgens in letzter Minute hineingesteckt hatte. Sie förderte ein Notizbuch und einen Stift zutage, nahm ihre Sachen und ging hinunter in die Küche. Sie würde es schaffen. Das stand außer Frage.

Ein paar Minuten später ging Laura noch einmal hinaus zu ihrem Fiat. Die Dunkelheit war hereingebrochen, das Gebäudeensemble lag in schläfriger Stille um den Platz, eingelullt durch das immerwährende Zirpen der Zikaden, die im hohen Gras und den Sträuchern rund um den Platz saßen. Irgendwo weiter oben am Hang, in einiger Ferne zum Haus, ertönte der einsame Ruf eines Vogels. Es war noch recht warm, denn die Mauern und der geschotterte Platz gaben die aufgenommene Tageswärme wieder ab.

Gegenüber, im Haus des Verwalters sah Laura vereinzelt Licht durch die Fensterläden hervorblitzen. Alles um sie herum lockte mit Wärme und Geborgenheit, vermischt mit einem instinktiven Gefühl von Heimat, wenn sie sich nur darauf einließ. Doch dasselbe Unwohlsein, welches sie bereits im Vorbeifahren an den Rebenreihen verspürt hatte, erfasste sie erneut.

Sie holte die Wasserflasche aus der Seitentür des Fiats und schlug diese zu. Plötzlich war Stille um sie herum. Die Zikaden hatten innegehalten, und auch der Ruf des Vogels erklang nicht mehr.

Am nächsten Morgen war sie früh auf den Beinen. In der ungewohnten Umgebung hatte sie nicht gut geschlafen. Geräusche des unbekannten Hauses hatten sie häufig aufschrecken lassen. Nach dieser unruhigen Nacht sehnte sie sich nach einem starken Kaffee und einer Dusche.

Im Bad drehte Laura den Wasserhahn der altmodischen Duschbadewanne auf und staunte nicht schlecht, als ihr zunächst eine rostbraune Brühe entgegenfloss. Es dauerte etwas, bis das Wasser die Leitung sauber gespült hatte, doch dann stand sie in der Wanne, ließ sich das warme Wasser über den Kopf rieseln und seufzte zufrieden auf.

Nach der Dusche packte sie ihre Handtasche und machte sich mit dem Fiat auf den Weg in das unterhalb des Weinguts liegende Dorf. Einer spontanen Eingebung folgend, stellte sie das Autoradio ein, und bald schmetterte sie gemeinsam mit Giusy Ferreri den Hit »Non ti scordar mai di me«. Die angenehm frische Morgenluft drang durch die geöffneten Fenster.

Der kleine Ort bestand aus einer Reihe sich kreuzender Straßen, an die sich die Häuser schmiegten, zwei, drei Stockwerke hoch, verwinkelt gebaut, mit schmalen Gassen, die zwischen den Häusern den Hang hinauf- und hinabführten. Laura fand einen Parkplatz in einer Seitenstraße und schlenderte auf der Suche nach einem Bäcker oder einer Bar durch den Ort. Als die Straße einen Schlenker machte und den Blick über die weite Ebene unterhalb des Dorfes freigab, unterbrach sie ihre Suche und nahm sich die Zeit, den wunderbaren Ausblick zu genießen. In der klaren Morgenluft zeichneten sich die Umrisse der umliegenden Landschaft deutlich ab. Dort, wo das Mittelmeer in seinem tiefen Blau auf das Land traf, lag der andere Gemeindeteil des Ortes mit seinem Hafen. In weiter Ferne zu ihrer Linken begrenzten sanft ansteigende, bewaldete Hügel die Ebene.

Kurze Zeit später ließen der Hunger und die Sehnsucht nach einem Kaffee sie dann aber doch den Weg ins Zentrum der kleinen Gemeinde einschlagen.

An einem Platz, der direkt neben einer Kreuzung lag und von Gebäuden umbaut war, fand sie schließlich das Gesuchte. In einer Bar bestellte sie einen *caffè* und eine *sfogliatella riccia*, eine mit einer fruchtig-cremigen Masse gefüllte Bätterteigmuschel, deren knusprige Hülle aus mehreren Lagen hauchdünnen Blätterteigs bestand und mit Puderzucker bestreut war. Sie genoss ihr erstes italienisches Frühstück an einem der Stehtische draußen vor der Bar in der noch angenehm warmen Morgensonne.

Auf dem Platz vor ihr fand ein Markt statt, der sich nach und nach mit Besuchern füllte. Laura entdeckte einige Touristen, die durch die Reihen gingen und ihre Einkäufe erledigten. Wahrscheinlich waren es Ferienhausgäste aus der Umgebung, die die Selbstversorgung den Hotelküchen und -betten vorzogen.

Ihr Blick blieb an einem hochgewachsenen Mann haften, der ihr bekannt vorkam. Er ging neben einer alten Frau her, die mit Hilfe eines Gehstocks sehr langsam, aber offensichtlich zielstrebig auf einen der Marktstände zusteuerte. Der Mann wandte den Blick von der Frau ab und schaute zur Bar herüber. Vielleicht hatte er gespürt, dass er beobachtet wurde? Jetzt, da er sie anblickte, erkannte sie Matteo Santoro wieder. Wie bereits am Abend zuvor rieselte ein wohliger Schauer durch sie hindurch, als sie sich für Sekunden anschauten.

Sie erhob die Hand zum Gruß, doch da wandte Matteo sich wieder zu der alten Frau um, die ihn anscheinend angesprochen hatte. Laura überlegte, ob sie sich einfach zu den beiden gesellen sollte, unterließ es dann aber doch. Sie nahm an, dass es sich bei der gebrechlichen Dame um Giulia Santoro handelte, Matteos Großmutter.

Sie ging zurück in die Bar, bestellte sich einen weiteren Caffè und kehrte damit an den Stehtisch zurück. Sie würde schon noch früh genug mit Giulia Santoro in Kontakt kommen. Ihr fiel ein, dass sie sich bei Fiona melden wollte.

Sie zog ihr iPhone hervor und verfasste eine E-Mail.

Liebe Fiona,

nach unserem letzten Treffen haben sich bei mir die Ereignisse überschlagen. Ich schreibe dir gerade aus Italien, denn ich habe vollkommen unerwartet ein Erbe erhalten, das mich zugegebenermaßen von den Socken gehauen hat. Tante Harriet war Besitzerin eines Weinguts in Kampanien, welches nun, da sie gestorben ist, mir vererbt wurde.

Nur so viel in Kürze: Ich habe nicht die Absicht, es zu behalten. Ich glaube, es ist besser, wenn ich es möglichst rasch verkaufe. Deine Worte, so hart sie auch waren, haben mich zum Nachdenken gebracht. Und du hast recht, wenn du sagst, dass ich nach jedem Strohhalm greife, der sich auch nur irgendwie als Halt entpuppen könnte. Deshalb will ich es hier gleich richtig machen: Das Weingut ist nicht das, was ich mir unter Halt vorstelle. Ich möchte nicht noch einmal enttäuscht werden, weshalb ich beschlossen habe, es zu veräußern. Somit sollte genug Kapital vorhanden sein, damit wir ein eigenes Restaurant auf die Beine stellen können – wenn du noch möchtest, versteht sich. Meine brüske Reaktion auf deine im Grunde genommen nur wahren Worte tut mir im Nachhinein sehr leid.

Ich melde mich, wenn ich Neues bezüglich des Verkaufs weiß.

Liebe Grüße,

Laura

Laura schickte die E-Mail ab. Es dauerte eine Ewigkeit, bis die Nachricht über das Handy verschickt worden war, und sicherlich würde es sie auch ein halbes Vermögen kosten, diese Daten abzuschicken, aber das hier war wichtig. Sie schuldete Fiona eine Erklärung und eine Entschuldigung.

Als die E-Mail endlich versendet war, ging Laura selbst auf den Markt. Von Matteo und seiner Mutter war nichts mehr zu sehen. Sie schlenderte gemächlich von Marktstand zu Marktstand, betrachtete die Lebensmittel, die überwiegend aus der Region zu stammen schienen. Neben Blumenkohl, verschiedenen Salatsorten, Zucchini und Erdbeeren entdeckte sie Aprikosen aus der Anbaugegend um den Vesuv, Orangen, Zitronen, Büffel-Mozzarella, Honig, Culatello-Schinken und den aromatischen Bauchspeck Pancetta. An einem anderen Marktstand gab es verschiedene Sorten eingelegter Oliven und kalt gepresstes Olivenöl von klarer, hellgrüner Farbe. Laura genoss den Anblick der farbenfrohen Auslage der Marktstände und ließ sich Zeit bei ihrer Auswahl. Als ihr Blick zufällig auf Frühlingszwiebeln fiel, musste sie schmunzeln. Hier, unter der süditalienischen Sonne, wirkten die straffen sattgrünen Bündel weit weniger bedrohlich als im Chaos der Restaurantküche ihres ehemaligen Arbeitgebers. Spontan ließ sie sich ein Bund in ihre braune Papiertüte einpacken. Drei saftige, längliche San-Marzano-Tomaten, ein Stück Cacioricotta-Ziegenkäse und etwas Soppressata, eine intensiv-würzige cilentanische Salami, fanden ebenfalls den Weg in ihre Papiertüte, außerdem mit Mandeln gefüllte, getrocknete weiße Feigen und kleine weiße Controne-Bohnen.

»Wie ich sehe, entdecken Sie gerade die süditalienischen Spezialitäten!«, wurde sie plötzlich von der Seite angesprochen. Laura wandte sich überrascht um. Neben ihr stand Matteo Santoro. Sie war so vertieft in die Auslage des Marktstands gewesen, dass sie ihn gar nicht herbeikommen sehen hatte.

»Oh ja«, nickte sie und hob zur Bestätigung die bereits gefüllten Beutel hoch, die sie trug. »Guten Morgen! Ich freue mich schon richtig darauf, mit diesen ganzen Leckereien zu kochen und die lokale Küche und ihre Spezialitäten zu entdecken.« Ein leises Gefühl von Verlegenheit beschlich sie, als ihr bewusst wurde, dass sie im Begriff war, hier im Ort ganz unverfänglich mit Matteo zu plaudern. Es führte ihr vor Augen, wie ihr Kennenlernen eigentlich hätte verlaufen müssen. »Matteo«, sprach sie ihn daher rasch an, bevor sie es sich anders überlegen konnte. »Ich muss für mein doch recht rüpelhaftes Verhalten gestern Abend um Entschuldigung bitten. Ich bin ja geradezu auf La Florentina hineingeplatzt. Eine nicht gerade sehr rücksichtsvolle Art, sich als neue Besitzerin vorzustellen.«

»Nun«, lenkte Matteo ein. Mit der rechten Hand strich er sich eine braune Haarsträhne hinter das Ohr und wirkte durch diese Geste genauso verlegen, wie Laura sich in dem Moment fühlte. »Der Start zwischen uns war vielleicht nicht der beste. Das stimmt.« Nun lächelte er verschmitzt, und Lauras Herzschlag setzte für einen Moment aus. Unbewusst hielt sie die Luft an und ließ sie mit einem kaum hörbaren Seufzer entweichen. Sie fühlte sich plötzlich etwas wackelig auf den Beinen. Matteo schien von alledem nichts mitbekommen zu haben. Er schaute sie an, dann machte er mit der Hand eine ausholende Geste und deutete über den Markt. »Haben Sie schon alle Stände besucht?«

Laura nickte. »Ja, allerdings. Nachdem ich meinen Caffè in der Bar getrunken und eine E-Mail an eine Freundin geschickt hatte, bin ich hierherüber geschlendert. Die Auswahl ist wirklich riesig. Sie sind mit Ihrer Großmutter hier, nehme ich an?« Sie schaute sich suchend nach der alten Dame um, die sie zuvor in Matteos Begleitung erblickt hatte. Sie war nirgends zu sehen.

»Ja, das stimmt. Giulia ist gerade zu Besuch bei einer Bekannten. Ich hole sie bald wieder ab, habe aber noch etwas Zeit, und da ich Sie hier auf dem Markt herumspazieren sah, dachte ich, ich schaue mal vorbei.«

»Das ist sehr nett von Ihnen.« Laura lächelte ihn an. »Okay. Also, ich muss dann mal wieder los«, sagte sie dann. Sie fühlte sich etwas atemlos. »Es ist besser, wenn ich die Lebensmittel ins Haus bringe. War nett, mit Ihnen zu plaudern, Matteo!« Sie verabschiedete sich und trug ihre zwei schweren Tüten ausgesuchter Schätze zurück zum Fiat.

10. Kapitel

»Gaillano, was kann ich für Sie tun?« Die Stimme klang angenehm am Telefon. Und noch recht jung.

»Guten Tag, mein Name ist Laura van Dyck. Es geht um einen Besichtigungstermin für ein Objekt hier in der Gegend, ein Weingut.« Laura hielt sich kurz. Der Immobilienmakler Simon Gaillano war eines der Unternehmen gewesen, von denen sie sich Broschüren hatte zuschicken lassen. Sein Büro war im Nachbarort ansässig.

»Ah, bitte erzählen Sie mehr! Ein Weingut, sagten Sie?«

»Nun, es ist das Weingut La Florentina, nicht weit von Ihnen entfernt. Im Moment kann ich Ihnen noch gar nicht so viel dazu erzählen, muss ich zugeben, da ich es erst vor Kurzem geerbt habe. Ich möchte es verkaufen, weil ich selbst andere Pläne habe. Wie wäre es, wenn Sie es sich einfach angucken?«

»La Florentina?« Laura hörte Erstaunen aus Signor Gaillanos Worten heraus. »Oh! Ja, sicher, wir können einen Termin vereinbaren. Wann passt es Ihnen denn am besten?«

»Sagen wir in drei Tagen, am Donnerstag, zehn Uhr?«, schlug Laura vor. »Wollen Sie dann vorbeikommen?«

»Abgemacht. Wir sehen uns am Donnerstag, Signora van Dyck!«

Erleichtert, die nächste Hürde genommen zu haben, beendete Laura das Gespräch.

Sie holte ihr Notizbuch und einen Stift und machte sich daran, zu notieren, was sie bis zur Ankunft des Maklers noch alles vorbereiten musste, um einen überzeugenden Eindruck zu hinterlassen.

Nach ihrem Mittagsimbiss, den sie sich aus ihren zuvor am Markt gekauften Köstlichkeiten zusammenstellte, verließ sie das Haupthaus und erkundete das umliegende Gelände. Am Abend ihrer Ankunft hatte sie sich mit der Anordnung der Gebäude um den kleinen Platz vertraut gemacht, nun spazierte sie einen schmalen Weg zwischen dem Haupthaus und dem etwas klobig wirkenden Wirtschaftsgebäude hangaufwärts.

Einzelne Bäume und Sträucher säumten den serpentinenartig ansteigenden Weg und gaben den Blick über die sich unter ihr ausbreitende Ebene frei. Der Anstieg war anstrengend, und so verlangsamte sie ihr Tempo.

Auf dem terrassierten Hang wuchsen die Weinreben um sie herum. Dann und wann zweigte ein Weg in den Weinberg ab. Die in Reih und Glied stehenden Pflanzen waren ihr steter Begleiter, als sie weiter hangaufwärts wanderte. Die Reihen in den einzelnen Abschnitten wurden bald kürzer, die Flächen, die man dem Hang mühsam abgerungen hatte, schmaler. Dennoch mäanderten die Terrassen noch etliche Meter den Hang hinauf, bis ihr frisches Grün von der heimischen, silbrig dunkelgrünen Vegetation abgelöst wurde.

Als der Wirtschaftsweg die nächste Biegung machte und dabei eine halbkreisförmige Aussichtsfläche frei gab, blieb Laura stehen und blickte über das unter ihr liegende Land. Das Gebäudeensemble des Weinguts La Florentina schmiegte sich unter ihr an den Hang. Laura sah zwischen Pinien, Eichen und anderen Gehölzen das Dach des Haupthauses herausragen. Dahinter lugten das Verwalterhaus und das Nebengebäude hervor, rechts davon das Wirtschaftsgebäude.

Wie friedlich die Gebäude unter ihr in der Sonne lagen, schoss es Laura durch den Kopf. Sie spürte, wie sich die Ruhe des Ortes auf sie zu übertragen begann. Die Zufahrtsstraße schlängelte sich den Hang hinab, durch Weinberge hindurch und verschwand schließlich in einer Senke, aus der sie als silberner Streifen wieder auftauchte. Weit in der Ferne lag das Dorf, zu dem La Florentina gehörte. Noch weiter entfernt, von hier oben sich wie ein unendlich langer tiefblauer Streifen über den Horizont ausbreitend, lag das Meer. Beim Anblick dieser unermesslichen Weite atmete Laura unwillkürlich tief durch. Es war Wochen her, dass sie sich hatte entspannen können, nun merkte sie, wie der Stress von der chaotischen Arbeit im Restaurant Pescatore von ihr abzufallen begann. Erst jetzt wurde ihr bewusst, wie sehr sie dort gelitten hatte. Es war nicht der richtige Arbeitsplatz für sie gewesen. Da hatte Fiona ganz recht gehabt, das musste sie sich eingestehen. Dass sie sich trotzdem so sehr daran geklammert hatte, anstatt sich etwas anderes zu suchen, das besser zu ihr gepasst hätte, führte ihr vor Augen, wie sehr sie nach Halt strebte, sogar dann, wenn dies schlechte Bedingungen für sie bedeutete. Auch das hatte Fiona längst erkannt und ihr zu sagen versucht. Doch Laura hatte davon nichts hören wollen. Nachdenklich grub sie die Zähne in die Unterlippe. Immer mehr dämmerte ihr, dass sie anscheinend nach etwas suchte, jedoch nicht genau wusste, was es war, geschweige denn, wo sie danach suchen sollte.

Schließlich löste sie sich von ihren grüblerischen Gedanken und sah sich das Dach des Gästehauses des Weinguts genauer an. Aus ihr unerklärlichen Gründen reizte dieses Gebäude sie. Es weckte ihre Neugierde. Der Blick von hier oben auf das Dach verriet ihr, dass das ehemalige Gästehaus sogar noch länger war als das Hauptgebäude. Unten, vor dem verlassenen Gebäude stehend, war ihr das gar nicht aufgefallen. Nun sah sie es deutlich.

Die Terrakottaziegel auf dem Dach schienen weitestgehend intakt zu sein, wie Laura erleichtert feststellte. Die heiße Luft flirrte über ihnen in der Nachmittagshitze.

Das lang gestreckte Gebäude stand als einziges schräg in dem Ensemble um den kleinen Platz. Während alle anderen Gebäude mit ihrer Längsseite parallel zur Seite des Platzes lagen, befand sich die Giebelseite der Pension in einem spitzen Winkel zum Platz, seine Längsseite zog sich weit den Hang entlang. Unterhalb des Gebäudes musste eine freie Fläche gewesen sein, denn dort fehlte der Bewuchs hoher Gehölze.

Laura kniff die Augen zusammen, um die Umrisse besser erkennen zu können. Tatsächlich, ihre Augen trogen sie nicht: Ein Poolbecken, nun trockengelegt, verlief parallel zum Gästehaus. Da sie es von hier oben noch so deutlich erkennen konnte, musste es ein verhältnismäßig großer Pool gewesen sein.

»Das gibt's ja nicht!«, entfuhr es ihr unwillkürlich. »Ein Gästehaus mit Pool und Meerblick. In einem Weingut. In einer touristischen Region ...« Kopfschüttelnd machte sie sich wieder auf den Weg zurück. Der Drang, sich das Entdeckte aus der Nähe anzugucken, überhaupt das ganze Gästehaus genauer unter die Lupe zu nehmen, wurde übermächtig. Was musste hier passiert sein, dass man so etwas »aufgegeben« hatte? Matteos Worte vom Vorabend hallten in ihrem Kopf wider, verbanden sich mit dem Widerwillen ihrer Mutter Georgina, ihr mehr über das Weingut und ihre Beweggründe zu erzählen, es nicht selbst als Erbin zu beanspruchen.

Als Laura verschwitzt und mit klopfendem Herzen wieder auf

dem Vorplatz ankam, fiel ihr zuerst die Frau auf, die im Schatten ihres Hauses auf einem Stuhl saß. Giulia Santoro.

»Guten Tag!« Laura grüßte und trat einige Schritte näher an Giulia heran. Vielleicht war diese Gelegenheit die beste, die sie bekäme, um sich der Älteren vorzustellen. Bei der Begrüßung hob Giulia den Kopf.

»Hallo!«, entgegnete diese. Ihr Blick wirkte nicht direkt verschlossen, aber auch nicht gerade voll freudigem Überschwang. Laura zögerte. Giulia schien ebenfalls zu zögern.

»Ich –«, setzte sie an, doch im gleichen Augenblick sagte Giulia: »Für eine Wanderung sind Sie zu spät dran. Sie sollten gleich frühmorgens aufbrechen, wenn es noch kühl ist. Der Weg, auf dem Sie waren, schließt an einen Wanderweg an. Es ist schön dort oben.«

»Oh, sicher ... Nun, ich wollte eigentlich gar nicht wandern, wissen Sie. Ich wollte bloß ein paar Schritte vor die Tür machen und die Umgebung kennenlernen. Aber Sie haben recht: Um zu wandern, ist es jetzt zu heiß.«

Wieder schwiegen beide einen Moment, und Laura wagte es nicht, das Gespräch an sich zu reißen. Stattdessen musterte sie Giulia Santoro verhalten. Wie alt diese wohl sein mochte? Sie wirkte weit über achtzig, vielleicht sogar schon über neunzig, doch in ihren dunklen Augen lag gleichsam eine Spur Jugendlichkeit. Ihre Haut war vom Alter, von der Sonne und lebenslanger körperlicher Arbeit gezeichnet, tiefe Falten und Furchen hatten sich in sie eingegraben.

Neben ihr lehnte der Gehstock, den Laura vormittags bereits auf dem Markt an ihr bemerkt hatte. Giulias schlanker Körper wurde von einem dunkelblauen Rock und einer graublauen Bluse bedeckt. An den Füßen trug sie schlichte schwarze Schuhe. Schmuck entdeckte Laura nicht, bis auf einen massiven goldenen

Ring an ihrem Ringfinger, und eine einfache Haarspange hielt ihre Haare auf dem Hinterkopf zusammen, deren Farbe ursprünglich dasselbe Schwarzbraun wie bei ihrem Enkel Matteo gewesen sein musste, nun aber von einem tiefen Grau beherrscht wurde.

»Mein Enkel sagte, Ihr Name sei Laura van Dyck?« Wie so viele Ältere kam Giulia gleich zur Sache.

»Ja, das ist richtig. Ich bin die Tochter von Georgina van Dyck.«

»Warum sind Sie hier?«

»Nun. Zu meiner großen Überraschung wurde mir das Weingut vor Kurzem überschrieben. Ich wusste bis vor wenigen Wochen überhaupt nicht, dass unsere Familie im Besitz dieses Weinguts ist. Und da ich gerade ... etwas Zeit habe, habe ich mich entschlossen, nach Italien zu fliegen und es kennenzulernen.«

Giulia nestelte am Saum ihrer Bluse herum. Sie antwortete nicht gleich, sondern schien abzuwägen, was die besten Worte waren.

»Die Familie van Dyck ist seit Langem im Besitz des Weinguts. Viele Jahrzehnte schon, seit dem Krieg.«

»Können Sie mir mehr darüber erzählen, wie das gekommen ist?« Lauras Neugierde ließ sich nicht länger bezähmen. Sie war sich todsicher, dass Giulia ihr *alle* Fragen würde beantworten können – wenn sie wollte.

»Nun, Carl van Dyck hat das Weingut von meinem Mann Vito übernommen. Seitdem ist es im Besitz der van Dycks«, erklärte die alte Dame knapp.

»Das ist doch sehr überraschend, wenn ich das so sagen darf. Man überschreibt doch nicht einfach ein Weingut, das ja wahrscheinlich schon über Generationen in Familienbesitz war.«

»Manchmal ist so eine Übertragung die beste Alternative. Das dachten mein Mann und ich jedenfalls vor all den Jahren. Carl und seine Frau Amalia hatten große Pläne mit dem Gut und konnten Vito und mich überzeugen.« Giulia blickte zum verlassenen Gästehaus hinüber, und Lauras Blick folgte ihr automatisch.

»Was ist aus diesen Plänen geworden? Warum steht das Gästehaus leer und ist nicht länger in Betrieb?«

»Es hat nicht funktioniert«, beschied Giulia sparsam und griff nach ihrem Gehstock. Mit der rechten Hand stützte sie sich an der Lehne des Stuhls ab und stemmte sich hoch. Sie war anderthalb Köpfe kleiner als Laura, als sie vor ihr stand. In Laura brannte alles darauf, noch mehr zu erfragen, aber instinktiv wusste sie, dass sie keine weiteren Fragen stellen durfte. Offensichtlich war auch Giulia nicht bereit, ihr Näheres über die Vergangenheit des Weinguts zu erzählen.

»Was machen Sie beruflich, Laura?«, erkundigte sich diese gerade bei ihr.

»Oh, ich bin Köchin.« Laura ging bereitwillig auf den Themenwechsel ein. Es war wohl einfach noch zu früh, die Thematik um das Gästehaus zu vertiefen.

»Ach, wie schön!« Giulias Miene erhellte sich. »Dann besitzen Sie Ihre eigene Restaurantküche oder arbeiten in einer mit?«

»Nun ja. Ich möchte mich langfristig gerne selbstständig machen. Derzeit arbeite ich in wechselnden Angestelltenverhältnissen, um noch mehr Erfahrungen zu sammeln.«

»Haben Sie Familie?«

»Nein, nur meine Mutter Georgina.« Lauras Antwort fiel knapp aus. Dann kam ihr ein Gedanke: »Bestimmt kennen Sie meine Mutter, oder? Sie war doch sicherlich oft hier auf dem Weingut, jedenfalls bevor sie mich bekam?«

Bevor Giulia ihr antworten konnte, deren Miene sich bei Lauras Frage verdunkelt hatte, öffnete sich die Haustür, und Matteo trat heraus.

»Hallo, Laura!«, begrüßte er sie.

»Hallo, Matteo!«, grüßte Laura zurück. »Wenn Sie nichts dagegen haben, können wir uns auch duzen.« Sie sah, wie er den Arm um Giulia legte. Die schlichte und wie selbstverständlich wirkende Geste der Zuneigung rührte etwas an ihrem Herzen. Sie spürte einen Hauch von Neid auf Giulia in ihrem Innern und schämte sich dafür. Gleichzeitig unterdrückte sie die Sehnsucht danach, selbst von jemandem gehalten zu werden. Automatisch trat Laura einen Schritt zurück, verunsichert wegen der bei ihr aufkommenden Gefühle.

Sie kam alleine klar.

»Sicher, gern«, antwortete er nun. »Kommst du zurecht im Haupthaus?«, fragte er.

»Danke, ja. Ich lebe mich gerade ein.«

»Sag einfach Bescheid, wenn etwas ist.«

»Das mache ich.« Befangenheit begann sich in ihr auszubreiten. Aus irgendeinem Grund machte Matteo sie nervöser, als gut für sie war. »Also dann. War nett, Sie kennenzulernen, Signora Santoro!« Laura lächelte die ältere Dame noch einmal an, dann verabschiedete sie sich und ging in das große, stille Haupthaus zurück.

11. Kapitel

Nach ihrer Begegnung mit Giulia verbrachte Laura den restlichen Nachmittag damit, den großen Salon von seiner Last aus Staub und Laken zu befreien, um ihn für Herrn Gaillano präsentabel zu machen. Als sie die Laken abnahm und zur Seite legte, kamen schöne alte Massivholzmöbel zum Vorschein, denen der Zahn der Zeit zum Glück kaum zugesetzt hatte. Es gab eine große Sitzgruppe, bestehend aus einem altmodischen Sofa mit blauem Bezug und dazugehörenden Sesseln, die Laura locker um einen niedrigen Tisch aus Kirschholz positionierte. Eine Anrichte erweckte sie an der gegenüberliegenden Wand aus dem Dornröschenschlaf, ebenso Fußschemel, Beistelltische und Stühle. Zweifellos musste es auf La Florentina einmal gute Zeiten gegeben haben, wenn nicht sogar sehr gute. Laura freute sich über die Entdeckung dieses kleinen Schatzes, der den Glanz vergangener Zeiten widerspiegelte.

In guter Stimmung spazierte sie abends ein weiteres Mal über das Weingut. Dieses Mal wandte sie sich dem Weg zu, welcher dem Haupthaus gegenüber zwischen Bäumen und Büschen den Hang hinabführte. Einmal mehr konnte sie sich nicht an dem atemberaubenden Blick über das ihr zu Füßen liegende Tal bis hin zum Meer sattsehen.

Die Hitze des Tages war einer milden Abendluft gewichen. Laura trug T-Shirt und Jeans, an den Füßen hatte sie Turnschuhe. Ihre langen dunkelbraunen Haare hatte sie wie immer zu einem Pferdeschwanz zusammengebunden.

Das weiche Abendlicht fiel schräg auf den Weinberg, ließ die Reben lange Schatten werfen. Obwohl in Laura widersprüchliche Gefühle tobten, konnte sie sich der Anziehungskraft dieses Stückchen Erde nicht entziehen. Dafür genoss sie die Wärme zu sehr, atmete den würzigen Duft der Landschaft um sich herum einmal mehr tief ein.

Laura schritt die ganze Reihe Reben hinab, deren Hügel sich der Sonne entgegenwölbte. Sie fragte sich, welche Trauben hier wuchsen. Entwickelte sich ein Weißwein? Oder war es eine Rotwein-Traube, die ihre Wurzeln tief in den steinigen Boden grub, um ihm das Aroma Kampaniens abzuringen? Sie bedauerte es, nicht mehr über Wein zu wissen.

Später traf sie auf Matteo, diesen unermüdlich arbeitenden Mann, der mit dem Land verwachsen zu sein schien wie kein anderer. Er schob seine Rebschere in die Rebe hinein, schnitt junge, beblätterte Triebe und einzelne Trauben heraus.

»Du schneidest Weinreben ab?« Laura betrachtete seine Arbeit mit einem Stirnrunzeln. »Warum?«

»Man nennt das Sommerschnitt. Es wird gemacht, um die Qualität der Trauben und damit den Ertrag des Jahrgangs zu erhöhen. Man schneidet das Zuviel an Blattmasse weg, damit die Pflanze ihre Energie nicht in die Blätter, sondern in die Trauben steckt. Außerdem bildet diese Weinsorte sehr viele Trauben aus, sodass das Herausnehmen einzelner Trauben die Gesamtqualität erhöht.« Matteo erklärte es ihr bereitwillig. »Du hast vom Weinbau nicht die geringste Ahnung, oder?« Ein Schmunzeln stahl sich auf seine Lippen, milderte seine spitze Bemerkung ein wenig ab.

»Tja, das stimmt wohl«, bestätigte Laura bedauernd. »Als ich den Weinberg hinunterging, dachte ich bereits, dass es schade sei, so wenig über den Anbau von Wein zu wissen. Gerade weil ich ihn in der Küche und zum Essen doch sehr schätze. Welche Rebensorte ist das denn?«

»Es ist die Fiano, eine uralte, heimische Sorte. Daraus entsteht ein fruchtiger, würziger Weißwein.«

Interessiert betrachtete Laura die jungen Trauben vor sich und strich mit den Fingern darüber.

»Hier!« Matteo reichte ihr die Rebschere. »Probier es aus!«

»Oh! Klar, warum nicht?« Laura nahm die Schere neugierig und ziemlich unsicher an. »Gut, was genau schneide ich jetzt aus? Das hier?« Sie deutete mit der Schere in der ausgestreckten Hand auf einen hoch aufgeschossenen Trieb, den sie entdeckt hatte. Matteo kam näher. Sie spürte seine Körperwärme neben sich.

»Ja, den musst du einkürzen.« Mit der linken Hand hob er einige Blätter an, sodass vereinzelte, winzige Traubenbüschel zum Vorschein kamen. Dabei berührte er sie flüchtig, und Laura spürte ein aufgeregtes Kribbeln unter ihrem Herzen. »Hier, zähl von der letzten Traube fünf Blätter aufwärts, die restlichen können weg.« Er hielt ihr die Traube, die er meinte, hoch, damit sie den richtigen Punkt zum Zählen fand. Ein knapper Schnitt von Laura, und der junge Trieb fiel hinunter auf die Erde unterhalb der Rebe.

»Weiter!«, forderte Matteo sie auf. Laura gehorchte und arbeitete sich mit seiner Hilfe Meter um Meter voran. Bald schon hatte sie heraus, welche Triebe sie einkürzen musste und wo einzelne Trauben herausgenommen oder von zu viel Blattgrün befreit werden mussten.

»Die Querulanten werden herausgenommen, richtig?«

»Genau. Nur die tragenden Triebe und die besten Trauben verbleiben am Weinstock.«

»Fast so wie im echten Leben«, entschlüpfte es ihr leise, während sie weiter aussortierte. Sie hoffte, dass Matteo diese Bemerkung nicht gehört hatte, wurde aber enttäuscht.

»Klingt nach einer schlechten Erfahrung.«

»So kann man es auch nennen, ja.« Laura biss sich auf die Lippe. Aus irgendeinem Grund war es ihr unangenehm, vor Matteo einzugestehen, dass sie rausgeschmissen worden war. Sie riskierte einen Seitenblick auf den großen, sehnigen Mann neben ihr. Er strahlte eine Ruhe und Besonnenheit aus, um die sie ihn beneidete. Hatte er jemals den Halt verloren? Laura kam es nicht so vor. Matteo schien jemand zu sein, der genau wusste, wer er war und wohin er gehörte.

Was würde mit ihm passieren, wenn das Weingut tatsächlich verkauft wurde?

Wieder einmal begannen Zweifel ob der Richtigkeit ihres Vorhabens an Laura zu nagen. Umso dankbarer war sie, als Matteo sie mit seiner nächsten Bemerkung aus ihren Gedanken riss.

»Ich muss gestehen, ich war gestern Abend mehr als nur überrascht, als du hier aufgetaucht bist und behauptet hast, das Weingut geerbt zu haben.«

Laura hob den Blick von den Weinreben und sah ihm ins Gesicht. Er stand mit dem Rücken zum Meer, das in der Ferne sein stetes blaugraues Band zog. Das weiche Licht der Abendsonne, das auf sein Gesicht fiel, milderte die Fältchen um seine Augen und Mundwinkel, gnädig fiel es auf seine gebräunte Haut. Matteos Augen, diese interessante Mischung aus Grün, Braun und Grau, glommen sanft im Abendlicht.

»Es tut mir leid, Matteo«, entschuldigte sie sich noch einmal. »Ich war ziemlich geschafft von der Reise, und um ehrlich zu sein, ist bei mir in den letzten Wochen so viel passiert, dass ich in dem Moment einfach nicht mehr umsichtig genug reagiert habe. Mir wäre es wohl sehr ähnlich ergangen, wenn ich an deiner Stelle gewesen wäre.« Sie wandte sich wieder den Weinreben zu. Die Arbeit war im eigentlichen Sinn nicht anstrengend, aber mühsam. Laura warf einen Blick zurück auf den Teil, den sie bereits geschafft hatte. Nur wenige Meter, und die Sonne schickte sich schon an, hinter dem Hügelkamm zu verschwinden! Langsam dämmerte ihr, warum Matteo unermüdlich am Arbeiten war.

»Magst du darüber reden?«

Zuerst zögerte Laura, doch dann gab sie sich einen Ruck und berichtete ihm in knappen Worten, was vorgefallen war.

»Meine Großmutter und deine Tante Harriet hatten seit vielen Jahren keinen Kontakt mehr zueinander«, sagte Matteo schließlich. Dann berührte er sie sachte am Arm, damit sie sich zu ihm umdrehte. An der Stelle, an der seine Hand auf ihrem Arm gelegen hatte, begann es angenehm warm zu prickeln. Das Ziehen in Lauras Bauch verwandelte sich in ein angenehm warmes Glühen. Durch ihre körperliche Reaktion auf Matteos Berührung etwas aus dem Konzept gebracht, fiel ihr keine Erwiderung ein.

»Zwar war mir schon von klein auf klar, dass wir ›nur noch‹ die Verwalter von La Florentina sind – das weiß schließlich jeder in der Familie und im Dorf –, aber welche Vorkehrungen deine Tante Harriet wegen des Erbes getroffen hatte, das wusste keiner hier.«

»Ist zwischen den beiden Frauen oder zwischen den Familien van Dyck und Santoro mal etwas vorgefallen?«, wagte Laura dann doch zu fragen. Sie brauchte Antworten!

»Ich weiß es nicht, Laura, tut mir leid.« Matteo schüttelte bedauernd den Kopf und zuckte mit den Schultern. »Ich weiß nur, dass Nonna nicht gerne über die Vergangenheit spricht, und ich möchte dich bitten, das zu respektieren. Sie hat ein langes, hartes

Leben hinter sich, und es wäre einfach nicht richtig, sie an ihrem Lebensabend durch alte Kamellen aus ihrer Vergangenheit wieder aufzuregen.«

»Matteo, du musst verstehen: Es geht auch um mich und um meine Familie!« Laura war ein wenig entrüstet. Natürlich verstand sie einerseits, dass man so jemanden wie Giulia einfach schon aus Respekt vor dem Alter nicht mehr aufregte, aber andererseits schien auch sie genauso überrascht von dem unerwarteten Erbe gewesen zu sein wie er! »Ich finde, ich habe ein Recht darauf, zu erfahren, was hier vor sich gegangen ist. Kannst du dir vorstellen, wie ich mich gefühlt habe, als mir meine eigene Mutter nicht erklären wollte, warum sie nie etwas von diesem Besitz erzählt hat?« Bitterkeit hatte sich in ihre Stimme geschlichen, gepaart mit Desillusion. Die alten Gefühle, die sie so gern in England gelassen hätte, schwappten wieder hoch.

Zu ihrer Überraschung trat Matteo ganz nah an sie heran und berührte sie erneut, indem er ihr beide Hände auf die Schultern legte. Nur für einen kurzen Moment, nur um zu zeigen, dass er mit ihr fühlte, denn er nahm sie rasch wieder herunter. Dennoch, dort, wo er sie berührt hatte, stoben winzig kleine Funken durch ihre Adern, ließen tröstliche Wärme in ihr zurück.

»Nun, ich weiß natürlich nicht, wie das ist. Sicherlich warst du überrascht und wohl auch ein Stück weit vor den Kopf gestoßen, denke ich. Ein Erbe dieser Größenordnung verschweigt man normalerweise nicht.«

»Genau. Man spricht drüber. Das hielt Georgina nicht für notwendig. Wie so vieles andere auch.«

»Du verstehst dich offenbar nicht sonderlich gut mit deiner Mutter. Schade.«

»Stimmt. Wir sind wie die Weintrauben hier.« Laura deutete auf die zarten Trauben, die sie von sie bedeckenden Blättern befreit hatte, damit das Sonnenlicht auf sie fallen konnte. »Wir wachsen am selben Stamm, sind uns im Grunde genommen näher als jede andere Verbindung auf dieser Welt und berühren uns doch nie.«

»Immerhin hast du deine Mutter noch«, bemerkte Matteo mit einem trockenen Unterton.

»Oh! Deshalb gibt es nur Giulia und dich hier?«, fragte Laura mitfühlend. »Leben deine Eltern nicht mehr?«

»Sie starben bei einem Autounfall hier an der Küste.« Matteo bemühte sich um einen gleichgültigen Gesichtsausdruck. So, als machte ihm der Verlust seiner Eltern nichts aus. Etwas an seiner Haltung verriet Laura aber, dass das offenbar nicht ganz der Wahrheit entsprach. Er stand zu gerade, die Hände an den Seiten zu Fäusten geballt. »Nun ja, das ist halt so. Es ist schon lange her. Über zehn Jahre.«

»Wie alt bist du?«

»Ich werde im Herbst einunddreißig.«

»Huch, da habe ich dich doch etwas älter geschätzt!«

Matteo lachte belustigt auf. »Ich weiß. Wenn ich hier so herumlaufe«, er blickte an sich hinunter, »und mein Bart langsam länger wird als ein Dreitagebart«, nachdenklich kratzte er sich über den dunklen Schatten auf seinen Wangen, »und ich sowieso längst wieder zum Friseur müsste«, er fuhr sich durch die schulterlangen Haare, »dann halten mich Fremde wohl berechtigterweise für einen Mittvierziger.«

Nun war es an Laura, freiheraus zu lachen. »Oh nein, so schlimm nun auch nicht!« Sie lachte noch einmal, einfach weil es so guttat zu lachen. »Ich dachte an fünfunddreißig, war mir aber nicht sicher«, gab sie mit einem verschmitzten Grinsen zu.

»Also gut, Laura van Dyck: Du hältst mich für älter, als ich wirklich bin – was ich dir nicht verübeln kann, ich komme einfach nicht zum Friseur im Moment –, du hast dieses Weingut geerbt, du scheinst dich mit deiner Mutter nicht sonderlich gut zu verstehen, und obendrein hast du keinen blassen Schimmer vom Weinbau. Warum bist du also wirklich hier? Für einen Urlaub hättest du dich vorher bei uns angekündigt, so will es die Höflichkeit. Hast du aber nicht.« Sein Blick wurde wieder ernst, und plötzlich lag eine greifbare Anspannung zwischen ihnen in der Luft. Keine Spur mehr von gemeinsamem Gelächter und lockerem Umgang miteinander.

Laura brauchte ein paar Sekunden, um sich zu sammeln. Erst dann war ihr eine Antwort möglich, obwohl es ihr schwerfiel, die richtigen Worte zu finden. »Also, wie ich bereits sagte, bin ich zur Besichtigung meines Erbes hier.«

Matteo durchschaute ihr Ausweichmanöver sofort. »Und?«, fragte er schlicht und ließ sie dabei keinen Moment aus den Augen.

»Und was?«

»Komm schon, Laura! Niemand fliegt mal eben so von England nach Italien, nur um sich ›was anzugucken‹. Schon gar nicht, wenn es ein unerwartetes Erbe ist. Was hast du wirklich mit dem Weingut vor?«

»Also gut. Du wirst ja eh nicht aufhören, bis du es rausgekriegt hast.« Laura verschränkte die Arme vor der Brust und stellte sich breitbeiniger hin. Sie rüstete sich für ein sehr unangenehmes Gespräch. »Ich habe die Absicht, das Weingut La Florentina zu verkaufen.«

»Verkaufen?« Matteo schien baff zu sein. Er blickte überrascht auf sie herab und musste offenbar kräftig schlucken, bevor er sich wieder im Griff hatte. »Wie kommst du auf die Idee, es mir nichts, dir nichts zu verkaufen, kaum dass du es geerbt hast? Und an wen willst du es verkaufen?«

»Also«, begann Laura, »wie du eben schon selbst festgestellt hast, habe ich überhaupt keinen Bezug zum Weinbau. Und ich hatte bis vor wenigen Tagen überhaupt keine Ahnung, dass es dieses Weingut hier gibt und dass ich auch noch die neue Besitzerin dieser dreißig Hektar bin. Und um ganz ehrlich zu sein« - Laura holte tief Luft –, »ich brauche es nicht und will es nicht. Ich habe keine Lust, mir ein Projekt dieser Größenordnung ans Bein zu binden. Ich habe bereits andere Pläne für die Zukunft. Und da ich weder informiert war noch überhaupt gefragt wurde, ob ich das Weingut haben will –«

»Muss es weg«, unterbrach Matteo sie schroff. Sein Blick war deutlich abgekühlt.

»Ja. Es muss weg.«

»Soso. Wie schade, dass du es so eilig damit hast, es wieder loszuwerden.« Er klang enttäuscht.

»Und wenn schon!«, entgegnete sie aufgebracht.

»Und hast du bereits einen Termin mit einem Immobilienmakler vereinbart? Hast du das noch schnell vor deinem Abflug aus England geregelt?« Matteo schien nun ernsthaft aufgebracht zu sein. Neben Wut hörte sie deutlich Spott aus seiner Stimme heraus.

»Ja, ich habe einen Termin vereinbart. Und zwar von hier aus. Heute Morgen«, gab sie spitz zurück.

Matteos Augen weiteten sich unwillkürlich, ein Zeichen, dass ihre Worte ihn getroffen hatten.

»Wann ist der Termin? Und mit welchem Makler ist er vereinbart?«, wollte er wissen.

»Ich bin zwar nicht verpflichtet, dir alle Details zu sagen, Matteo, aber gut: Der Termin ist am Donnerstag. Das Büro ist hier in der Gegend ansässig.«

»Tja. Du scheinst ja eine Frau der Tat zu sein.« Matteos

Stimme klang nicht eben wohlwollend. Laura ahnte, dass es hier gerade um Macht ging – genau wie am Abend zuvor – und dass sie um ihrer selbst willen standhaft bleiben musste. Es war ihre Entscheidung, das Weingut schnellstmöglich zu verkaufen. Trotzdem verletzten seine Worte sie in gewisser Weise.

Letzten Endes hielt aber die Angst, Matteo könnte sie überreden, ihr Vorhaben abzubrechen, sie davon ab, das Gespräch mit ihm fortzusetzen. Stattdessen reichte sie ihm die Schere zurück.

»Ich muss wieder ins Haupthaus. Da die Besichtigung schon so bald ist, ist dort noch etliches zu tun.«

Matteo antwortete mit einem Schnauben. »Mit meiner Hilfe brauchst du nicht rechnen. Ich habe hier am Weinberg genug zu tun – auch wenn er nicht mein eigener ist.« Er nahm die Schere entgegen und machte sich wieder an die Arbeit.

Laura stapfte wütend den Hang hinauf. Es wurde bereits dämmerig, Matteo würde also nicht mehr allzu lange in den Rebenreihen verbringen. Sie wünschte, sie hätte ebenfalls einen Platz, so wie er, an dem sie sicher war, dorthin zu gehören. Aber konnte er sich dessen überhaupt noch sicher sein, wenn sie durch ihre Ankündigung im Begriff war, ihm den Boden unter den Füßen wegzuziehen?

Nachdenklich verlangsamte Laura ihren Schritt. Sie blickte sich noch einmal nach Matteo um. Er arbeitete weiterhin still im Weinberg, ab und an hörte sie ein Rascheln, wenn er die Ranken auseinanderzog, um die richtige Stelle zum Schnitt zu finden.

Mit einem Mal wurde Laura klar, dass Matteo genau hierhin gehörte. Nun verstand sie auch, warum er sich von ihr bedroht gefühlt hatte: Er fürchtete um seinen Platz! Da sie wusste, wie furchtbar es war, keinen Ort zu haben, der die eigene Heimat war, nahm sie sich vor, mit dem Immobilienmakler auszumachen, dass der Familie Santoro lebenslanges Wohnrecht als Winzer und Verwalter des Weingutes gewährleistet wurde. Erleichtert über diese Idee ging sie zum Haupthaus zurück.

12. Kapitel

Nach dem unschönen Ausgang des Gesprächs mit Matteo hatte sie Sehnsucht nach etwas Süßem und es in Form dieser kleinen, einfachen Nachspeise, einer *biancomangiare*, gefunden. Aus Mandelmilch, Speisestärke, Zucker und Gewürzen kochte Laura einen Mandelflan, der noch einige Zeit hatte gekühlt werden müssen. In der Zwischenzeit schaltete sie in den anderen Räumen des Erdgeschosses das Licht ein und bereitete sie für den Besuch des Maklers vor.

Wie zuvor schon der Salon waren auch die anderen Räume in einem ausgezeichneten Zustand. Sämtliche Möbel waren sehr gut erhalten. Die Bücher in der Bibliothek rochen angenehm, nicht muffig, was auf Feuchtigkeit im Haus hingewiesen hätte. Die Teppiche auf dem Steinfußboden waren sauber und trugen kaum Gebrauchsspuren.

Laura war erleichtert in die Küche zurückgekehrt, froh darüber, dass sie die Räume im Grunde genommen nur aus ihrem Dornröschenschlaf hatte wecken müssen, um sie vorzeigbar zu machen. Zwei große, duftende Pfirsiche, die sie am Morgen am Markt erworben hatte, kochte sie zu einem Kompott, dann stürzte sie den Flan auf einen Teller und garnierte ihn mit dem Fruchtkompott. Zufrieden seufzend aß Laura ihre Nachspeise, dann stand sie auf und räumte die Küche auf. Sie machte den Abwasch und schenkte sich ein Glas Weißwein ein. Sobald die kalte Flüssigkeit in das Weinglas eingegossen war, beschlug es, und winzige Tröpfchen bildeten sich an seiner Außenseite. Es war ein Wein aus der Region, den sie auch auf dem Markt erstanden hatte.

Laura nahm einen Schluck und schmeckte das Aroma des Weins heraus. Er war spritzig, und zu ihrer Überraschung sehr leicht. Vielleicht war es noch ein sehr junger Weißwein, wenn ihm die ihr sonst vertrauten blumigen und fruchtigen Aromen fehlten? Ihr Interesse an den örtlichen Weinen wuchs, aber im Moment glaubte sie nicht daran, dass Matteo ihr auch nur einen Schritt entgegenkam, wenn sie sich bei ihm erkundigte, dafür war er viel zu erschüttert gewesen von ihrer Ankündigung, das Weingut verkaufen zu wollen.

Nachdenklich betrachtete sie die fast farblose Flüssigkeit und dachte dabei an diesen Mann, der alles für das Weingut tat, obwohl es ihm nicht gehörte. War er glücklich? Jetzt wohl nicht mehr. Aber vorher? Bevor sie in sein Leben hineingerast war wie ein Autofahrer, der die Kontrolle über seinen Wagen verloren hatte? Laura fröstelte.

Doch Schuldgefühle schienen fehl am Platz. Sie wollte diese unerwartet auferlegte Bürde verkaufen, ihr gewohntes Leben in England wieder aufnehmen und ihren Lebenstraum verwirklichen. Kurz entschlossen schnappte Laura sich das Weinglas, löschte das Licht im Erdgeschoss und setzte ihre Erkundungstour im Obergeschoss fort.

Hier oben kannte sie bisher die beiden Bäder, von denen sie das hintere benutzte, und das Zimmer, in dem sie seit gestern schlief. Mutig und neugierig öffnete sie die Türen der anderen Räume, schaltete auch hier überall das Licht ein und entdeckte die letzten Zimmer des großen Hauses.

Vom Flur gingen insgesamt vier weitere Räume ab, von denen

Laura einen für sich beanspruchte. Das nächste Zimmer dahinter war vollkommen leer. Überrascht stand sie in dem großen Raum. War er nie gebraucht worden?

Sie ging auf die andere Seite des Flurs, betrat ein etwas kleineres Zimmer, in dem sie ein Bett von seinem schützenden Laken befreite, sowie eine Kommode, einen Schrank und ein Regal. Schrank und Kommode waren leer, zeigten jedoch Spuren des Alters, wenn man genau hinsah.

Das zweite Badezimmer ließ sie aus, das hatte sie schon gestern Abend kurz angesehen.

Im nächsten Zimmer erwartete sie eine kleine Überraschung. Es war möbliert, an der Stirnseite stand ein großes Doppelbett, flankiert von Nachttischen zu seiner Rechten und Linken. Laura entfernte die Laken.

Das Überbett war aus feinem, fast schon filigranem Stoff, dessen tiefes Blau irisierend schimmerte, als sie vorsichtig darüberstrich. Seide? Auf dem Stoff befanden sich Muster, feine goldene Fäden bildeten Ranken, Spiralen und Blätter. Die Kissen am Kopfende, welche auf dem Überbett lagen, trugen Bezüge aus derselben Farbe. Die Kanten waren mit Fransen und die Ecken mit goldenen Kordeln abgesetzt.

Staunend betrachtete Laura die imposante Entdeckung und kam nicht umhin zu denken, dass jemand hier durchaus herrschaftlich geschlafen hatte.

Eine große Truhe am Fußende des Betts war mit Intarsien übersät. Das feine, gleichmäßige Holz glänzte matt im Licht der Lampen, die Verzierungen erhoben sich auffällig an dessen Oberfläche.

Vor den Fenstern, die nach Westen hin zum ehemaligen Gästehaus zeigten, standen zwei Sessel um einen zierlichen Tisch, der ebenso wie die Betttruhe reich verziert war.

Laura befreite noch einen wuchtigen, aber nicht weniger beeindruckenden Kleiderschrank von seinen Laken und stand schließlich kopfschüttelnd und voller Staunen in dem prachtvollsten Zimmer, das sie jemals gesehen hatte und welches sie sicherlich niemals auf einem italienischen Weingut erwartet hätte, dessen Verwalter ihr mitgeteilt hatte, die Kleinstreparaturen aus Kostengründen bereits selbst machen zu müssen. Es passte vorne und hinten nicht zusammen.

Erst dann fiel ihr auf, dass sie ein Möbelstück gar nicht von Laken hatte befreien müssen.

Eine Kommode, knapp über einen Meter hoch, die lang genug war für zwei Spalten Schubladen, stand gleich links neben der Zimmertür. Laura hatte sie im ersten Moment gar nicht wahrgenommen. Aufwendig gearbeitete Messingknöpfe zierten ihre Front. Klauenfüße trugen ihren Korpus und zeigten seitlich nach außen. Die Abdeckplatte war aus demselben matt glänzendem und fein gemasertem Holz wie die anderen Möbel des Raumes, allerdings lag auf ihr eine feine Staubschicht.

Verwundert blickte Laura die Kommode an. Keinen Moment lang glaubte sie, dass jemand – Giulia vielleicht? – ausgerechnet dieses eine Möbelstück vergessen hatte, als das prunkvolle Schlafzimmer mit den Laken in seinen Dornröschenschlaf versetzt worden war.

Wieso war sie nicht abgedeckt worden wie jedes einzelne andere Möbelstück in diesem großen Haus?

Laura zog neugierig eine Schublade nach der anderen auf. Doch zu ihrer Enttäuschung gab es keinen Hinweis, da sie alle leer waren.

Sie wollte sich schon abwenden und wieder nach unten gehen, als ihr doch etwas auffiel, das sie fast übersehen hätte. Sie drehte sich zur Kommode zurück und öffnete die zweite Schublade auf der rechten Seite ein weiteres Mal. Dann zog sie die danebenliegende, linke Schublade auf. Und richtig, sie hätte es fast übersehen: Die rechte Schublade besaß weniger Tiefe als die linke. Ihr Boden lag wenige Zentimeter höher als der andere.

Interessiert zog Laura die Schublade weiter auf und verglich sie noch einmal mit der danebenliegenden. Kein Zweifel: Der Boden lag definitiv höher!

Laura stellte ihr Weinglas auf der Kommode ab. Da sie im Begriff gewesen war, wieder nach unten zu gehen, hatte sie es bereits in der Hand gehabt. Nun hinterließ die Feuchtigkeit, die sich am Glasfuß gebildet hatte, einen Kreis im Staub auf der Kommode. Hastig wischte sie den Wasserfleck mit dem Ärmel weg und trocknete den Boden des Glases, damit sich keine Wasserränder auf dem wertvollen Holz bildeten.

Dann trieb ihre Neugierde sie jedoch mit aller Kraft an, das Geheimnis um die Schublade zu lüften. Schließlich ertasteten ihre Finger am Ende der Schublade einen schmalen Spalt. Mit viel Geduld gelang es ihr, die falsche Bodenplatte anzuheben und aus der Schublade herauszulösen.

»Oh!«, rief sie überrascht aus, und ihr Herz pochte vor Aufregung, als sie erblickte, was der doppelte Boden freigegeben hatte.

Vor ihr lag, wohl viele Jahre gut verwahrt durch einen einfachen Trick, ein Buch. Noch bevor sie es untersucht hatte, ahnte Laura bereits, dass es ein Tagebuch war. Die Form und die in das Leder eingestanzten Initialen »AS« wiesen darauf hin.

Sie entnahm das Buch der Schublade. Das Leder fühlte sich weich an, aber auch etwas trocken. Die Farbe war ein dunkles Braun. Skeptisch betrachtete Laura ihre Entdeckung. Wer war »AS«? Es waren dieselben Initialen, die sie am Abend zuvor bereits auf der Bettwäsche entdeckt hatte.

Sie nahm das Weinglas und machte sich mit dem Tagebuch in der anderen Hand auf den Weg zurück in die Küche.

Dort angekommen, saß sie einige Minuten schweigend vor dem Buch. Es lag schwer und geheimnisvoll vor ihr auf dem Küchentisch. Es lockte sie, den Buchdeckel aufzuschlagen und die Einträge darin zu lesen. Durfte sie das? Laura hatte Skrupel. Dieses Buch enthielt mit Sicherheit persönliche Notizen, es aufzuschlagen und zu lesen, wäre ein Affront gegen die Privatsphäre seines Besitzers. Laura nippte nachdenklich an ihrem Weißwein. Giulia sollte sie laut Matteo besser nicht zur Vergangenheit von La Florentina ausfragen, ihre Mutter Georgina wollte nicht reden, und ihre Tante Harriet war tot. Sie hatte das Gefühl, langsam keine Alternative mehr zu haben, als das Tagebuch zu lesen, wenn sie auch nur den Hauch eines Hinweises bekommen wollte, was mit dem Weingut passiert war und warum es überhaupt im Besitz ihrer Familie war.

Tief Luft holend schlug Laura den Buchdeckel auf und begann die altmodische Schrift zu entziffern. Es dauerte etliche Minuten, bis sie sich an die Sütterlin-Schrift erinnerte, die sie vor Jahren während ihrer Schulzeit in Deutschland in einem Wahlfach kennen- und lesen gelernt hatte. Mühsam konstruierte sie aus den geschwungenen Buchstaben Wort für Wort. Langsam gelang es ihr, etwas flüssiger zu lesen.

Berlin, 15. Mai 1947

Es ist so weit: Wir werden morgen aufbrechen. Vor Kurzem erreichte Carl die Nachricht, dass die Bahnstrecke über den Brennerpass wieder passierbar ist, und sogleich setzte er alle Hebel in Bewegung, damit wir rasch an die benötigten Formulare zum Passieren der Besatzungszonen herankamen. Vor zwei Tagen schließlich kehrte er mit einem Bündel Papiere heim, die so wertvoll sind, dass wir beide sie kaum aus den Augen ließen. Diese Passierscheine und Interzonenpässe sind unser Weg raus aus diesem Land, unsere Hoffnung, in Italien auf dem Weingut von Carls Kamerad ein neues Leben anzufangen. Mir ist nach wie vor schleierhaft, wie Carl an einen Interzonenpass für mich kam, doch als ich ihn fragte, murmelte er nur etwas von »Geschäftsreise für Weinhandel« und wollte sich nicht weiter dazu äußern.

Ich mag vor einem Jahr noch voller Zweifel gewesen sein, ob es das Richtige war, mich auf Carl einzulassen, da ich ihn nicht kannte und weil er einer von »denen« war. Ein Brite. Außerdem hatte zu dem Zeitpunkt für ihn als Armeeangehörigen noch dieses Fraternisierungsverbot bestanden, aber andererseits ...

Ich weiß noch, wie er an dem Tag in die Wäscherei und Plätterei in Charlottenburg kam, in der ich damals arbeitete: Groß, so groß, dass er beim Durchschreiten des Türrahmens instinktiv den Kopf einzog, so ordentlich gekleidet in seiner britischen Uniform und wohlgenährt. Das hellblonde Haar glänzend, die Augen strahlend blau und voller Lebensfreude. Auch jetzt noch durchläuft mich ein Schauer, wenn ich an diesen Augenblick zurückdenke. Ich konnte es kaum glauben, in all dem Schmutz, in all der Zerstörung, dem Grau jemanden so voll Lebensenergie und schierer Lebenslust zu sehen. Ich war sofort wie magisch von ihm angezogen.

Und nun hat er möglich gemacht, was ich mir seit Langem wünschte: Fort von hier. Vorbei die Tage der Dunkelheit. Vorbei der Staub. Dieser ewige Staub der zerstörten Stadt. In jeder Falte der Kleidung, in jeder Ritze der winzigen Wohnung, in der wir wohnten. Eine Behausung geradezu. Und der Staub? Manchmal Braun, manchmal Ocker. Wie ich es gehasst habe, diese Trümmer forträumen zu müssen. Überall diese Trostlosigkeit. Das Ende dieses unsäglichen Krieges habe ich so sehr ersehnt, und doch sind so viele Spuren und Erinnerungen geblieben, sie sind erdrückend.

In diesem Winter habe ich so gefroren. Die Kälte ist mir in die Glieder gekrochen, hat mir Schmerzen bereitet und wollte mich schier auffressen. Ja, dieser letzte Winter war grausam. Er hat der Stadt noch einmal alles abverlangt, und viele Menschen sind in ihrem Elend erfroren. Doch meine Kälte ist anders: Sie kommt von innen heraus, Kälte im Herzen, die nicht meine ist, wogegen ich jedoch machtlos bin. Ich muss sie mir durch das Erlebte zu eigen gemacht haben. Ich sehne mich so sehr nach Wärme!

Es wird möglich sein. Wir werden es schaffen. Ich will nie wieder frieren müssen. Dafür werde ich sorgen mit all meiner Kraft.

16. Mai 1947

Den britischen Sektor zu durchqueren war leicht. Carl hat gute Kontakte zu seinen ehemaligen Kameraden, wenngleich er bei einigen auf Vorbehalte stieß, als bekannt wurde, dass er eine Deutsche heiraten wollte. Ein Freund fuhr uns in einem Fahrzeug durch Charlottenburg und Spandau bis zur Zonengrenze. Von hier an waren wir auf uns allein gestellt.

Mulmig wurde mir, als wir an der Kontrollstation zum Eintritt in die sowjetische Zone die Interzonenpässe vorlegen mussten und unser gesamtes Hab und Gut kontrolliert wurde. Nicht, dass wir viel gehabt hätten. Etwas Kleidung, einige Lebensmittelmarken und unsere Papiere sowie unser mageres Barvermögen. Dennoch, ich hatte Angst, dass sie mir auch noch mein Letztes wegnehmen würden. Man hört so einiges: Da passt dem Kontrolleur das Gesicht nicht, oder es ist eine andere Art reiner Willkür und Schikane. Vielleicht liegt es auch daran, dass ich noch nicht in meiner Ehe angekommen bin. Schließlich haben wir erst vor vierzehn Tagen geheiratet. Ich bin nicht mehr Amalia Schürmann, sondern Amalia van Dyck. Ich habe einen Angehörigen der Siegermächte geheiratet, und auch wenn dieser mittlerweile Zivilist ist, so erhoffe ich mir, dass ihm – und damit auch mir – allein seine Nationalität den einen oder anderen Vorteil und uns beiden mehr Sicherheit verschafft.

Die Fahrt durch die Sowjetische Zone zog sich lange hin. Wir nahmen jede Möglichkeit an, die sich uns bot, weiter voranzukommen. Viele Menschen sind unterwegs, Einheimische, Flüchtlinge, Kriegsversehrte. Es scheint, als ob jeder irgendwohin wollte, viele reisen mit bestimmtem Ziel, einige unbestimmt. Ich blickte in so manches verstört und gehetzt wirkende Gesicht, ganz so als ob die Angst, doch noch von den Sowjets aufgegriffen und verhaftet zu werden, immer mitreisen würde. Der Ton ist rau, man vertraut sich nicht. Es sind jetzt zwei Jahre nach Kriegsende, und nun zeigt sich, was es bedeutet, die unterlegene Macht zu sein. Carl sagte scherzhaft, dass er das letzte Mal komfortabler durch die Sowjetische Zone gelangt sei, eigens in einem dafür bereitgestellten Truppentransportzug, der aus Braunschweig kam und in Charlottenburg endete. Doch er ist nun nicht mehr in der Armee, sodass er genau wie alle anderen Zivilisten selbst zusehen muss, wie er in diesem gebeutelten und zerstörten Land hin und her kommt.

Letzten Endes kamen wir nach mehreren Stunden in Marienborn an, wo wir wieder gründlich überprüft und unsere Sachen ein weiteres Mal durchsucht wurden und wo wir die nötigen Stempel in unsere Interzonenpässe bekamen. Dann war es endlich so weit, und wir konnten weiter nach Helmstedt.

Hannover, 17. Mai 1947

Nach einem weiteren langen und anstrengenden Tag, den wir in diversen Fortbewegungsmitteln verbrachten, sind wir in Hannover angekommen. In wenigen Augenblicken geht unser Nachtzug nach München, und ich kann nur hoffen, dass wir leichter durch die britische und amerikanische Zone kommen. Immerhin wurden die beiden Zonen Anfang des Jahres zusammengelegt, dass sollte doch vieles vereinfachen, meine ich.

München, 18. Mai 1947

Ich habe versucht, im Nachtzug zu schlafen, hatte aber solche Angst um meine Habseligkeiten – alles, was ich besitze, passt in einen Koffer –,dass ich kaum ein Auge zugetan habe. Außerdem war mir das andauernde Wackeln und Gerumpel nicht geheuer. Und, das gebe ich auch gerne zu: Ich bin so furchtbar aufgeregt auf das, was mich in Italien erwarten wird. Ich vermag es mir kaum vorzustellen, wie schön das Leben unter der süditalienischen Sonne werden könnte! Wie beseelt wir doch sind, dass wir Carls Kameraden Vito haben und die Adresse seines Weinguts, die uns auf jedem Dokument entgegenblickt und uns weiter vorwärtskommen lässt. Die Abwicklung für den Nachtzug nach München war so einfach, dass ich es kaum glauben konnte. Wieder einmal verschaffte die Nationalität meines Mannes uns Vorteile.

Ich fühle mich gerädert, übernächtigt. Carl hingegen, der durch den Krieg gelernt hat, unter den schlimmsten Bedingungen zu schlafen, ganz einfach weil Schlaf sein Überleben hat gewährleisten können, hat seelenruhig neben mir gelegen und ist heute Morgen erfrischt und vergnügt aufgewacht.

Nun sitzen wir seit einer guten halben Stunde im nächsten Zug, der uns am Brenner über die Alpen bringen wird. Gleich werden wir Kufstein erreichen und damit Deutschland verlassen haben. Mit jedem Kilometer, den wir hinter uns lassen, wird es mir leichter ums Herz.

La Florentina, 22. Mai 1947

Nach Tagen der Reise sind Carl und ich vorgestern Abend endlich auf La Florentina angekommen. Wir sind bis auf die Knochen erschöpft gewesen und haben uns die letzten Stunden, bis wir zu Bett gehen konnten, nur noch gequält. Vito hat sich alle Mühe gegeben, und trotz der Sprachbarriere haben wir versucht, ihm so gut es geht entgegenzukommen. Seine Frau Giulia wirkt freundlich, gleichwohl auch reserviert. Sie haben zwei Kinder, einen Jungen, Ruben, und ein Mädchen, Lucia, die gerade erst vier ist. Ich schätze Giulia Santoro auf etwa mein Alter, und ich hoffe einfach, dass sie sich uns gegenüber im Laufe der Zeit noch weiter öffnen wird. Schließlich werden wir von nun an hier wohnen und das Weingut gleichermaßen mitbewirtschaften. Außerdem war es eine Abmachung zwischen Vito und Carl, dass wir zu ihnen kommen.

Gestern brauchte ich den ganzen Tag, um mich von den Strapazen der Reise zu erholen. Ich bin in unserer Gästekammer geblieben, nur kurz zu den Mahlzeiten in der Küche erschienen. Giulia kocht gut, würzig und aromatisch. Wenn ich Carl richtig verstehe, scheint sie sich sogar dafür zu schämen, uns nicht ein anspruchsvolleres, gehaltvolleres Essen anbieten zu können. Wenn sie wüsste, dass ich im letzten Winter Fladen aus Eichelmehl gegessen habe, nur um überhaupt etwas im Magen zu haben. Dagegen ist das, was sie uns auftischt, ein Festessen.

Heute fühle ich mich so weit gestärkt, dass ich einen ersten Spaziergang über das Weingut machen kann.

25. Mai 1947

Es ist der Himmel auf Erden hier. La Florentina ist von unbeschreiblicher, malerischer Schönheit. Oberhalb der Gebäude gibt es einen Weg, und an einer Kehre kann man rasten und den wundervollen Ausblick über die Bucht genießen. Wie ein Schwamm sauge ich die intensiven Farben und fremden Gerüche in mich auf, die dieses Fleckchen Erde ausstrahlen. Ich habe zu Carl schon mehrfach gesagt, dass ich ganz überwältigt bin von diesem mediterranen Kleinod. Dann habe ich ihm bei einem Glas Wein meine Träume geschildert, ihm meine Vision aufgezeigt, was man aus La Florentina machen könnte, wenn man nur genug Bereitschaft und Mut hätte, das Vorhaben umzusetzen: einen Gästebetrieb einrichten, um mehr Geld in die Kasse des Weinguts zu spülen. Das Weingut umfasst insgesamt dreißig Hektar, doch aktuell bewirtschaften die Santoros nur mehr fünf davon – welch eine Verschwendung von fruchtbarem Land! Natürlich war das in gewisser Weise gewagt, schließlich haben wir hier noch keinen Einfluss auf die Geschicke des Weinguts. Doch Carl hörte mir zu meiner Überraschung ganz interessiert zu. Er schlug die Idee nicht in den Wind. Im Gegenteil: Ich hatte sogar den Eindruck, dass er die Machbarkeit abwägt.

01. Juli 1947

Der Hochsommer hat auf La Florentina Einzug gehalten, und eine träge, wohlige Hitze liegt über den Hügeln. Davon kann ich kaum genug bekommen. Ich genieße diese Wärme bis in jede Pore. Sie vertreibt die Kälte und das Gefühl des inneren Erfrierens aus meinen Knochen. Zum ersten Mal seit Jahren verspüre ich wieder so etwas wie Zuversicht; es ist ganz erstaunlich, wenn man merkt, welche Gefühle und Wünsche man lange nicht mehr hatte – oder diese unterdrückt hat – und sie nun wieder zulässt. Man merkt, was fehlt. Ich spüre, dass mir eine Beschäftigung zu fehlen beginnt. Eine Aufgabe. Zwar helfe ich im Weinberg mit und lerne den einen oder anderen Kniff aus Giulias Küche, aber das füllt mich nicht aus. Ich will mehr. Ich will etwas bewegen, etwas steuern und für etwas verantwortlich sein. Und ich will wahrgenommen werden. Mir soll Achtung entgegengebracht werden. Ich bin nicht länger die ausgewanderte Deutsche, die Verliererin, die Besiegte. Ich bin Amalia van Dyck, die Ehefrau eines wundervollen Mannes, der alles daransetzt, mich glücklich zu machen.

Giulia ist zum Glück etwas entgegenkommender geworden. Ich lerne so schnell, wie ich kann, Italienisch, und auch Carl bemüht sich sehr im Erlernen der Sprache. Er scheint dafür ein weitaus besseres Händchen zu haben als ich, denn er schafft es bereits, wenigstens so zu tun, als würde er mit den Helfern, dem sechsjährigen Ruben oder Giulia schwatzen. Vito selbst spricht sogar einige Brocken Deutsch. Ich weiß immer noch nicht genau, wie die beiden sich eigentlich kennengelernt haben, aber sie scheinen doch eine längere Zeit miteinander verbracht zu haben. Sie sprechen beide nicht darüber. Es ist, als bestünde eine stille Übereinkunft zwischen ihnen, dem Krieg auf La Florentina keinen Raum zu geben, ihm gegenüber die Tore zu verschließen, um den Zauber dieses Ortes nicht zu zerstören.

Mir soll es recht sein. Vielleicht muss man auch nicht alles erfahren. Es ist vergangen, und wir sind nun hier, angekommen in unserem neuen Leben.

Gestern Abend nach dem Essen machten Carl und ich noch einen Spaziergang. Auf einer Wiese, die an den Platz grenzt, um den herum sich die Gebäude schmiegen, hielt ich inne und erwähnte wie beiläufig das Thema Gästehaus noch einmal. Und meinte, dass ich mir hier auch einen Pool mit großer Terrasse vorstellen könnte. Das Schöne an diesem Ort ist, dass die Gäste von dieser Stelle aus bis hin zum Meer am Horizont schauen können. Ich kann mir nichts vorstellen, was reizvoller wäre.

Ja, ich versuche, Carl zu beeinflussen. Das gebe ich zu. Ich versuche, ihn davon zu überzeugen, diese Vision zum Leben zu erwecken und wahr werden zu lassen. Mir liegt sehr viel daran. Und jedes Mal, wenn ich mir vorstelle, wie begeistert die Gäste über das Weingut flanieren könnten, wie sie hauseigene Weine kosten, hier Urlaub machen und anschließend zu Hause davon schwärmen, umso stärker bedrängt mich der Wunsch, meine Träume in die Tat umzusetzen. Denn ich möchte, dass man meinen Namen dabei nennt. Dass sie sich meiner erinnern, wenn sie von dem Licht und der Wärme des Südens schwärmen.

10. Juli 1947

Heute hat Carl zum ersten Mal gesagt, dass es möglich wäre. Ich bin ganz aus dem Häuschen. Er versicherte mir, mit Vito zu sprechen.

12. Juli 1947

Carl und Vito haben sich ausgetauscht. Und es kommt sogar noch besser, als ich jemals erhofft habe! Vito ist willens, uns das Weingut zu übertragen! Um das klarzustellen: überschreiben. Nicht verkaufen. Einen Kauf hätten wir nicht bewältigen können.

Ich muss Carl ziemlich dümmlich angestarrt haben, als er mir das erzählt hat, denn er lachte mich aus und sagte: »Na, das hat dir jetzt die Sprache verschlagen, was?«. Er lachte noch weiter und klopfte sich dabei auf die Schenkel. Ich meinte, nachdem ich mich einigermaßen gefangen hatte, dass Carl sich einen üblen Scherz mit mir erlaubte, denn wer gibt schon freiwillig ein Weingut her, das sich seit Generationen in Familienbesitz befindet und für das man seit jeher die Verantwortung trägt? Man legt doch Wert auf die Familientradition, oder nicht? Gerade wenn es ein Familienbetrieb ist, etwas, dass die Großväter und Urgroßväter aufgebaut haben. Sie waren es, die dem Hügel am Hang des Monte Stella Anbaufläche für ihre Weinreben abgerungen haben. Sie waren es, die ihr Land mit allen Kräften behalten haben, allen schlechten Zeiten zum Trotz. Noch nie hat ein Santoro Land verkaufen müssen, erzählte Carl mir erst vor Kurzem. Und jetzt das!

Ich muss wirklich konsterniert ausgeschaut haben, denn Carl hielt mit der Erklärung für Vitos seltsames Verhalten nicht lange hinterm Berg: Vito ist deshalb willens, La Florentina auf seinen Freund Carl zu übertragen, weil er selbst der Verantwortung müde ist. Er sagte, er habe im Krieg einfach zu viel gesehen. Zu viel Elend, zu viel Gewalt, Willkür und Gräuel. Er kann für die Verwaltung des Guts die Verantwortung schon jetzt nicht mehr übernehmen, immer wieder wacht er nachts auf, und Bilder des Kriegs spuken ihm im Kopf herum. Er findet nicht mehr richtig in seine Rolle hier auf La Florentina zurück, sosehr er es auch um Giulias Liebe willen versucht. Vito vertraute Carl an, dass er einfach nicht mehr könne. Und dass er deshalb auf lange Sicht das Weingut in den Ruin treiben könnte. Davor hat er eine so große Angst, dass er geradezu erleichtert war, Carl den Vorschlag zu unterbreiten, das Weingut als neuer Inhaber ganz zu übernehmen.

Vito selbst sieht sich nicht mehr in der Lage, die Bücher zu führen, die Weine zu bewerben und zu verkaufen. Mit einem traurigen Gesichtsausdruck, den ich bei Carl noch nie gesehen habe, soweit ich mich erinnere, offenbarte er mir, dass Vito die Liebe zu seinem Land nicht mehr spüre. Dass er nichts mehr fühle, wenn er auf seinem eigenen Grund und Boden stehe. Und Giulia wüsste von alldem nichts, und das solle auch so bleiben. Deshalb, weil Vito glaubt, das Richtige für La Florentina zu tun und damit auch seine Zukunft und die Zukunft seiner Familie zu sichern, wolle er das Weingut auf Carl überschreiben und lediglich als Verwalter auf La Florentina bleiben, weil er dann nicht mehr die ganze Verantwortung allein auf seinen Schultern trüge.

Man stelle sich vor! Wir bekommen das Weingut! Ich bin ganz baff! Unser Weingut!

17. August 1947

Es ist vollbracht: Vito und Carl waren heute in Vallo della Lucania und haben das Weingut beim Notar auf Carl übertragen lassen. Es gehört uns!

Giulia war natürlich zuerst schockiert, aber Vito scheint ihr dann doch einiges anvertraut zu haben, sodass sie seine Entscheidung nachvollziehen konnte. Im Grunde genommen geht es mich auch nichts an, wie Giulia zu Vitos Entscheidung steht. Ich werde versuchen, gut mit ihr auszukommen. Letztendlich hat sie sich der Veränderung zu fügen.

Carl und ich haben beim Abendessen noch einmal über unsere Pläne für das Weingut gesprochen. Mein Mann ist von der Idee, ein Gästehaus mit Poolanlage auf dem Wiesenstück zu bauen, derart angetan, dass er mit der Planung noch vor der Weinlese beginnen will. Er glaubt, dass wir mit dem Bau anfangen können, sobald die Lese durch ist. Auch wenn ich leise Zweifel habe, dass es nun auf einmal derart schnell gehen soll: Carl kommt mit vielen Leuten aus dem Dorf gut zurecht. Er hat Kontakte geknüpft und spricht mittlerweile wirklich ein brauchbares Italienisch. Darum beneide ich ihn dann doch. Jedenfalls wäre es schon möglich, dass er sich Hilfe organisieren kann, um den Bau des Gebäudes voranzutreiben. Und er hat Vito. Der wird ihn mit allen Mitteln unterstützen.

In den letzten Tagen fällt mir auf, dass ich kaum mehr an Deutschland und an Berlin denke. Ich höre auch fast keine Nachrichten mehr davon. Ich glaube, dass es so besser ist. Meine Heimat ist nun hier, auf unserem Weingut La Florentina im Cilento.

Laura klappte das Buch zu. Sie war sprachlos. Ein bisschen überrascht, aber vor allem neugierig, wie die Geschichte von Carl und Amalia weiterging. Denn so ganz klar war ihr immer noch nicht, wie das Weingut von ihnen an Harriet und schließlich an sie, Laura, übergegangen war. Doch jetzt blieb keine Zeit, weiterzulesen. Sie hatte noch viel zu tun.

13. Kapitel

Am frühen Nachmittag des nächsten Tages unterdrückte Laura erneut den Wunsch, im Tagebuch weiterzulesen. Stattdessen machte sie sich nach der Erledigung der Küchenarbeit auf die Suche nach Matteo. Sie brauchte seine Hilfe und hoffte inständig darauf, nicht abgewiesen zu werden.

Sie vermutete ihn im großen Wirtschaftsgebäude, dessen schweres Holztor nur angelehnt war.

»Matteo?«, rief sie fragend in das dämmrige Licht hinein. Fröstelnd rieb sie sich über die Arme, denn im Gebäude war es um einige Grad kühler als draußen.

Da sie keine Antwort bekam, ging sie weiter in das Gebäude hinein. Vor sich entdeckte sie landwirtschaftliche Maschinen. Ein kleiner, ältlicher Traktor parkte neben einem ebenso alt wirkenden Anhänger. Werkzeuge hingen an den Wänden des Raums, und allerlei anderes Kleinzeug stapelte sich in Regalen. Eimer, Bottiche, Kisten. Ein Reifen lehnte an einer Wand, schwere Ketten baumelten an einer Regalwand herab. Als sie den Raum fast durchquert hatte, entdeckte sie ein weiteres, großes Tor, durch das ein kleineres Fahrzeug wie dieser Traktor mitsamt Anhänger problemlos hindurchpasste. Dieses stand offen.

Laura durchschritt es und staunte, als vor ihr plötzlich silbrig glänzende Edelstahltanks emporragten. Der Wechsel vom vorderen Bereich in das Herz des Weinguts kam ihr vor wie die Wanderung durch eine Zeitschleuse: Schien sie eben noch im 20. Jahrhundert mit seinen behäbigen und treuen Maschinen gewesen zu sein, war sie hier, in dieser großen Halle definitiv im 21. Jahrhundert angekommen.

Sie befand sich in einer der beiden Herzkammern des Weinguts: der Produktionsstätte für die edlen Tropfen. Hier wurden die Trauben verlesen, zu Traubenmost gepresst und in den großen Edelstahltanks schließlich zu Wein vergärt.

Interessiert durchschritt Laura die Halle, betrachtete eingehend die imposanten, mannshohen Stahltanks. Die größten unter ihnen umfassten ein Volumen von tausend Litern, wie sie aus der Stanzung im Stahl herauslas. Kein Krümel verdreckte den Ziegelboden unter ihren Füßen. Alles wirkte makellos sauber. Interessiert studierte sie die Etiketten auf den Tanks, bevor sie diese wieder sich selbst überließ und eine breite Rampe betrat, die am Ende der Halle in die zweite Herzkammer des Weinguts führte, den Weinkeller.

Und hier, zwischen Reihen aufeinandergestapelter Fässer unterschiedlicher Größe, fand sie endlich Matteo.

»Hallo!«

Matteo blickte von seiner Arbeit auf. »Hallo, Laura!«, erwiderte er mit einem leichten Nicken und wandte sich wieder seiner Tätigkeit zu. Mit einer Pipette entnahm er Wein aus einem Eimer, der vor einem Fass stand.

»Was gibt's?«, fragte er, ohne bei seiner Arbeit innezuhalten.

»Kannst du mir bitte sagen, wo ich eine Schubkarre finde? Ich brauche sie zum Säubern der Beete am Haupthaus.«

»Machst du das alles für den Makler?« Laura hörte einmal mehr die Skepsis über ihre Absichten aus seinen Worten heraus. Mittlerweile hatte er seine Arbeit am lagernden Weinfass beendet und kam mit dem Eimer und der gefüllten übergroßen Pipette auf sie zu.

»Nun. Es ist doch nur natürlich, dass man sich Gedanken macht, was man selbst beisteuern kann, um das Weingut so präsentabel wie möglich zu machen.«

»Ach, Laura«, seufzte er. »Ich versteh's einfach nicht. Das geht alles so schnell bei dir. Kaum bist du da, leierst du alles an, um so schnell wie möglich wieder fortzukommen. Hat dir noch niemand gesagt, dass die Uhren in Kampanien anders ticken?«

Plötzlich hatte Laura das Gefühl, Matteo habe im Grunde Mitleid mit ihr.

»Ich habe nun mal nicht so viel Zeit!«, entgegnete sie vehement.

»Ist das so?« Matteos Konter, so leicht er auch dahingesagt war, traf sie doch an einer empfindlichen Stelle. Da sie keine Arbeit mehr hatte, müsste sie nicht so sehr auf die Tube drücken mit dem Verkauf. Sie könnte sich auch etwas Zeit lassen. Andererseits wollte sie ihren eigenen Traum endlich verwirklichen, und das ging nur, wenn sie das Weingut verkaufte. So schnell wie möglich. »In kampanischer Zeitrechnung müsstest du jetzt erst einmal ankommen. Die Küche Kampaniens kennen- und schätzen lernen. Die Gegend und ihre Sehenswürdigkeiten entdecken. Und die Weine des Cilento verkosten. Mindestens das. Bevor du auch nur einen Schritt in Richtung Verkauf machst. Wie willst du sonst verstehen, wovon du sprichst und was du im Begriff bist, aufzugeben, noch bevor du es richtig gehabt hast?«

Laura war baff. Noch bevor sie sich eine passende Antwort überlegen konnte, forderte er sie mit der Pipette in der Hand auf, ihm zu folgen.

»Komm!« Er führte sie an einen langen Tisch aus Eichenholz, auf dem einige saubere Gläser – bedeckt von einem Geschirrtuch

– auf einem Tablett standen. Matteo hob das Tuch an, stellte zwei Gläser auf die Holzplatte und füllte mit der Pipette etwas hinein.

»Weißt du, wie man Wein verkostet?« Er reichte ihr ein Glas.

»Nur ganz grob, schätze ich«, erwiderte Laura. »Man riecht zuerst am Wein.«

»Nein, nicht ganz.« Matteo schmunzelte kaum merklich, und Laura fühlte, wie es schon wieder in ihrem Bauch kribbelte. Das war nicht gut, gar nicht gut, ermahnte sie sich und schloss kurz die Augen. Unter gar keinen Umständen durfte sie Gefühle für den Mann auf der anderen Seite des Tisches entwickeln. Gefühle waren gefährlich. Sie führten zu Verletzungen, das hatte sie bereits in frühester Kindheit am eigenen Leib erfahren müssen.

»Doch!«, widersprach sie mit erstaunlicher Vehemenz, um sich nicht anmerken zu lassen, dass ihr Herz gerade angefangen hatte, mit ihrer Seele »Russisch Roulette« zu spielen. »Jeder macht das so. Zuerst riechen, dann kosten.«

»Es ist falsch«, entgegnete Matteo bestimmt. »Du und ›jeder‹ andere, ihr habt dann etwas vergessen: Ihr habt den Wein zuvor noch nicht angesehen.« Er hielt sein Glas hoch, drehte und wendete es mit prüfendem Blick unter der Lampe, die den Tisch beleuchtete. Laura tat es ihm ergeben nach, betrachtete die hellen und dunkleren Rottöne in ihrem Glas.

»Was siehst du?«, fragte Matteo.

»Rotwein.« Sie wurde unsicher, biss sich auf die Innenseiten ihrer Wangen. Da gab es doch nicht mehr zu sehen, oder? Sie versuchte es noch einmal und kippte das Glas etwas an, sodass die Flüssigkeit die Glasinnenwand entlanglief. Irgendwo hatte sie das mal gesehen. Im Fernsehen? Sie wusste es nicht mehr. »Er ist von tiefroter Farbe«, begann sie unschlüssig. »Man kann nicht hindurchsehen. Es ist ein Blutrot, samtig, ins Rotbraun gehend.« Ihr Blick fiel auf Matteo. Dieser nickte zustimmend, unterbrach sie aber nicht. »Am Rand ist die Farbe etwas heller, sie geht vielleicht Richtung Granatrot.«

»Jetzt, nach der in Augenscheinnahme, ist das Riechen dran. Erzähl mir, was du riechst, Laura!«

Sie schnupperte mehrmals mit der Nase nah am Glas und versuchte, die vielfältigen Aromen zu trennen, die ihr in die Nase stiegen.

»Er riecht irgendwie erdig. So schwer und sehr würzig. Sein Geschmack ist bestimmt sehr trocken«, spekulierte sie.

»Entdeckst du eine Frucht, oder eine andere Duftkomponente?«

Laura ging dieser Spur nach und bemerkte tatsächlich einen Hauch davon. »Ja, wenn auch schwach. Dieser würzige, erdige Geruch überlagert es fast. Ich weiß nicht, es riecht etwas süßlich und tatsächlich auch fruchtig.«

»Bald, wenn der Wein noch einmal gefiltert ist und in die Flasche abgefüllt wird, wird dieser fruchtige Geruch stärker werden. Dann ist es leichter, ihn wahrzunehmen.«

»Ich könnte dir beim besten Willen nicht sagen, ob es Apfel ist oder Aprikose oder eine andere Frucht, die ich da rieche, Matteo.« Laura schüttelte bedauernd den Kopf und wollte ihm das Glas zurückreichen. Aber er lehnte ab.

»Warte! Wir sind noch nicht fertig. Nach dem Betrachten und dem Riechen kommt das Wichtigste: das Schmecken. Nimm einen kleinen Schluck und halte ihn einen Moment auf der Zunge. Du kannst ihn auch im Mund hin und her rollen, musst es aber nicht. Wichtig ist, dass du den Wein nicht sofort runterschluckst, sondern ihm die Chance gibst, sich auf deiner Zunge zu entfalten.«

Laura nippte und folgte seiner Anweisung. Sie konzentrierte sich ganz auf die Flüssigkeit, wartete ab, bis ihre Zunge die verschiedenen Aromen angenommen hatte. Sie spürte dem Wein nach, und als sie geschluckt hatte, versuchte sie, sich die Eindrücke seines Aromas zu merken. Matteo gab ihr die Zeit, die sie brauchte. Er drängte nicht.

»Also, er ist tatsächlich trocken, allerdings nicht so trocken, wie ich durch Betrachtung und Geruch vermutet hätte. Im Gegenteil: Er geht sehr angenehm ab. Und sein Geschmack ist sehr vollmundig, sehr aromatisch Ich würde ihn zu kräftigem Käse, dunklem Fleisch wie Rind oder Lamm und zu Speisen mit Zartbitterschokolade empfehlen.«

Matteo schenkte ihr ein Lächeln, das ihr die Knie weich werden ließ.

»Eine sehr gute Empfehlung.« Mit der Pipette träufelte er ihr einen weiteren kleinen Schluck ins Glas. »Auf die Köchin!«, prostete er ihr zu. Laura genoss ihren Wein, genoss das Zusammensein mit Matteo. Ihr Herz klopfte schon wieder schneller, und sie konnte nichts dagegen tun. Komplikationen bahnten sich an, verpackt in vielfältige Aromen und Farben der süditalienischen Landschaft und vermischt mit dem warmen, pulsierenden Leben des Mannes vor ihr.

Nachdem sie ausgetrunken hatten, stellten sie ihre Gläser auf dem Tisch ab. »Wann wird dieser Wein in Flaschen abgefüllt, und welche Traube ist das überhaupt?« Lauras Interesse war nun endgültig geweckt.

»Es ist die alte rote Aglianico-Traube, die du da getrunken hast. Hier in der Gegend ist es die älteste verwendete Traubenart, die am besten mit dem Boden zurechtkommt. Die Griechen haben den Aglianico nach Kampanien gebracht.

Sie ist fast verdrängt worden, nur noch wenige Weingüter haben einen Bestand davon. Zum Glück wird sie seit einigen Jahren wiederentdeckt. Sie ist schon eine Form von Kulturgut, finde ich, deshalb war es mir wichtig, sie anzubauen.«

»Welche Trauben werden auf La Florentina noch angebaut?«

»Fragst du für dich oder für die Mappe des Maklers, Laura?« Matteos unerwartete Gegenfrage holte Laura in die Realität zurück. Er trat ein Stück vom Tisch weg und vergrößerte den Abstand zwischen ihnen. Hatte seine Frage ihn selbst daran erinnert, mit wem er sprach?

»Matteo.« Laura murmelte seinen Namen, wie um zu bitten, dass er in ihrer Nähe blieb. Gleichzeitig war sie fast dankbar für die unerwartete Erinnerung daran, weshalb sie überhaupt hier war. »Dieses Mal habe ich tatsächlich für mich selbst gefragt«, beantwortete sie seine Frage ehrlich, um ihren Willen zu einem Waffenstillstand zwischen ihnen auszudrücken. »Und natürlich wäre ich froh, dem Makler Detailfragen beantworten zu können, die den Weinbau betreffen. Je mehr Informationen, desto besser für die Wertermittlung, schätze ich.«

»Und darum geht es dir schließlich, nicht wahr? Um den bestmöglichen Verkaufswert.«

»Du stellst mich als geldgierige Tussi hin!«, entgegnete sie aufbrausend.

»Und? Bist du das denn nicht? Kommst hier an, und das Erste, was du tust, ist dein Erbe zu verschachern, zum besten Preis natürlich! Du fragst nicht einmal, welche Wünsche wir eigentlich haben. Auf die Idee bist du gar nicht gekommen! Du bist hier mir nichts, dir nichts mit deinem Koffer ins Haus spaziert und sprichst von einer in Augenscheinnahme, dabei willst du das Weingut so schnell es geht wieder abstoßen!«

»Also –«

»Ich verstehe diese Eile nicht, Laura. Es ist fast so, als könntest du dich nicht auf uns – das Weingut, mich – einlassen.« Er kam um den Tisch herum, bis er direkt vor ihr stand.

»Natürlich lasse ich mich auf Dinge ein!«, widersprach Laura sofort, als sie endlich wieder zu Wort kam. Offenbar schlummerte mehr Temperament in Matteo, als sie ihm zugetraut hatte.

»Ach ja?« Er überbrückte die wenigen Zentimeter Distanz zwischen ihnen, bis seine Nase fast die ihre berührte. »Ich sehe nur, dass du diesem Weingut keine Chance geben willst Laura.« Mit der Fingerspitze tippte er ihr auf die Brust. Laura sah ihm wie gebannt in die Augen, dessen Grünbraun sich im schummrigen Licht des Weinkellers verdunkelt hatte. »Wovor läufst du davon?«

»Ich laufe nicht davon«, brachte sie schließlich mit halbwegs fest klingender Stimme heraus. »Ich stelle mich Herausforderungen, und ich lasse mich auch auf Dinge ein.«

»Ach ja?«, fragte er lächelnd, und ein schwer zu deutender Ausdruck lag nun in seinen Augen.

Plötzlich spürte sie seine Finger an ihrer Wange. Sie zogen eine Spur aus Wärme über ihre Haut, fuhren die Form ihres Jochbeins nach. Sie bemerkte, wie ihr Körper auf seine Berührung reagierte. Das sanfte Simmern in ihrem Inneren dehnte sich zu einer wohligen Wärme aus, und heiße Schauer rieselten ihr über den Rücken. Matteos Hand strich noch einmal über ihre Wange, dann wanderte sie weiter zu ihrem Hinterkopf und umfasste ihn. Laura hielt den Atem an, bog ihren Kopf nach hinten, ein winziges Stück nur, die Bewegung wohl unwillkürlich ausgeführt. Sie ahnte und wünschte, was Matteo im Begriff war zu tun. Dieser legte seine linke Hand an ihren Hals, genauso zart wie zuvor, und streichelte langsam und genussvoll über ihre Haut. Ihre Blicke verschmolzen ineinander und hielten sich fest, während er ihre Haut liebkoste. Wie sie zuvor dem Geschmack des Weines nachgespürt hatte, saugte Laura jetzt jede zarte Bewegung seiner Finger in sich auf, nahm sie an und hieß seine Wärme willkommen. Er schien den Moment zu erkennen, an dem sie nachgab, und behutsam senkte er seine Lippen auf die ihren.

Sein Kuss war zurückhaltend, sanft, er war bereit, sich jederzeit zurückzuziehen, wenn sie es wünschte. Doch diese Befürchtung war unbegründet.

Sie öffnete ihre Lippen und intensivierte den Kuss. Matteo zog sie ganz nah zu sich heran. Laura erhob ihre Hände, legte sie in seinen Nacken und schmiegte sich an ihn. Sie nahm, was er mit seinem Kuss gab, und hoffte, er würde das Gleiche von ihr empfangen. Wenngleich sie sich außerstande sah, ihm Wärme zu geben, so konnte sie ihm wenigstens ihre Hingabe schenken.

Nach einer Weile, die ihr wie eine Ewigkeit erschienen war, lösten sie sich voneinander und brachten wieder etwas mehr Distanz zwischen sich. Ihrer beider Blicke blieben jedoch fest miteinander verwoben, als könnten sie diesen Moment in ihr Gedächtnis einbrennen, wenn sie den Augenkontakt nicht verlören.

»Giulia wünscht sich seit Langem das Weingut in den Besitz der Santoros zurück«, offenbarte Matteo ihr und durchbrach damit die Stille im Weinkeller und die Verbundenheit zwischen ihnen. »Als wir so lange nichts mehr von Harriet und ihrer Familie hörten, stiegen ihre Hoffnungen, einen Rückkauf möglich zu machen.«

»Warum haben deine Eltern es nicht schon längst wieder zurückerworben? Sicherlich hätte man so etwas wie eine Leibrente aushandeln können, damit die finanzielle Belastung für euch nicht zu groß wird.«

»Meine Eltern waren bei dem Autounfall noch jung. Ich war gerade siebzehn, als das passierte. Sie hatten wohl gedacht, sie hätten alle Zeit der Welt und könnten sich zu gegebener Zeit um den Rückkauf bemühen. Niemand konnte ahnen, dass ihr Leben so schnell zu Ende sein würde.«

»Und jetzt soll ich das Weingut nicht verkaufen. Das ist doch dein Wunsch, oder?« Trotz des wunderbaren Kusses zwischen ihnen ging Laura wieder auf Distanz. Hier war etwas, das zwischen ihnen stand und immer zwischen ihnen sein würde.

»Ja, das ist mein Wunsch«, bestätigte er schlicht. »Seit Jahrzehnten arbeiten wir alle hier. Wir hätten uns gewünscht, dass die Familie van Dyck uns ein Vorkaufsrecht einräumt, noch bevor sie überhaupt den Kontakt mit einem Maklerbüro sucht. Du hast mir gesagt, dass es ein Büro hier aus der Region ist. Auf der einen Seite ist das natürlich gut, auf der anderen wird es eine Menge Gerede geben, sobald rauskommt, dass La Florentina verkauft werden soll.« Frustriert strich er sich die dunkelbraunen Haare aus der Stirn. »Da kann ich noch so gute Weine machen: Wenn die Gerüchteküche entscheidet, dass wir verkaufen *müssen*, weil wir pleite sind, dann kommst du nicht mehr dagegen an. *Das* habe ich für Giulia vermeiden wollen«, sagte er heftig. »Sie hat schon genug Leid hinter sich.«

»Ich habe dir schon einmal gesagt, dass ich Pläne habe. Ich kann das Geld aus dem Verkauf wirklich mehr als gut brauchen, um mir endlich *meinen* Lebenstraum zu erfüllen. Ich habe schließlich noch mein ganzes Leben vor mir.«

»Natürlich«, stimmte er zu. »Wenn dein Weg derart vorgezeichnet ist und du ihn bei einer Chance dieser Größenordnung nicht verlassen willst ... Das ist deine Entscheidung.« Laura hörte Bedauern aus seiner Stimme heraus. »Niemand kann dir vorschreiben, wie du mit diesem unerwarteten Erbe umzugehen hast, Laura. Ich nehme an, deine Mutter wird sich schon etwas dabei gedacht haben, es dir jetzt erst zugänglich gemacht zu haben. Dennoch, und das darf ich sagen: Ich bedaure es, dass du dir keine Zeit geben willst, dich auf dieses Weingut einzulassen.«

»Vergessen wir lieber, was hier gerade zwischen uns passiert ist, Matteo«, bat sie leise. »Es hat keine Zukunft. Genauso wenig wie ich eine Zukunft auf diesem Weingut habe.« Laura sah wieder Enttäuschung über sein Gesicht huschen. Doch das waren nur Sekundenbruchteile, dann schien er sich wieder im Griff zu haben.

»Ich muss gehen«, verabschiedete sie sich von ihm.

»Sicher«, nickte er unbestimmt.

Laura verließ den Weinkeller und trat heraus in die Hitze des kampanischen Juninachmittags. Nun hatte sie gar nicht mehr an die Schubkarre gedacht! Der Grund, weswegen sie ihn überhaupt gesucht hatte.

14. Kapitel

»Guten Morgen, Signora van Dyck!« Laura sah sich einem großen, schlanken Mann Anfang dreißig gegenüber. Simon Gaillano trug einen steingrauen Anzug mit einem weißen Hemd. Ein gepflegter, kurz gehaltener Bart wuchs auf seinen Wangen und an seinem Kinn, und viele winzige, markante Lachfältchen gruben ihre Furchen um seine Augenwinkel.

Er trug eine Designerbrille mit schwarzem Rahmen, deren auffallendes Erscheinungsbild von seinem schütteren Haupthaar erfolgreich ablenkte. Seine graublauen Augen spiegelten Humor und Lebensfreude wider.

Laura fand ihn auf Anhieb sympathisch.

»Guten Morgen! Kommen Sie herein!« Sie führte ihren Gast in den großen Salon. Simon nahm auf dem dunkelbraunen Sofa Platz und blickte sich interessiert um.

»Einen Caffè kann ich Ihnen leider nicht anbieten, dafür ist meine Küche immer noch zu provisorisch eingerichtet. Aber vielleicht ein Wasser?«

»Sehr gern.« Er lehnte sich mit übergeschlagenen Beinen zurück, und Laura eilte in die Küche, um die Getränke zu bringen.

Als sie ihm das Wasser serviert hatte, setzte sie sich ihm gegenüber in den Sessel.

»Ich nehme an, Sie möchten wissen, warum ich das Weingut

verkaufen will?«, fragte sie rundheraus. Da das Thema unweigerlich zur Sprache kommen würde, war es sinnlos, um den heißen Brei herumzureden. Laura hatte genug von Geheimniskrämerei.

»Natürlich ist das für mich im Grunde genommen nur als Hintergrundinformation wichtig, aber da der Verwalter und ich uns kennen, gebe ich zu, dass es mich auch persönlich interessiert. Für das Portfolio, welches anschließend auch auf die Website gestellt wird, sind Ihre Beweggründe nicht von Belang, Laura.« Simon trank in aller Ruhe einen Schluck Wasser. Offenbar war ihm nicht bewusst, welche Bombe er gerade hatte fallen lassen.

»Sie kennen den ... Verwalter?« Laura rutschte in ihrem Sessel ein Stück vor, wie um sich zu vergewissern, dass sie Simon richtig verstanden hatte.

»Aber ja. Matteo und ich waren zusammen in der Schule. Wir sind gleich alt.«

»Das wusste ich nicht.« Laura überlegte fieberhaft, ob das soeben Gehörte sich zum Problem für ihr Vorhaben entwickeln könnte.

»Machen Sie sich keine Sorgen, Signora van Dyck. Ich arbeite sehr professionell. Wie ich eben bereits sagte, sind Ihre persönlichen Beweggründe für mich nicht von Belang. Egal, ob ich Matteo schon länger und gut kenne oder nicht.«

»Also gut.« Sie gab sich Mühe, locker und unbefangen zu wirken. »Mir wurde hier ein unerwartetes Erbe aufgeladen, und da ich vorhabe, mich in England selbstständig zu machen, wird es mir nicht möglich sein, mich darum zu kümmern«, erklärte sie knapp.

»Weshalb Sie den Verkauf anstreben«, ergänzte er und griff nach seinem Notizbuch.

»Genau. Ich bezweifle einfach, dass es sinnvoll wäre, sich überhaupt erst mit diesem Weingut zu befassen, verstehen Sie?

Ich bin letztendlich hierher geflogen, weil ich es kaum glauben konnte, ein Erbe dieser Größenordnung von meiner Mutter zu erhalten.«

»Mein Beileid, Signora van Dyck.«

»Oh!«, rief sie überrascht aus und machte mit den Händen eine wegwerfende Bewegung. »Nein, es ist nicht meine Mutter, die gestorben ist. Zwar hat sie das Weingut an mich abgetreten, aber sie ist noch quicklebendig. Wenn Sie ihr Beileid ausdrücken möchten, so können Sie es gerne für den Verlust meiner Tante Hattie tun.« Laura spürte, dass die Erwähnung des Kosenamens ihrer Tante ihr guttat. Das war ihr Name für ihre Tante gewesen und sollte es auch für immer bleiben.

»Sie sind also erst seit Kurzem hier in Italien?«, erkundigte er sich.

»Ja, ich bin am Sonntagnachmittag hier angekommen.« Um wieder zum Geschäftlichen zurückzukehren, sprach sie ihn direkt auf das Gebäude an. »Ich habe die Räumlichkeiten im Haupthaus für eine erste Besichtigung vorbereitet, falls Sie Fotos für die Portfoliomappe erstellen möchten. Die anderen Gebäude, die der ... Verwalter ... – Matteo – bewohnt und bewirtschaftet, konnte ich natürlich nicht in Augenschein nehmen. Gestern hatte ich noch die Gelegenheit, den Weinkeller kennenzulernen, ebenso die Produktionshalle. Doch in dem Gästehaus, das sich hier direkt neben dem Hauptgebäude befindet, bin ich noch gar nicht gewesen.« Entschuldigend blickte sie Simon an.

»Das macht gar nichts«, versicherte er. »Bei so einem großen Anwesen werde ich ohnehin nicht alle Bilder beim ersten Termin machen. Heute bin ich hier, um Sie kennenzulernen und mir einen ersten Überblick zu verschaffen. Außerdem sollten wir, wenn Sie damit einverstanden sind, die Formalitäten wenigstens einmal angesprochen haben.«

»Klar, damit bin ich einverstanden«, erwiderte Laura ohne Umschweife. Ihr war es wichtig, dass alles seine Richtigkeit hatte. Wenn sie schon unwillentlich dafür sorgte, dass eine andere Familie um ihre Existenz fürchtete, dann wollte sie sich sicher sein, alle Hebel in Bewegung gesetzt zu haben, dass dem eben nicht so war.

»Gut. Dann schlage ich vor, dass Sie mich zuerst herumführen. Sie zeigen mir das Anwesen. Zusammen besprechen wir, was wir für die Fotos noch besser machen können. Dabei helfe ich Ihnen sehr gern. Und zum Schluss setzen wir uns noch einmal zusammen und reden über die Formalien. Einverstanden?«

»Aber ja«, antwortete Laura zufrieden. Sie war froh, ihn zuerst kontaktiert zu haben. Zwar kannte er Matteo persönlich, und das auch wohl sehr gut, aber er machte keinen Hehl aus dieser Freundschaft, was ihm bei ihr definitiv Pluspunkte einbrachte. »Wir können mit dem Obergeschoss beginnen«, schlug sie vor.

»Sehr gern!«, stimmte Simon zu und erhob sich. In der Hand hielt er Notizbuch und Digitalkamera bereit.

Die beiden brauchten über eine Stunde, bis sie das ganze Haus besichtigt hatten. Immer wieder gab Simon ihr unaufgefordert Tipps, wie sie die Möbel besser arrangieren konnte oder was seiner Meinung nach noch fehlte – frische Blumen! –, um die Fotos für Interessenten ansprechender zu machen. Nach dieser Stunde schwante Laura, dass die ehemaligen Bewohner des Hauses Spuren hinterlassen hatten, dem Haus aber gleichermaßen ein Herz, der Charme des Vergangenen, fehlte. Es reichte nicht, den Interessenten zu zeigen, was war, sondern was sein könnte, was möglich wäre, wenn sie sich auf das Vergangene einließen und es in die Gegenwart holten.

»Da wird ja doch noch eine Menge Arbeit auf mich zukommen«, sagte sie möglichst leichthin, während sie die Treppe aus dem Obergeschoss wieder hinuntergingen, nachdem Simon sie ein weiteres Mal hinaufgebeten hatte. Dass durch die Verschönerungsmaßnahmen der perfekten Fotos wegen für sie auch nicht ganz unerhebliche Kosten entstehen würden, brachte sie lieber nicht zur Sprache.

»Sie werden merken: Es lohnt sich, dort noch einmal Hand anzulegen. Wenn ich Ihnen zeigen würde, was für eine großartige Resonanz ich auf Objekte hatte, bei denen sich die Eigentümer noch mal ein Herz gefasst und ein wenig nachgeholfen hatten, würden Sie staunen!« Simon nahm die letzte Stufe und kam in der Halle zum Stehen. »Ich sagte vorhin schon, dass mich Ihre persönlichen Umstände nicht zu interessieren haben. Ich bin lediglich hier, um das Beste aus dem Verkauf des Weinguts für Sie herauszuholen. Und genau das können wir erreichen!«, versuchte er sie zu überzeugen. »Je mehr Interessenten letztendlich anbeißen, umso besser sind Ihre Chancen auf einen lukrativen Deal«, gab er zu bedenken.

»Und ich hatte Angst, Sie würden mit dem Anwesen zu nachsichtig umgehen, weil Sie Matteo kennen!«, bemerkte Laura mit einem belustigten Schnaufen. »Na, das war wohl vollkommen unbegründet.«

Ein Schatten huschte über Simons Gesicht.

»Natürlich schätze ich ihn sehr. Und ganz bestimmt bin ich traurig für ihn, wenn ein Verkauf ihm und seiner Familie die Lebensgrundlage entzieht. Ich bin ja kein Unmensch!« Er wanderte ruhelos einige Schritte in der Halle auf und ab. »Nichtsdestotrotz haben Sie mich als Immobilienmakler herbestellt. Und diese Aufgabe nehme ich ernst.«

»Sie sprachen vorhin über die Formalien«, warf Laura ein. »Ich denke, es ist an dieser Stelle nur richtig, zu betonen, dass ich die Immobilie nur verkaufen kann, wenn der Familie Santoro lebenslanges Wohnrecht und lebenslange Tätigkeit als Verwalter des Weinguts zugesichert wird.« Sie hörte ihn erleichtert aufatmen. »Ich bin ebenfalls kein Unmensch, Simon. Mir ist diese prekäre Situation durchaus bewusst.«

»Ein guter Hinweis!«, stimmte Simon ihr unumwunden zu. »Ich vermerke das gleich als wichtigen Punkt im Portfolio für die Website.« Er neigte den Kopf, um sich Notizen in seinem Buch zu machen. In dem Moment klopfte es energisch an die Haustür. Sowohl Simon als auch Laura erschraken aufgrund des lauten Geräuschs. Laura beeilte sich, die Tür zu öffnen.

»Hallo ... Matteo!« Laura gab sich keine Mühe, ihre Überraschung über das Erscheinen des Verwalters zu verbergen, als sie die wuchtige Holztür öffnete.

»Hallo, Laura!«, gab er zurück. Als sie ihm Platz machte, trat er ein und begrüßte seinen Freund Simon mit einer herzlichen Umarmung.

»Hallo, Simon! Ich habe dein Auto auf dem Platz stehen sehen. Wenn Signora van Dyck mir erzählt hätte, dass du es bist, der die Betreuung der Immobilie übernimmt, wäre ich schon viel eher vorbeigekommen.«

»Matteo! Wie geht es dir?« Simon klopfte seinem Freund auf den Rücken und erwiderte die Umarmung. Sie tauschten ein paar Höflichkeiten miteinander aus, dann fragte Matteo Simon: »Wie gut kommt Ihr voran?«

»Signora van Dyck hat mir bis jetzt das Haupthaus gezeigt. Wir haben besprochen, wie wir die Bilder für die Mappe möglichst ansprechend gestalten können.«

Laura bemerkte den Schatten, der kurz über Matteos Gesicht huschte.

»Und dafür bin ich Signor Gaillano sehr dankbar. Ich hätte mir kaum einen besseren Makler wünschen können«, schaltete sie sich ins Gespräch ein. »Dank seiner Tipps wird das Weingut sicher einen Käufer finden, der es ebenso wertzuschätzen weiß wie du, Matteo.«

»Du weißt, dass ich da nach wie vor große Zweifel habe, Laura. Ein Weingut verkauft man nicht mal eben so.«

Sie hätte Matteo gleich von Anfang an einbeziehen und ihn für die Idee des Verkaufs gewinnen müssen, das wurde Laura nun mehr als deutlich, nachdem Matteo gerade ein weiteres Mal sein Missfallen über ihre Absichten geäußert hatte. Er hatte ihr zuvor schon deutlich unter die Nase gerieben, wie schlecht ihre diplomatischen Fähigkeiten waren.

»Das hat ja auch niemand behauptet.« Laura spürte, wie sie anfing, sich über ihn zu ärgern. Sie wünschte sich so sehr, dass er sie und ihre Beweggründe für den Verkauf verstand. Seitdem sie sich im Weinkeller geküsst hatten, war dieser Wunsch schier übermächtig geworden. Aber keins seiner Worte signalisierte das erhoffte Verständnis, und auch seine Haltung drückte Abwehr aus.

»Vielleicht möchten Sie mir die Außenanlagen zeigen, Signora van Dyck?«, mischte sich Simon ein. Bestimmt war ihm die unangenehme Spannung zwischen ihnen aufgefallen, und er versuchte die Situation zu entschärfen. Simon war Matteos langjähriger Freund. Vielleicht könnte er es schaffen, Matteo zu überzeugen, den Verkauf des Weinguts als unvermeidbar zu akzeptieren.

»Natürlich!« Laura ging sofort auf seinen Vorschlag ein. Die Diskussion über die Richtigkeit eines Verkaufs könnte sie auch noch später mit Matteo führen. Nun galt es, den Blick nach vorn zu richten. Sie *würde* das Weingut verkaufen, mit oder ohne Matteos Zustimmung.

Sie verbrachten eine weitere Stunde auf dem Gelände und besprachen ausführlich die besten Blickwinkel für Fotos. Auch hier im Außenbereich gab Simon ihr wieder den einen oder anderen unschlagbaren Tipp.

Matteo verabschiedete sich bald von seinem Freund, auf ihn wartete wie immer die alltägliche Arbeit auf dem Weingut.

Sowohl Laura als auch Simon hatten Matteos gedrückte Stimmung bemerkt. Laura wusste, dass er ihr weiterhin jegliche Unterstützung verweigern würde. In Simons Miene spiegelte sich Bedauern wider.

»Es wird sich schon alles finden«, versuchte sie ihn aufzuheitern. Auch sie selbst musste sich immer wieder an dieser Vorstellung festhalten.

15. Kapitel

Gleich am nächsten Morgen begann Laura die Ratschläge von Simon in die Tat umzusetzen. Sie hatten sich für ein weiteres Gespräch bei ihm im Büro in zwei Tagen verabredet, und bis dahin wollte Laura so viel wie möglich von seinen Tipps umgesetzt haben.

Sie kümmerte sich zuerst um den Eingangsbereich des Haupthauses. Bevor es zu heiß wurde, säuberte sie das Pflaster um die Treppe herum von Unkraut. Die Fugen der Steine mit einem alten Messer von Grasbüscheln, Disteln und Wildkräutern zu befreien, war mühselig, aber wirksam. Bereits nach kurzer Zeit lag eine saubere Fläche vor ihr, die gleich einen ganz anderen Eindruck machte. Einem Impuls folgend, beschloss Laura Kübelpflanzen zu kaufen und sie beiderseits der Haupttreppe auf die nun sauberen Flächen zu platzieren.

Am frühen Nachmittag kehrte sie mit ihrem Kofferraum voller Pflanzen, Blumenerde und Pflanzkübeln auf das Weingut zurück. Matteo arbeitete in der Nähe der Zufahrt und grüßte sie kurz, als sie an ihm vorbeifuhr.

Laura parkte den Fiat in der Nähe des Gästehauses. Sie öffnete den Kofferraum und begann mit dem Ausladen der Pflanzen. Sie trug die Paletten mit Geranien, Lobelien und Wandelröschen in den Schatten des ehemaligen Gästehauses. Da sie hier noch gar nicht sauber gemacht hatte, schadete es nichts, mit Pflanzerde zu kleckern und für noch mehr Schmutz zu sorgen. Außerdem war es im Schatten des alten Hauses angenehm kühl, genau richtig für ihr Vorhaben.

»Ich trag dir die Säcke mit Blumenerde«, hörte sie plötzlich Matteos Stimme hinter sich. »Zwar bezweifle ich, dass Kübelpflanzen vor einem Haus einen großen Unterschied machen, aber mit einem Rückenleiden sollst du auch nicht wieder zurück nach England fliegen.«

Laura lachte auf. »Danke, Matteo!« Sie übernahm eine weitere Pflanzpalette, während er einen der schweren Säcke trug.

»Giulia streckt die Blumenerde immer mit dem Boden des Weinguts. Sie sagt, das bekomme den Pflanzen besser.«

»Nun, wenn das so ist ...« Laura blickte sich suchend um. Schließlich fand sie eine Stelle im Beet, in der der Unkrautbewuchs nicht übermäßig hoch war und fing an, die Erde freizulegen.

»Ich hole einen großen Kübel zum Mischen. Und in der Werkzeugkammer ist noch eine Sackkarre, glaube ich.«

»Super! Danke!« Während Matteo unterwegs war, zog Laura das Unkraut systematisch aus dem Beet heraus. Kurze Zeit später kam er mit dem Werkzeug zurück, hatte einen Spaten und eine kleine Handschaufel aufgetrieben.

»Nonna hat ihre Sachen bei sich im Haus. Hier hat schon so lange niemand mehr Blumen gepflanzt, dass ich echt erst mal suchen musste.« Er reichte ihr den Spaten und stellte den Mischkübel in das Beet. Laura stach mit dem Spaten in die Erde und schaufelte sie in den Kübel.

»Warte, ich gebe schon etwas von der Kübelpflanzenerde hinzu.« Matteo schnitt den Sack mit einem Messer auf, dann vermengten sie die unterschiedlichen Erden miteinander.

Eine Weile arbeiteten sie schweigend nebeneinander. Er befüllte den Boden des Pflanzkübels mit einer Handbreit Erdgemisch, sie setzte die Kübelpflanzen ein und verfüllte die Spalten mit der Handschaufel.

»Ich habe das gestern vielleicht nicht so zum Ausdruck gebracht, Laura, aber ich bin wirklich froh, dass es Simon ist, wenn schon ein Makler das Weingut unter die Lupe nehmen muss.« Laura blickte überrascht zu ihm auf. »Er macht seine Arbeit wirklich gut, musst du wissen. Und er nimmt sich lieber einmal mehr Zeit, als dass er etwas oberflächlich erledigt und deshalb wichtige Details übersieht. Das zeichnet seine Arbeit aus.«

»Es freut mich, dass du wenigstens das anerkennst, Matteo. Ich bin bisher sehr zufrieden mit Simon. Er hat mir wirklich gute Tipps gegeben und ist bereit, die Sache voranzubringen.« Diesen kleinen Seitenhieb konnte sie sich nicht verkneifen. Er wurde prompt mit einem ergebenen Seufzen quittiert.

»Es ist meine Heimat. Es ist Giulias Heimat, auch wenn es uns nicht mehr gehört«, antwortete er und legte ihr die Hand auf die Schulter, damit sie ihm ihre volle Aufmerksamkeit schenkte. »Ich weiß, dass du dir nicht viel aus Heimat machst, Laura. Ich persönlich finde das sehr schade, aber vielleicht bist du einfach so.«

Seine Worte verunsicherten sie zutiefst. Und sie verletzten mindestens ebenso schwer. Matteo wusste ja gar nicht, wie viel sie dafür gegeben hätte, endlich eine Heimat zu haben! Bevor sie etwas erwidern konnte, fuhr er bereits fort: »Bitte respektiere unsere Verbundenheit zu diesem Ort. Giulia ist schon so alt, sie kann nirgendwo anders mehr hin. Und ich ... dieses Weingut ist der einzige Ort, den ich habe. Und den ich sehr liebe. Ich befürchte, dass auch ich eine Verpflanzung nicht so gut vertragen würde wie diese Blumen hier.« Sein Blick fiel auf das Wandelröschen in Lauras Hand.

In seinen Augen lag echte Sorge und Verletzbarkeit. Sie erhob sich rasch aus der Hocke, um ihm direkt gegenüberzustehen.

»Ich werde dafür Sorge tragen, dass ihr bis an euer Lebensende hierbleiben dürft, Matteo. Das habe ich Simon gleich zu Beginn des Gesprächs gesagt.« Bei ihren Worten atmete Matteo erleichtert auf und entspannte sich sichtlich. »Das Weingut wird nicht verkauft, wenn der Käufer sich damit nicht einverstanden erklärt«, untermauerte sie ihre Worte.

»Na, dann ist es ja gut«, gab er beruhigt von sich und wischte ihr wie beiläufig einen Krümel Blumenerde von der Wange. Erneut spürte Laura diese Anziehung zwischen ihnen, die es ihr unmöglich machte, sich ihm zu entziehen. Ihre Blicke versanken ineinander, und Laura wusste, noch bevor es passierte, dass sie sich wieder küssen würden. Ihr Herz klopfte kräftig vor Sehnsucht nach seiner Liebkosung, allen Widerständen zum Trotz. Wie von selbst machten ihre Füße einen Schritt auf ihn zu, und im nächsten Moment trafen ihre Lippen aufeinander.

Laura schmiegte sich an Matteo, atmete seinen ureigenen Geruch ein und gab sich ganz dem Kuss hin. Seine Lippen neckten, forderten mehr, und sie gab ihm bereitwillig, wonach er sich sehnte. Sie öffnete den Mund, hieß seine Zunge willkommen und vertiefte den Kuss. Heiße Schauer der Erregung rieselten durch ihren Körper, erhitzten sie und ließen sie sich an ihn schmiegen. Sie spürte seine Hände auf ihrem Rücken, seufzte erregt auf, als er sie über ihre Pobacken gleiten ließ und sie verlangend an sich presste. Er begehrte sie, daran bestand kein Zweifel.

Sosehr Laura die Intimität auch genoss, sosehr sie sich wünschte, die Umstände wären anders, sie wusste, dass das, was sie im Begriff waren zu beginnen, nicht von Dauer sein konnte. Sie gab sich noch für wenige Augenblicke Matteos Kuss und seinen Liebkosungen hin, genoss die Wärme, die sich von ihm auf sie übertrug. Dann entzog sie sich ihm jedoch mit sanfter Bestimmtheit.

»Es würde nicht gut ausgehen zwischen uns«, murmelte sie noch an seinen Lippen, und selbst sie spürte, wie sehr ihre Stimme nach Bedauern klang. Sie blickte zu ihm auf, suchte nach einer Emotion, doch seine Miene verriet ihr nichts.

»Wer sagt das?«, fragte er nur und trat einen Schritt zurück.

»Ich. Unser beider Vergangenheit. Diese ... verkorkste Situation hier ...« Laura machte mit dem Arm eine ausholende Bewegung, die das Weingut umschloss. »Wie soll es gehen?«, fragte sie und suchte seinen Blick. Er musste doch einsehen, dass es besser war, wenn sie das hier gar nicht erst anfingen.

»Oh! Das ist etwas, das du mit dir ausmachen musst, Laura. Das ist allein deine Entscheidung. Du hast die Verantwortung für dich und dein Leben.«

»Ja«, stimmte sie sofort zu. »Allerdings. Und weil das so ist und ich bereits Pläne für mein Leben habe, wird das zwischen uns nicht möglich sein.«

»Das hört sich so an, als wären deine Pläne unumstößlich«, bemerkte er trocken und trat einen weiteren Schritt von ihr zurück.

»In gewisser Weise sind sie das, ja. Ich habe mir vorgenommen, mir etwas aufzubauen. Und in dieser Lebensplanung kommt ein Winzer in Süditalien nun mal nicht vor.« Sie wandte sich wieder ihrer Arbeit zu und versuchte, Entschlossenheit zu mimen, aber es fiel ihr immer schwerer, die Fassade aufrechtzuerhalten. Es schmerzte mehr, als sie gedacht hatte, ihm eine derart brüske Absage zu erteilen, dennoch war sie nach wie vor überzeugt davon, dass es das Beste für sie beide wäre.

Zu ihrer Überraschung hörte sie ihn leise auflachen. Sie hob neugierig den Blick und sah ihn mit in die Hüften gestemmten

Fäusten vor sich stehen. Er schüttelte amüsiert den Kopf. »Für deine Sturheit verdienst du jedenfalls eine Goldmedaille, Signora van Dyck!«

Laura schnappte nach Luft. War das zu fassen? Er neckte sie! Noch bevor ihr eine passende Erwiderung einfiel, verabschiedete Matteo sich mit einem »Bis später!« und ließ sie mit ihrer Arbeit allein.

Irritiert und verunsichert setzte sie die verbliebenen Jungpflanzen in die Kübel. Je länger sie über seine letzten Worte nachdachte, umso deutlicher kam sie zu dem Schluss, dieses Mal als Verliererin aus dem Kampf um den Schutz ihrer Gefühle hervorgegangen zu sein.

Matteos Heimat war hier in Italien, während ihre in England war, an einem kleinen Ort, an dem sie sich eine rosige Zukunft als Betreiberin eines Restaurants am Meer ausmalte. Laura verdrängte das mehr als angenehme Ziehen in ihrer Magengegend, das durch Matteo hervorgerufen wurde. Stattdessen konzentrierte sie sich wieder voll und ganz auf ihre Vorbereitungen für den nächsten Besuch des Immobilienmaklers.

Diese nahmen den ganzen restlichen Nachmittag in Anspruch, und Laura arbeitete so lange, bis ihr die Arme, die Beine und der Rücken schmerzten. Nachdem sie die Kübel fertig bepflanzt und mit Hilfe der Sackkarre im Eingangsbereich und auf der Terrasse aufgestellt hatte, säuberte sie nun das Beet, in welchem sie zuvor die Pflanzerde gemischt hatte. Unter hohen Hibiskussträuchern, schmalblättrigen Oleanderbüschen und Zistrosen verbargen sich Lorbeersträucher, Edelrosen und graulaubige kugelige Kleinsträucher, die sie nicht kannte. Sie ging zum großen Wirtschaftsgebäude hinüber und suchte dort nach einer Schere zum Schneiden der übergroßen Büsche. Nachdem sie nach einiger Sucherei eine Astschere, eine Rosenschere und sogar eine kleine Handsäge gefunden hatte, machte sie sich ans Werk und rückte dem grünen Dickicht zu Leibe.

Als sie mitten im Beet stand, umgeben von abgeschnittenen Ästen, kam Matteo noch einmal auf sie zu.

»Meine Güte!«, bemerkte er mit einem anerkennenden Blick. »Du willst es aber wirklich wissen, was?« Er zog einen mehr als zwei Meter langen Ast einer Haselnuss, die im rückwärtigen Teil des Beetes stand und ein Durchkommen zum Gästehaus schon fast unmöglich gemacht hatte, aus dem Beet.

»Ich frage besser nicht, wann hier zum letzten Mal ein Rückschnitt gemacht wurde, was?« Lauras schelmisch gestellte Frage zauberte ein Schmunzeln auf sein Gesicht und ließ die Grübchen auf seinen Wangen tanzen. Es stellte die wundersamsten Dinge mit ihrem Herzen an.

»Ich könnte sie dir nicht beantworten, wenn ich ehrlich bin. Das Gästehaus steht jahrelang leer ... Das wurde, glaube ich, kurz nach dem Tod meiner Eltern aufgegeben, weil sich einfach niemand mehr drum kümmern konnte. Und es rentierte sich wohl auch nicht.«

Laura schaute auf die sich neben ihr entlangziehende Längsseite des Hauses. Aus der Nähe betrachtet war der Zahn der Zeit, der beständig an dem Haus nagte, noch deutlicher zu erkennen. Feine Risse durchzogen den blassen Putz, an einigen Stellen blätterte er bereits ganz ab und legte den darunterliegenden Naturstein frei.

»Vielleicht sollte ich besser nicht so offenlegen, wie verfallen das Gebäude schon ist«, meinte sie mehr zu sich selbst. Ihr Blick glitt über die von ihr stark zurückgeschnittenen Pflanzen.

»Doch, solltest du.« Matteo hatte sie gehört. Überrascht blickte sie ihn an. »Jeder Interessent will wissen, woran er ist.«

»Ist es möglich, das Haus von innen anzusehen?«, fragte sie

plötzlich. »Ganz bestimmt wollen die Besucher, dass ich es ihnen zeige.«

»Sicher, warum nicht? Es ist ja nicht baufällig in dem Sinne. Es ist nur renovierungsbedürftig. Die Substanz ist sehr gut, darauf haben sie damals schon geachtet, als sie es bauten.«

»Du kennst die Entstehungsgeschichte des Gebäudes?« Aus irgendeinem Grund war Laura von Anfang an davon fasziniert gewesen, mehr als vom Haupthaus und dem restlichen Weingut. Diese Faszination hielt weiterhin an.

»Nicht so richtig.« Matteo schüttelte bedauernd den Kopf. »Es gibt so vieles, über das Giulia nicht spricht. Sie sagt selten etwas zu der Vergangenheit des Weinguts. Sie lebt lieber im Hier und Jetzt.«

»Schade. Irgendwie interessiert es mich.«

»Weil du gut vorbereitet sein willst für die Kaufinteressenten«, unterstellte Matteo.

»Nein. Es interessiert mich persönlich. Es würde mich auch interessieren, wenn kein Verkauf geplant wäre.«

»Tja, das *Was wäre, wenn* brauchen wir nicht erörtern, dafür bin ich zu sehr Realist. Für irgendwelche Wunschträume bleibt bei all der Arbeit hier keine Zeit.« Seine Worte klangen schroff.

»Hast du keine Träume mehr?«, fragte Laura nach einer kurzen Pause.

»Doch, natürlich. Wer hat das nicht? Ich achte bloß darauf, dass ich den Bezug zur Realität nicht verliere.« Matteo blickte sie direkt an. »Ich denke lieber in Möglichkeiten als in Träumen.«

»Klingt ziemlich pragmatisch.«

»Klingt nach dem echten Leben, würde ich sagen.« Matteo lächelte, anscheinend amüsiert über ihre Diskussion. »Vielleicht sollten wir das mal bei einem Glas Wein näher erörtern«, schlug er vor. »Wie wäre es mit morgen Abend?«

»Sehr gern«, antwortete sie mit einem Lächeln auf den Lippen, welches sich in milde Aufregung verwandelte. »Wie wäre es auf der Terrasse des Haupthauses? Ich bereite einen Imbiss zur Weinprobe.«

»Abgemacht. Um sieben bei dir.« Ihre Blicke verfingen sich ineinander, schon wieder, und Laura fragte sich nervös, wohin das alles führen sollte. Mit Mühe wandte sie sich wieder ihrer Arbeit zu. »Dann will ich mal noch was schaffen«, sagte sie möglichst leichthin, um sich ihre Aufregung darüber, dass sie sich mit Matteo zu einem Quasi-Date treffen wollte, nicht anmerken zu lassen.

Später am Abend, als sie geduscht und eine Kleinigkeit gegessen hatte, zog sie Amalias Tagebuch wieder in seinen Bann. Sie bereitete sich eine Karaffe Wasser mit Zitronenschnitzen zu, trug diese mit einem Glas in den Salon und nahm auf dem Sofa Platz. Nachdem sie einen Schluck getrunken hatte, blätterte sie zum nächsten Eintrag, um weiterzulesen.

02. März 1950

Ich denke, dass unser Sohn doch sehr nach seinem Vater kommt. Valentin liegt neben mir in seiner Wiege und schläft. Man kann bereits jetzt den weißgoldenen Haarflaum erahnen, außerdem besitzt er eine ebensolche lange, gerade Nase wie Carl. In der letzten Nacht, als ich ihn unter größten Schmerzen gebar, kam mir in den Sinn, dass ich mir ein weiteres Kind, eine weitere Geburt nie wieder antun will. Es war zu viel, der Schmerz zu groß, die Angst zu mächtig. Doch letztendlich liegen wir beide nun hier und ruhen uns aus, und ich kann kaum glauben, dass mein Mann und ich so etwas Vollkommenes wie unseren winzigen neuen Erdenbürger erschaffen haben. Valentin ist so zart, so weich, und ich muss ihn immerzu anblicken, ganz so als würde er klammheimlich verschwinden, wenn ich es nicht tue.

03. März 1950

Ich bin sehr müde von den Strapazen der Geburt. Außerdem müssen Valentin und ich uns noch aneinander gewöhnen. Das Stillen will noch nicht so recht klappen, aber zum Glück hilft mir die Hebamme sehr gut. Und ich merke auch, dass es eine ganz schöne Umstellung werden wird, von jetzt an immer und jederzeit für diesen kleinen Wurm da sein zu müssen. Er ist mein Ein und Alles, aber ich weiß nicht, ob ich das kann. Gerade jetzt, wo wir in der Endphase des Baus sind und es nur noch eine Frage von Wochen ist, bis die ersten Gäste La Florentina entdecken werden.

Ich muss mit Carl darüber sprechen. Wir brauchen ein Kindermädchen. Giulia hat schon genug zu tun, außerdem hat sie Ruben und Lucia, die sie zu versorgen hat. Und obwohl die Sprachbarriere ja nun wirklich nicht mehr besteht, ist sie mir gegenüber immer noch so zurückhaltend.

19. Juni 1950

Der Pool wurde gestern in Betrieb genommen. Es funktioniert alles, Carl und die Handwerker, Maurer und Zimmerer sind zufrieden. Das Gästehaus ist bereits seit dem 15. Juni geöffnet. Und wir haben sogar schon die ersten Gäste! Freunde von Carl, zu denen er über die Jahre Kontakt gehalten hat. Sie kommen aus England. Und eine weitere Britin ist ebenfalls mit von der Partie, Mr und Mrs Hammond haben sie sozusagen gleich mitgebracht: Harriet Wilkers, eine ehemalige britische Kriegskrankenschwester, die nun für uns als Valentins Kindermädchen arbeiten wird. Ich habe mich Carl gegenüber dann doch durchsetzen können. Denn ich betrachte es sehr wohl als meine Hauptaufgabe, für entsprechende Klientel in unserem schmucken Gästehaus zu sorgen. Da kann ich mich nicht die ganze Zeit ums Kind kümmern.

Gestern ist es mir dann auch gelungen, Briefe an meine

Freunde in Deutschland zu schreiben – es sind nicht viele, da der Krieg so viel entzweigerissen hat –, in der Hoffnung, Auskunft von ihnen zu erhalten. Ich brauche Kontakte zu Künstlern, zu Kunstorganisationen, zu Kunstverbänden, denn ich kann mir nichts Schöneres vorstellen, als Maler und andere Kreative hier auf dem Weingut zu haben, die das Licht und die Farben des Südens einfangen und in ihren Werken festhalten.

Carl selbst hat über die Handwerker schon Kontakte bis hin nach Neapel knüpfen können. Das ist sehr gut für uns. Er ist nun ein- oder zweimal in der Woche abends aus, um ebendiese Kontaktpflege zu betreiben, wie er es nennt. Wir wollen Prospekte von La Florentina drucken und in Neapel verteilen lassen. Darin sollen unser Gästehaus mit Pool und die Weinproduktion besonders hervorstechen. Und auch die angenehme Abgeschiedenheit des Weinguts, die Ruhe und seine Schönheit. Damit sind Vito und Giulia zum Glück einverstanden, sodass ich morgen zum Fotografen fahren werde, mich beraten lasse und einen Termin mit ihm vereinbare. Ich habe die farbigen Broschüren der Compagnie Générale Transatlantique im Hafen von Neapel in der Auslage gesehen. Genau so etwas Nobles schwebt mir vor. Ich hoffe, wir können es uns leisten.

Wenn ich morgen beim Fotograf bin, wird Harriet sich zum ersten Mal um Valentin kümmern. Sie ist ein paar Jahre jünger als ich, etwas kleiner und hat ihre dunklen Haare in der Mitte gescheitelt und im Nacken zu einem Knoten zusammengesteckt. Sie wirkt sehr souverän. Ich muss abwarten, ob sie bei einem Baby das gleiche Geschick an den Tag legt wie bei verletzten Soldaten. Ihre Referenzen sind jedenfalls sehr gut.

Da fällt mir ein, dass Ruben bald zehn Jahre alt wird und wir noch kein Geschenk für ihn haben. Vielleicht kann ich das in Vallo besorgen, wenn ich morgen ohnehin dort bin. Er ist ein aufgeweckter Junge, das muss man sagen. Und seinem Vater eine große Hilfe. Carl und ich haben schon oft im Vertrauen zueinander gesagt, dass Vito abbaut und immer nachlässiger mit dem Weingut wird. Andauernd muss ihm einer zur Hand gehen oder ihm Aufgaben abnehmen, die eigentlich seine sind. Besonders Giulia scheint das hart zu treffen. Zum Glück helfen ihr Lucia und Ruben, sobald sie von der Schule zurück sind.

16. Kapitel

Laura war morgens, als sie sich für ihren Besprechungstermin mit Simon Gaillano fertig machte, nicht ganz bei der Sache. Im Geiste kehrte sie immer wieder zu dieser sich im Aufbruch befindenden, farbenfrohen Welt zurück, die Amalia in ihrem Tagebuch hatte aufblühen lassen. Harriet, sie hatte zum ersten Mal über Harriet geschrieben! Am liebsten hätte sie an diesem Morgen gleich weitergelesen, machte sich dann aber doch pflichtbewusst auf zu ihrem Besprechungstermin bei Simon Gaillano.

Er empfing sie in seinem Büro, das in einer Seitenstraße des Zentrums des kleinen Ortes lag, zu dem das Weingut gehörte.

»Guten Morgen, Signora van Dyck!«

»Nennen Sie mich doch Laura«, forderte sie ihn auf, weil sie die formelle Ansprache unsinnig fand. Interessiert blickte sie sich in seinem Büro um, dessen Räumlichkeiten sich in einen Altbau schmiegten. An den weiß gekalkten Wänden hingen Abbildungen der Immobilien aus seinem Portfolio. Ansonsten war das Büro recht spartanisch eingerichtet, neben einem Schreibtisch, vor dem zwei Stühle aus schwarzem Kunstleder standen, hatte Simon noch eine zweisitzige schwarze Couch, zwei ebensolche Sessel und eine grüne Palme und einen Couchtisch aus Glas darin platziert. Laura fand, dass die fast kühl wirkende Einrichtung sehr gut zu so einem geradlinigen Typen wie Simon passte. Sein ganzes Erscheinungsbild wirkte so sauber und aufgeräumt wie sein Büro.

»Wir werden heute Vormittag besprechen, wie detailliert wir die Portfoliomappe zum Weingut erstellen wollen und ob ich bereits mit dem Veröffentlichen einiger Eckdaten der Immobilie auf der Internetseite beginnen kann«, eröffnete er das Gespräch. »Aber vor allem anderen: Nehmen Sie doch erst einmal Platz!« Er deutete auf die Sitzecke. »Möchten Sie etwas trinken? Caffè? Wasser?«

»Ein Caffè wäre super.« Laura setzte sich auf das Sofa und wartete, bis Simon die Getränke bereitgestellt hatte.

»Fangen wir mit dem Allgemeinen an«, schlug er vor, sobald sie ihren ersten Schluck des aromatischen Heißgetränks genossen hatten. »Was können wir an Informationen zusammenstellen, und was kann davon schon veröffentlicht werden?«

»Nun, ich denke, das Alter des Guts und seine lange Tradition sind erwähnenswert, ebenso dass es in Familienbesitz ist. Auch sollte das seit jeher besonders gute Verhältnis zur Verwalterfamilie hervorgehoben werden. So sind potenzielle Käufer gleich dafür sensibilisiert, dass es hier so etwas wie ein festes strukturelles Gefüge gibt.«

Laura rührte nachdenklich in ihrem Kaffee, bevor sie weitersprach. »Und natürlich die Weine. Wie Matteo mir erzählt hat, trägt er seit Längerem dafür Sorge, alte lokale Sorten wie die Aglianico-Rebe vermehrt anzubauen. Ich finde das vom Nachhaltigkeitsaspekt her durchaus erwähnenswert. Außerdem betont es die Stellung des Weinguts als Kleinod hier im Cilento.«

»Ein guter Vorschlag.« Simon machte sich bereits Notizen. »Was hat Matteo Ihnen sonst noch erzählt?«, wollte er wissen.

»Nun ja, wie Sie ja mitbekommen haben, ist er von dem Verkauf nicht erbaut, deshalb hält er sich doch eher zurück, was Informationen angeht. Was weitere Weinsorten betrifft, tappe ich noch im Dunkeln, ebenso über deren Ertrag.« Sie trank rasch einen Schluck ihres Kaffees. »Ich habe ihm bereits versichert, dass ich mich für die Verwalterfamilie einsetzen werde und das Weingut keinesfalls verkaufe, wenn der neue Eigentümer Schwierigkeiten machen will.«

»Sicher. Matteo ist sehr erdverbunden.« Simon nickte bedächtig. »In gewisser Weise fühlt er sich wohl bedroht.«

»Dabei braucht er das gar nicht«, widersprach Laura dem Makler sofort. »Ich will ihm doch nicht eins auswischen oder ihn übervorteilen oder so was. Ich möchte einfach nur nicht länger Eigentümerin dieses Weinguts sein.«

»Warum eigentlich nicht, wenn die Frage erlaubt ist? Sie haben bisher noch nichts davon erzählt.«

»Es passt einfach nicht zu mir. Ich war zwar als Kind mehrere Jahre in Italien, aber ich fühle mich doch mehr England zugehörig, denke ich. Eine Freundin und ich wollen uns in England selbstständig machen ...« Lauras Worte verebbten. Stimmte das eigentlich, was sie da sagte? Nachdenklich schob sie die leere Kaffeetasse ein Stück weit von sich. Sie gehörte doch auf alle Fälle nach England, schließlich war die dort lebende Tante Harriet ihre Heimat gewesen, oder nicht? Aber Harriet war tot. War sie somit heimatlos? Bei diesem Gedanken bekam Laura eine Gänsehaut und zwang sich, sich wieder voll und ganz auf ihr Vorhaben, das Weingut zu verkaufen, zu konzentrieren.

»Und Ihre Freundin«, fragte Simon gerade, »wie sieht sie das alles? Haben Sie beide sich mal Gedanken gemacht, ob die Realisation dieser Selbstständigkeit auch in Italien möglich wäre? Sie sprechen die Sprache ja geradezu perfekt, daran sollte es nicht liegen. Und wenn ich das Wetter vergleiche ... da sind wir hier in

Süditalien aber doch besser dran, finden Sie nicht?«, fragte er mit einem Schmunzeln.

»Das mag wohl sein«, stimmte Laura zu. »Dennoch fällt es mir schwer, mir vorzustellen, dass ich meine Freundin überreden kann, unsere Pläne in Italien umzusetzen. Immerhin hat sie dort in England auch ein gut ausgefülltes Leben.« Sie überlegte, warum Simon diese Möglichkeit überhaupt ansprach. Wollte er auf diese Art ausloten, wie ernsthaft ihre Verkaufsabsicht wirklich war?

»Natürlich. Zu einem Ortswechsel ist nicht jeder bereit. Das Abschiednehmen ist vielen nicht möglich. Aber ohne geht es nicht.«

»Ich kann sie ja mal fragen«, rutschte es Laura heraus. Kaum waren die Worte ausgesprochen, halb im Scherz gemeint, wollte sie sie auch schon wieder zurücknehmen. Es gab *überhaupt keinen Grund*, Fiona zu fragen, ob sie sich ein Leben in Italien vorstellen könnte. Außer dass sich gerade ein Paar graugrüner Augen, umgeben von tiefen Lachfältchen, vor ihr inneres Auge schlich und ihre Worte Lügen strafte. Hastig verdrängte Laura jeden Gedanken an Matteo. Dieser sollte nun wirklich nicht Grundlage einer so tiefgreifenden Entscheidung wie der Verlagerung des Lebensmittelpunktes sein, ermahnte sie sich.

»Ich bin heute Abend zu einer Verköstigung der La-Florentina-Weine eingeladen worden. Ich muss sagen, dass ich darauf schon sehr neugierig bin, und natürlich kann ich dann sicherlich noch einige Fragen mehr beantworten«, führte sie das Gespräch auf das eigentliche Thema zurück. »Wie verfahren wir jedoch am besten mit dem aufgegebenen Gästehaus? Ich habe vor Kurzem sogar einen recht großen Pool hinter dem Haus entdeckt. Es muss mal ein traumhafter Anblick gewesen sein«, setzte sie sinnierend hinzu. Die Worte aus Amalias Tagebucheintrag hallten doch noch stärker in ihr nach, als sie dachte. War Amalia glücklich geworden? Wie hatte sie den Alltag bewältigt, und wie erfüllend war der Gästebetrieb auf dem Weingut damals in den Aufbaujahren nach dem Krieg wirklich gewesen?

»Eine gute Frage«, antwortete Simon. Er überlegte einen Augenblick, bevor er sich zu einer Antwort entschloss. »Ich denke, es wäre gut, sowohl das Gebäude als auch die Außenanlagen nur sparsam zu erwähnen. Ein paar Fotos, mehr nicht. Die Interessenten müssen zwar wissen, dass es ein Gästehaus mit Pool gibt, aber wie es dort en détail aussieht und wie viel Arbeit sie noch erwartet – ich glaube, das würde ich lieber ihren eigenen Augen überlassen. Jeder nimmt das anders wahr, wissen Sie. Die einen wollen es picobello und sehr chic haben, für andere macht gerade die Patina den besonderen Reiz aus, auf der sie aufbauen.«

»Das klingt gut.« Laura atmete deutlich entspannt auf. Simon nahm ihr eine große Last von den Schultern, indem er deutlich machte, dass »nicht perfekt« durchaus gut genug sein konnte.

»Bringen Sie lieber noch etwas mehr über das Weingut in Erfahrung. Gerne auch mehr zur Historie. Oft gibt es auch Interessenten, die sich aus Verliebtheit in die Geschichte des Ortes einkaufen wollen. Erstaunlicherweise sind diese weniger am Alltagsgeschäft interessiert, was sich sicherlich zu einem Vorteil für Matteo entwickeln könnte. Es ist eher Liebhaberei bei ihnen.«

Laura nickte begeistert. Einmal mehr war sie froh, den Kontakt zu Simon Gaillano gesucht zu haben. Wenn jemand den passenden Käufer für La Florentina finden konnte, dann er.

Sie besprachen für die nächste halbe Stunde weitere Details. Dann lud Simon sie zu einem Imbiss in einer kleinen Bar unweit des Marktplatzes ein.

Während sie Tramezzini mit jungem Cacioricotta-Käse und Feigenmus genossen, unterhielten sie sich weiter über das Weingut und den kleinen Ort. Laura hörte interessiert zu, als Simon ihr ein paar Geschichten aus der wechselvollen Historie des Örtchens am Hang des Hügels erzählte.

»Früher, vor vielen Hundert Jahren, gab es mehr Orte direkt am Meer. Doch Piraterie und ständige Überfälle haben die Menschen zurückweichen und sich ihre Häuser an die Hänge der Hügelketten des Cilento bauen lassen. Überall findet man hier kleine Orte und kleinste Dörfer, die sich geradezu in den Hang hineingegraben haben. Außerdem haben die Bewohner damals versucht, sich durch Wehranlagen gegen diese Überfälle zu schützen. Deshalb gibt es Burgruinen, Schutzmauern und Wehrtürme im gesamten Cilento. Waren Sie schon mal hier in der Gegend unterwegs?«

»Oh nein, bis jetzt noch nicht. Ich habe mich voll und ganz auf das Weingut konzentriert. Aber vielleicht ist Ihr Vorschlag, einen Tag Pause von La Florentina zu machen, eine gute Idee.«

»Machen Sie das ruhig«, ermunterte er sie. Simon trank einen Schluck des gekühlten Weißweins, den sie beide zum Essen bestellt hatten. »Wie wollen Sie entscheiden, ob ein Leben für Sie in Italien möglich ist oder nicht, wenn Sie die Gegend gar nicht richtig kennen?« Er schmunzelte amüsiert, als er ihre hochgezogenen Augenbrauen als Reaktion auf seine Worte sah.

»Wollen Sie mich etwa zu einem Leben in Italien überreden?« Laura neckte ihn und war mit einem Mal viel entspannter als noch vor etlichen Stunden. Ihre Probleme und die immer noch überwältigende Aufgabe, das Weingut zu verkaufen, rückten in den Hintergrund und gaben ein Stück von dem Menschen in ihr preis, der unbeschwert war und sich des Lebens erfreuen konnte. Wann hatte sie diesen Teil von sich eigentlich unter einem Haufen Probleme begraben?

Sie beendeten ihr Mahl und bestellten einen Espresso. Als Simon sich wegen eines Gangs in die Waschräume der Bar entschuldigte, zog Laura ihr Mobiltelefon aus der Tasche und rief ihre E-Mails ab. Sie hatte schon seit Tagen nicht mehr nachgeguckt. Zu ihrer großen Freude und Überraschung erwartete sie eine Nachricht von Fiona in ihrem Posteingang.

Liebe Laura,

danke für deine Nachricht. Im Nachhinein tut es mir leid, dass ich so forsch zu dir gewesen bin. Dafür möchte ich mich bei dir in aller Form entschuldigen. Letzten Endes ist es dein Leben, du bist dafür verantwortlich. Ich weiß nicht, was über mich gekommen ist, dich so anzugreifen. Vielleicht hat meine Sorge um dich da überhandgenommen, oder ich hatte Angst, dass du von unserem gemeinsamen Projekt abspringen willst. Für mich ist es natürlich sehr bequem, wenn ich mich auf dich verlassen kann und mir sicher sein kann, dass du mit mir ein Restaurant aufbauen willst. Als du mir dann erzählt hast, dass du nicht länger im Pescatore arbeitest, habe ich wohl kalte Füße bekommen, weil ich sofort dachte: Was ist, wenn sie es auch mit mir nicht lange aushält und mich sprichwörtlich sitzen lässt? Ich hatte Angst. Ich gebe auch zu, dass ich diese Angst immer noch habe. Doch was soll ich darauf herumreiten und dich damit auch noch in die Enge treiben?
Offenbar vergesse ich einen ganz wichtigen Punkt immer wieder: Das Restaurant, das wir uns aufbauen wollen, ist unser eigenes. Und weißt du was? Ich glaube, dass ich in unserem Gespräch übertrieben habe. Vielleicht hätte ich besser akzeptieren sollen, dass es zwischen dir und deinem Chef einfach keine Harmonie gab und dass der Rausschmiss aus dem Pescatore sogar etwas Gutes für deine persönliche Weiterentwicklung sein könnte. Wie gesagt, es tut mir leid, dass ich dich in dem Moment so angegangen bin, ich hätte besonnener sein müssen.

Nun aber zu deinen Neuigkeiten aus Italien. Ist ja irre, dass du nun Besitzerin eines Weingutes bist! Ich muss sagen, ich komme da aus dem Staunen kaum heraus und platze vor Neugierde. Um ganz ehrlich zu sein: Ich habe noch ein paar Tage Urlaub und könnte meine Reserven ankratzen, um zu dir nach Italien zu fliegen und das Weingut kennenzulernen. Ich hätte nicht übel Lust darauf, mal für ein paar Tage herauszukommen, denn so ganz klasse läuft es bei mir zurzeit auch nicht. Ich könnte deshalb gut einen Tapetenwechsel brauchen, um Energie für die nächsten Monate bis zum Jahreswechsel aufzutanken. Was meinst du? Soll ich einen Flug nach Neapel buchen?

Herzliche Grüße und hoffentlich auf bald,
Fiona

PS: Vor zwei Tagen habe ich ein Gebäude in Strandnähe entdeckt, das neu zum Verkauf ausgeschrieben worden ist. Ich wollte es dir nur mitteilen, vielleicht können wir nach deiner Rückkehr einen Besichtigungstermin ausmachen? Was sagst du dazu?

Freudig erregt schloss Laura das E-Mail-Programm auf ihrem Smartphone und steckte es zurück in ihre Tasche. Nun, da Fiona ihr verziehen hatte, spürte sie erst, wie wichtig ihr die Aussprache mit ihr gewesen war und wie sehr sie sich gewünscht hatte, dass sie sich wieder vertrugen. Auch über Fionas Erwähnung, sie habe ein Objekt in Southport entdeckt, das sie sich anschauen könnten, freute sie sich sehr, denn es stimmte Laura zuversichtlich, mit Fiona am gemeinsamen Traum festhalten zu können. Noch viel mehr erfreute sie allerdings Fionas Ankündigung, sie in Italien besuchen zu wollen.

So kam sie nach dem Gespräch mit Simon guter Dinge zum

Weingut zurück und war überhaupt nicht auf die dramatischen Ereignisse vorbereitet, die sie während einer Pause aus Amalias Tagebuch erfuhr.

04. September 1954

Ich kann nicht glauben, dass er fort sein soll. Fort. Für immer. Zwei Wochen ist es nun schon her, dass sie mich riefen, in Panik, alle, und mich zum Pool holten, aus dem sie ihn gefischt hatten. Zwei Wochen. Und ich habe geweint und geweint und geweint und kann doch nicht aufhören. Mein Valentin. Mein Sonnenschein. Ich weine schon wieder, während ich das schreibe. Hört dieser Schmerz denn niemals auf?

Was muss ich denn noch alles ertragen, was muss ich denn noch alles durchmachen, bis ich endlich Frieden finde? Warum bestraft das Schicksal mich derart? Warum kann es denn nicht einfach einmal gut laufen in meinem Leben?

Ich friere.

09. September 1954

Carl ist kaum zugänglich. Vito wirkt noch bedrückter als sonst. Giulia sieht so aus, als ob sie mich jeden Moment tröstend umarmen will und sich dann doch nicht traut. Ich halte es kaum aus.

Und Harriet? Sie ist so still. So unglaublich still. Sie zeigt keine Emotion. Gar nichts. An dem Tag, als es passiert ist, hat sie wie eine Maschine funktioniert, wenn ich mich richtig erinnere. Ich weiß es nicht genau. Ich war so auf Valentin fixiert. Darauf, ihn für immer verloren zu haben. Aber bei der Beisetzung fiel mir dieses Verhalten von ihr wieder auf. Mechanisch. Als ob sie sich komplett gegen jedes Gefühl abschotten würde. Das ist doch nicht normal?

Ich weiß nicht, was ich mit ihr machen soll. Zum ersten Mal in meinem Leben traue ich mich nicht, durchzugreifen. Von Rechts wegen besteht nicht länger Bedarf an einem Kindermädchen. Doch irgendetwas hält mich davon ab, ihr die Kündigung auszusprechen.

22. Oktober 1954

Das war die traurigste Weinlese, die wir jemals gehabt haben. Das Wetter war in den letzten vierzehn Tagen stabil, sodass wir die Reben in einem Schwung und unter guten Bedingungen abernten konnten. Wie jedes Jahr hatten wir Hilfsarbeiter aus dem Dorf. Natürlich hat sich der Verlust meines Sohnes herumgesprochen. Es hätte mich nicht so verwundern müssen, dass alle betreten wirkten, unsicher, wie man am besten mit uns umgeht. Und dennoch hat es das. Ich will mit dem Thema »Valentin« nichts mehr zu tun haben. Seine Sachen habe ich alle in Kartons geräumt und sie eigenhändig nach Neapel transportiert, um sie dort an ein Hilfswerk zu spenden. Harriet hat mir dabei geholfen. Nichts in diesem Haus erinnert mehr daran, dass es hier einmal einen kleinen blonden Jungen gab, der genau wusste, wie er Giulia mit seinem charmanten Lächeln ein Gebäckstück abschwatzen konnte. Ich will es so. Es ist mein Leid, meine Trauer und mein Haus. Ließe ich alles so, wie es war, würde mich das langsam, aber sicher zugrunde richten. Ich würde die Erinnerungen nicht ertragen, nicht aushalten können. Sie würden mich erdrücken. Ich würde mich selbst unter meinem Verlust begraben.

Carl hat am Abend des letzten Erntetags dem gerade erst fertig gereiften Verschnitt aus Fiano, Greco und Falanghina, den wir in diesem Jahr erstmalig verkaufen, so gut zugesprochen, dass er seitdem über Kopfschmerzen und Übelkeit klagt. Ich glaube, dass jeder anders mit seiner Trauer umgeht. Carl scheint seine Trauer betäuben zu wollen. Das gefällt mir nicht.

28. Oktober 1954

Heute sind die letzten Gäste dieser Saison abgereist. Und obwohl es für mich seit Valentins Tod ein wahrer Höllenritt war, den Gästen gute Miene vorzuspielen, haben wir in diesem Jahr zum ersten Mal sehr gute, auskömmliche Gästezahlen gehabt. Nicht nur das: Wir hatten auch zum ersten Mal Gäste dabei, die sich für eine Mitarbeit im Weinberg interessierten, solange sie bei uns weilten. Hier eröffnen sich vielleicht neue Möglichkeiten. Ich muss das in Ruhe mit Carl besprechen, wenn ich ihn zu sehen bekomme. Leider zieht er sich von mir zurück. Er tut zwar so, als wäre alles in Ordnung, aber ich spüre, dass bei ihm gar nichts mehr in Ordnung ist. Er trinkt zu viel. Er fährt abends ständig fort, ins Dorf oder in die Nachbardörfer, ich weiß es nicht. Er redet nicht darüber. Es macht mir Angst. Was ist, wenn er eine andere Frau kennengelernt hat? Wenn es dort draußen irgendwo eine Frau gibt, bei der er seinen Kummer loswerden kann? Die ihm etwas geben kann, wozu ich anscheinend nicht in der Lage bin – warum sonst sollte er sich von mir abwenden? Ist es ein Frevel weiterzumachen? Ist es ein Verbrechen, alle Kleidungsstücke, das Spielzeug und was sonst noch an unseren Sohn erinnerte, wegzugeben, damit dieser Schmerz endlich aufhört? In den letzten Wochen bin ich so häufig nachts aufgewacht, hörte plötzlich Fliegeralarm, hörte Detonationen, hatte wieder diesen Geruch des nicht enden wollenden Staubs in der Nase. Bilder verhärmter und verstört dreinblickender Leute tauchten vor mir auf, winzige Reize von Erinnerungen mit so großer Macht. Und immer wieder der Anblick meines leblos am Rand des Pools liegenden Sohns.

Ich hätte Carl gebraucht. Seine Umarmung, seine Wärme, damit die innere Kälte meiner nicht habhaft werden kann. Aber er war nicht da.

17. Kapitel

Die tief stehende Sonne ließ die Gebäude lange Schatten werfen, als Laura am nächsten Abend die Terrasse des Haupthauses betrat. Angenehm milde Luft stieg von den Hängen um das Haus herum empor, die große Tageshitze war vorüber. Laura schob den Tisch und zwei Stühle in die letzte von der Sonne beschienene Ecke der Terrasse. Dann ging sie ins Haus zurück und holte einen kalten Imbiss aus der Küche. Auf einem Tablett trug sie Teller und Schalen mit vorbereitetem Fingerfood, frischem Brot, Käse und Butter. Gerade als sie das leere Tablett an die Hauswand lehnte, verriet ihr ein dumpfes Klopfen aus dem Haus, dass Matteo angekommen war, und sie eilte zur Tür, um ihm zu öffnen.

»Guten Abend!«, begrüßte er sie und trat ein.

»Bitte, komm mit nach hinten!«, forderte Laura ihn auf und deutete mit der Hand auf die Terrasse. »Ich habe draußen Essen bereitgestellt.«

Matteo folgte ihr hinaus auf die Terrasse und holte vier Weinflaschen aus einem Korb hervor. Das Glas der Flaschen schimmerte in unterschiedlichen Farben, und bei genauer Betrachtung stellte Laura fest, dass Matteo sowohl Weiß- als auch Rotweine mitgebracht hatte. Sie war neugierig auf die Verköstigung, fragte sich, was sie dieses Mal wohl aus den verschiedenen Weinen herausschmecken würde.

»Nimm doch bitte Platz!«, bat sie Matteo.

Sie entfernte die Geschirrtücher von den Platten, mit denen sie diese abgedeckt hatte, um die Kostbarkeiten darunter vor gefräßigen Insekten zu schützen. »Ich war heute auf dem Markt und habe mich durch die Spezialitäten gekauft.« Sie bot Matteo die Platte an, auf der sich Scheiben von Wildfenchelsalami, eingelegte grüne Oliven, marinierte Zucchini und würzige Schinkenspeckscheiben befanden.

»Danke!« Matteo tat sich etwas auf seinen Teller. Er trug Jeans und ein langärmeliges Hemd, das er bis zu den Ellenbogen aufgekrempelt hatte, sodass die gebräunte Haut seiner Unterarme zum Vorschein kam. Nachdem sie einen Moment lang schweigend gegessen hatten, fragte er: »Welchen Wein würdest du zur Fenchelsalami servieren?« Laura brauchte nicht lange überlegen. »Einen Roten. Kräftig, würzig, der mit der herzhaften Wurst und dem rustikalen Brot mithalten kann.« Sie schaute kurz suchend über das Tablett und fand dann Stücke eines festen Käses. »Diesen würde ich auch dazu reichen«, meinte sie und legte ein Stück auf Matteos und eins auf ihre Serviette.

»La Florentina keltert den Aglianico seit Urzeiten. Wir bauen ihn sortenrein aus, aber verschneiden ihn auch mit einer anderen Rotweintraube, der Piedirosso.« Matteo griff zielsicher zu einer dunkelgrünen Flasche, in der sich Rotwein befand. Er entkorkte sie, und Laura beobachtete fasziniert das Spiel seiner Hände, als diese mit geübter Drehung den Korkenzieher bewegten und den Korken mit einem sanften »Plopp« aus der Flasche zogen. Er schenkte ihnen beiden einen Schluck Wein ein. Seine Farbe war tiefdunkelrot, wie warmer, weicher Samt. »Gib ihm einen Moment zum Atmen«, empfahl er und lehnte sich auf seinem Stuhl zurück.

»Woher weißt du so viel über Weine?«, fragte Laura plötzlich.

»Ich meine, hast du alles von deinen Eltern und deinen Großeltern beigebracht bekommen oder Winzer richtig gelernt?« Sie nahm sich ein Stück gerösteten Brots, das sie mit Olivenöl und Knoblauch bestrichen und mit Salz und Rosmarin gewürzt hatte.

»Meine Familie hat mir natürlich sehr viel über den Weinbau beigebracht. Als meine Eltern verunglückten, war ich knapp achtzehn, bis dahin hatte ich schon sehr viel gelernt und war mir sicher, genau wie sie Winzer zu werden.« Matteo hielt inne und roch an dem ausgeschenkten Wein.

»Und dann?«, fragte Laura. »Hattest du jemals Zweifel?« Täuschte sie sich, oder hatte sie gerade so etwas wie Resignation aus seiner Stimme herausgehört?

Matteo stellte das Glas wieder ab. »Sie starben zu früh, Laura. Der Tod meiner Eltern hat ein ziemliches Loch in mein Leben gerissen und mich an allem zweifeln lassen. Ich wollte dann erst mal gar nichts mehr von dem Weingut wissen, hab mich abgeschirmt und mich mit Tourismusjobs in Neapel über Wasser gehalten. Führungen und Touren. So 'n Zeug.« Mit einem Schulterzucken blickte er sie an. »Ich hätte ewig so weitermachen können, schätze ich. Morgens lange schlafen, tagsüber Touristen betreuen, abends in eine Bar gehen. Mal aufs Meer raus, mal zu den Ruinen von Pompeji, mal in die umliegenden Berge. Das Einzige, wofür ich den Unternehmen nicht zur Verfügung stand, waren Führungen zu Weingütern, obwohl es dort zahlreiche Anfragen gab. Aber das war ... zu nah dran. Ich konnte damit nicht umgehen.«

»Schrecklich«, antwortete Laura voller Bedauern. Sie hatte ihren Vater nie kennengelernt, wusste nicht, wer dieser Mensch war. So paradox es auch sein mochte: Sie konnte ihn nicht vermissen, weil er niemals da gewesen war. Sie hatte nur eine vage Vorstellung davon, was »Familie« wirklich bedeuten könnte, dieses positive, Rückhalt und Sicherheit gebende Konstrukt, das ihr, nicht zuletzt aufgrund des Verhaltens ihrer Mutter Georgina, so fremd war wie die weit entfernten Sterne am Horizont. Wie schwer musste es damals für den jungen Matteo gewesen sein, dieses Netz zu verlieren, nach dem Sturz aufzuwachen und festzustellen, dass kein doppelter Boden da gewesen war?

»Was hat dich zurück nach Hause gebracht?«, wagte sie zu fragen. »Warum bist du wieder hier? Und bist sogar in die Fußstapfen deiner Ahnen getreten?«

Nachdenklich drehte Matteo die geöffnete Flasche, die auf dem Tisch vor ihm stand. Das geschliffene Glas nahm das letzte Sonnenlicht auf und ließ die Flüssigkeit in der Flasche erglühen. »Eines Abends, als ich wohl zu viel getrunken hatte und an der Hafenmauer in Neapel saß, um mich herum der Lärm und der Gestank dieser schmutzigen Stadt, verlor ich das Gleichgewicht und fiel kopfüber in das dreckige Hafenbecken.« Matteo schüttelte mit einem sanften Schmunzeln den Kopf, als er sich an die Begebenheit erinnerte. »Besoffen und der Resignation nahe ging ich unter. Wie ein Stein.«

»Du meine Güte«, flüsterte Laura und presste sich entsetzt die Hand auf den Mund.

»Tja. Das kann man so sagen. Ich denke, ich war meinen Eltern nie wieder so nahe wie in den Sekunden dort unter Wasser. Es war … seltsam. Ich hoffte, sie wiederzusehen. Ich wollte mit ihnen reden, es gab noch so viel zu reden für mich. Ich vermisste sie.«

»Ich habe gerade eine Gänsehaut«, bemerkte Laura ergriffen und schluckte hart. »Und dann?«

»Der Moment, in dem ich begriff, dass ich mich bereits zwischen den Welten befand, weder hier noch dort, war mein letzter wacher Augenblick. Ich bin später in einem Krankenhaus wieder zu mir gekommen, umgeben von piepsenden Geräten, verkabelt und mit Kanülen in beiden Handrücken. Irgendwer hat mir den Arsch gerettet. Aber ich weiß nicht, wer.«

»Oh! Du hast nie herausgefunden, wer dich aus dem Hafenbecken geholt hat?«

»Nein. Leider nicht. Da verdanke ich jemandem mein Leben, und dann kann ich mich nicht einmal bedanken.«

»Vielleicht ist es auch gut so, Matteo«, räumte Laura sanft ein. »Vielleicht wollte diese Person einfach nicht in den Vordergrund treten, sondern nur dafür Sorge tragen, dass du nicht ertrinkst.«

»Richtig, einige helfen und wollen kein Aufheben davon machen, das stimmt wohl.« Nachdenklich rieb er sich über den Nacken. »Dennoch: Ich glaube, ich hätte es gerne gewusst, wer mir da an dem Frühsommerabend hinterhergesprungen ist und mich raufgezogen hat.«

»Und wie ging es dann weiter?«

»Ich bin erst mal wieder auf die Beine gekommen. Ein Arzt hat mir gesagt, dass ich enormes Glück gehabt habe.« Er lachte trocken auf, bevor er wieder ernst wurde. »Wenn du da liegst, an ein Krankenbett gefesselt, gehen dir die sonderbarsten Dinge durch den Kopf. Ich hatte vorher schon alles hinterfragt, aber aus der Perspektive eines im Stich gelassenen jungen Erwachsenen, der sich um das Leben mit seinen Eltern betrogen fühlt und anscheinend noch nicht reif genug war, ein Leben auf eigenen Beinen zu führen. Dieses erste Hinterfragen entsprang dem Trotz. Nun, im Krankenhaus, trat eine viel wichtigere Frage in den Vordergrund: Ich schaffte es endlich, nicht mehr nach der Vergangenheit zu verlangen und sie ändern zu wollen, sondern ich blickte nach vorn und fragte mich, was ich nun machen sollte mit dieser zweiten Chance, die ich für mein Leben bekommen hatte.« Matteo hielt kurz inne und blickte Laura dann direkt an.

»In mir hatten sich Pole verschoben. Meine Wahrnehmung hatte sich verändert. Plötzlich war mir zum ersten Mal seit langer, langer Zeit klar, was tatsächlich wichtig war. Und zum ersten Mal seit dem Tod meiner Eltern bekam ich Zugang zu Erinnerungen, guten, warmen Erinnerungen an die gemeinsam mit ihnen verbrachte Zeit. Sie waren von mir verschüttet worden, ich hatte mich nicht mehr an sie erinnern wollen, weil ich glaubte, ohne meine Eltern nie wieder in diesen Zustand der inneren Ruhe, der Zufriedenheit kommen zu können. Doch dann merkte ich, dass das nicht stimmte. Denn zu den guten Erinnerungen zählten nicht nur meine Eltern, sie waren ein *Teil* dieser Zeit, aber vor allem gehörte das Weingut, die Arbeit im Weinberg, das Gefühl, direkt mit der Natur, ihren Elementen zu arbeiten, dazu. Dieses Gefühl war schon immer da gewesen, solange ich denken kann. Das war es, was mir aufzeigte, dass ich mittlerweile ziemlich von meinem Weg abgekommen war. Sobald ich wiederhergestellt war, kündigte ich meinen Tourismusjob und kehrte zu Giulia auf La Florentina zurück. Ich machte eine Ausbildung zum Winzer und setzte fortan meine ganze Energie für den Aufbau des Weingutes ein, weil das hier mein Hafen ist. Hier werde ich niemals untergehen.« Matteo machte mit der Hand eine ausholende Bewegung, um zu verdeutlichen, was diesen Hafen alles umschloss. Dann legten sich seine Finger um den Stiel des Glases, und er prostete Laura zu, die wie gebannt vor ihm saß. »Salute!«, wünschte er. »Achte auf den Geschmack, so wie ich es dir vor ein paar Tagen gezeigt habe. Ich will hören, was du herausschmeckst.«

Laura kam seiner Aufforderung automatisch nach, tat wie ihr geheißen. Aber innerlich war sie viel zu aufgewühlt über das Gehörte, als dass sie sich auf die feinen Nuancen des Weins hätte konzentrieren können. Sie war schockiert. Sie fühlte eine unglaubliche Trauer über Matteos Verlust und betrachtete sich gleichermaßen als Verräterin. Denn sie, die Engländerin mit ihren egoistischen Motiven, war im Begriff, ihm den Hafen wegzunehmen, sein Schiff wieder in unsichere Fahrwasser zu schicken, wo er doch nichts weniger als seinen Frieden verdient hatte, nach dem, was er hatte durchmachen müssen. Laura schluckte hart, der Wein schmeckte wie faseriges Holz an ihrem Gaumen. War sie unfair? Hatte sie überhaupt das Recht, ihm einen neuen Besitzer zu präsentieren, der sonst etwas mit dem Weingut anstellen könnte, all ihrer Versuche, den »Richtigen« zu finden, zum Trotz?

»Warum hast du das Weingut nicht längst zurückgekauft?«, platzte es aus ihr heraus. Sie stellte das Glas ab. »Ich meine, das, was du als deinen Hafen betrachtest, ist dir nicht sicher, solange es nicht wirklich deins ist.« Sie verschränkte die Arme vor der Brust.

Matteos Augen verdunkelten sich, und die Wärme, die gerade noch in ihnen gelegen hatte, verlor sich in der Dämmerung. Stattdessen trat ein neutraler, fast kühler Gesichtsausdruck in sein Gesicht.

»Ich hätte das Weingut sicherlich zurückgekauft, wenn ich über genügend finanzielle Mittel verfügt hätte und wenn deine Tante Harriet es herausgerückt hätte.« Seine Stimme klang kühl.

»Sie wollte es nicht an euch zurückverkaufen?«, fragte Laura überrascht. »Wieso nicht?«

Harriet war doch nicht noch einmal nach Italien gekommen, oder? Immer mehr wurde Laura bewusst, dass sie nicht vollständig über ihre eigene Familiengeschichte im Bilde war. Sie überlegte, ob sie jemals so etwas wie Fotos des Weinguts, Reisedokumente gesehen oder irgendeine Art Bericht von Harriet gehört hatte, in dem diese eine Reise nach Süditalien erwähnt hatte. Sie musste es verneinen. Was also hatte Harriet dazu bewogen, das

Weingut in ihrem Besitz zu belassen, obwohl sie es weder aufgesucht noch sich sonst darum gekümmert hatte?

»Ich weiß es nicht, Laura. Ich hoffte, du könntest mir eine Antwort darauf geben.« Matteo nahm sich noch ein Stück Brot, strich etwas Ziegenfrischkäse darauf und tat sich Gemüse auf. Als er fertig war mit Kauen, schenkte er ihnen beiden noch ein Schlückchen aus der Rotweinflasche nach und forderte Laura noch einmal auf zu kosten. »Also, was schmeckst du aus diesem Wein heraus?«

18. Kapitel

Später, als die Sonne längst untergegangen war und einem schier endlos erscheinenden Sternenhimmel Platz machte, saßen sie immer noch auf der Terrasse und unterhielten sich über belanglose Themen. Themen, die weder die Fragen aus der Vergangenheit ankratzten noch die aktuellen Probleme berührten. Laura hatte die Weinprobe gut gefallen, und auch wenn das Gespräch anfangs eine unvermittelte Wendung genommen hatte und die unterschwellige Spannung entstanden war, hatten beide es geschafft, sich davon zu lösen und den Abend zu genießen. Obwohl Matteo nicht mit ihrem Vorhaben, das Weingut zu verkaufen, einverstanden war, unterhielten sie sich noch lange. Laura lag es ebenso fern, die Probleme wieder und wieder durchzukauen, denn das brachte ohnehin nichts außer schlechter Stimmung. Und dafür war dieser Abend auf der Terrasse des Weinguts einfach zu schön.

»Es ist unglaublich friedlich hier«, bemerkte sie dann auch und blickte zum Nachthimmel empor. Sie hatte sich bequem auf ihrem Stuhl zurückgelehnt und legte den Kopf in den Nacken. Abermillionen Sterne waren am Firmament erschienen, ihr Glanz strahlte rein und klar auf sie herunter, durchbrach die Dunkelheit, welche hier am Weinberg, abseits des Streulichts großer Städte, vollkommen war.

»Das ist es«, stimmte Matteo zu. Seine Stimme klang rauchig, schwer und auch etwas müde von einem langen Tag. »Es gibt sehr viele Menschen, denen es hier zu ruhig ist, zu still, zu abgelegen. Aus deinen Worten entnehme ich, dass du eher nicht zu ihnen gehörst?« Er nippte an seinem Glas Wein. Laura spürte seinen Blick auf sich, und wie schon zuvor im Weinberg und an dem Nachmittag, als sie die Blumenkästen bepflanzt hatte, fühlte sie eine leichte Veränderung der Atmosphäre zwischen ihnen, einen Hauch nur, kaum wahrnehmbar. Ein Schauer rieselte durch sie hindurch, das Gefühl der Sehnsucht, welches seit ihrer Ankunft in Italien ihr ständiger Begleiter war, regte sich, wachte auf und streckte sich verlangend.

Laura sah Matteo an. Sobald sich ihre Blicke trafen, verwoben sie sich miteinander, hielten einander fest. Ihre Sehnsucht war nun vollends erwacht, in ihrem Inneren schrie sie um Aufmerksamkeit, und Laura spürte deutlich, wie sie sich zu verwandeln begann, wie aus dem Gefühl ein Wille wurde, der Verlangen hieß. Es verlangte sie nach Matteo. Sie wollte ihn.

»Ich bevorzuge ruhige Orte«, stimmte sie zu, damit Matteo nicht merkte, welches Gefühl gerade in ihr um die Oberhand rang. »Das liegt wohl auch ein Stück weit daran, dass der Alltag in einem Restaurant von Stress und Hektik bestimmt ist. Und dort brauche ich es auch. Dort brauche ich das Tempo, die raschen Entscheidungen, die Unwägbarkeiten, die dic Arbcit dort mit sich bringt. Das fordert mich, und dadurch arbeite ich schnell und gut. Aber ich könnte das nicht durchhalten, wenn ich nicht als Gegenpol Orte der Ruhe hätte, an die ich mich in meiner Freizeit zurückziehen kann, um wieder aufzutanken. Du hast recht: Es gibt Menschen, die leben immer auf derselben Ebene, tagein, tagaus. Alles ist gleich bei ihnen. So jemand bin ich nicht. Das werde ich nie sein.«

»Warum bist du dir derart sicher, dass du nicht so ausgeglichen bist?«

»Weil ich dann nichts mehr fühlen würde, denke ich. Ich muss Stress haben und dann auch mal wieder Ruhe, damit ich mich lebendig fühle und teilhabe am Leben. Ich denke, ich bin ein sehr leidenschaftlicher Mensch, Matteo. Wie ist das bei dir? Du erscheinst mir viel besonnener, gelassener.«

War das so? Woher wollte sie das wissen? Zu ihrer Überraschung richtete er sich gerade in seinem Stuhl auf und lehnte sich leicht vornüber. Seine Gesichtszüge zeichneten sich im flackernden Kerzenschein ab, und Laura konnte das Lächeln in ihnen sehen.

»Nur weil ich hier einem sehr geregelten Tagesablauf nachgehe, nur weil ich die Stille des Weinbaus bevorzuge, heißt das nicht, dass nicht auch ich Phasen habe, in denen ich mehr Leben um mich herum bräuchte, Laura.« Er erhob sich und streckte sich aus. Laura stand ebenfalls auf, offenbar schien der Abend auf sein Ende zuzugehen. Wider Erwarten stellte sie fest, dass sie es bedauerte. Sie stapelte die Teller ineinander und trug sie zurück in die Küche. Als sie wieder auf die Terrasse hinaustrat, um die Weingläser zu holen, verschloss Matteo gerade die Weinflaschen.

»Noch vor ein paar Tagen habe ich dir gesagt, dass ich es für falsch halte, wenn du Giulia auf die Geschichte des Weinguts ansprichst.« Er stand nun direkt vor ihr, zwei der drei Flaschen in der rechten Hand. Laura hielt überrascht inne, plötzlich schlug ihr Herz schneller in ihrer Brust. Kündigte sich hier eine Meinungsänderung an? »Auch wenn es mir schwerfällt und auch wenn ich Angst habe, dass du Giulia unwillkürlich verletzen könntest oder an einem alten Kummer rühren wirst, habe ich mir überlegt, dass es vielleicht besser ist, wenn du versuchst, mit ihr zu sprechen.« Er blickte sie fest an.

»Warum auf einmal dieser Sinneswandel?«

»Weil so viel daran hängt, deshalb.« Er machte mit der linken Hand eine ausholende Bewegung. »Es ist unser aller Geschichte. Und mich hat es vorhin ziemlich überrascht, als du zugegeben hast, gar nicht gewusst zu haben, dass Harriet das Weingut nicht an uns zurücküberschreiben wollte.« Er trat noch einen Schritt vor, sodass sich ihre Nasen fast berührten. Mit der freien Hand strich er ihr sanft über die Wange, ließ seine Finger an ihrem Hals hinuntergleiten. »Sehr viel hängt davon ab, viel mehr, als ich jemals dachte.«

Laura genoss die Liebkosung, schloss genießerisch die Augen, ihre Wange schmiegte sich unwillkürlich an seine warme Hand. So verharrten sie einen Augenblick, reglos in der Zeit schwebend, beide abwartend, was aus der Möglichkeit werden würde. Es war Laura, die das Gefüge der Zeit weiterschob und die Entscheidung herbeiführte. Sie legte ihre Hand auf seine, welche immer noch auf ihrer Wange ruhte, und hielt ihn fest. Sie öffnete die Augen und streckte sich ihm entgegen. Ihre Lippen hauchten ihm zart einen Kuss auf die Wange, wanderten still und zurückhaltend weiter zu seinem Mund. Ihr Kuss auf seinen Lippen war kaum mehr als ein Hauch, ein Angebot, das er annehmen oder ablehnen konnte. Diese Entscheidung gebührte ihm. Laura hingegen wehrte sich gegen jegliche Gefühle, sie wollte sich allein Begehren und Verlangen gestatten, jedoch nichts, was zu einer Bindung an einen Menschen geführt hätte. Sie war sich sicher, dass ihr das unmöglich war. Und dennoch: Aus der Sehnsucht war Verlangen geworden, und sie konnte ihm ihr Verlangen zum Geschenk machen, wenn er es wollte.

Zunächst reagierte Matteo nicht auf ihre zarten Küsse. Er verharrte weiterhin still vor ihr. Nach einem Augenblick jedoch spürte sie, wie er nachgab. Er löste seine Hand von ihrer Wange und legte sie auf ihren Rücken, um sie ganz zu sich heranzuziehen. Dann wanderte sie ihren Rücken weiter hinauf, bis sie in ihrem Nacken lag, sie stützte, sodass sie seinen Kuss empfangen konnte. Als seine Entscheidung getroffen war, spürte Laura, dass seine Leidenschaft wie ein Feuer aufloderte, dem jemand Luftzug verschafft hatte. Er küsste sie gierig und drängte seinen Körper gegen ihren.

Nach einer Weile löste er sich von ihr, schwer atmend und sichtlich erregt. Er stellte die Weinflaschen auf die Terrassenplatten und umschloss ihren Körper mit beiden Armen. »Ich will dich zu sehr, Laura«, entfuhr es ihm mit rauer Stimme.

Laura schenkte ihm ein wissendes Lächeln. »Ein ›zu sehr‹ gibt es gar nicht, Matteo. Lass uns herausfinden, wie sehr wir uns wollen.« Sie löste sich von ihm und zog ihn mit sich ins Haus zurück.

Später in der Nacht war Matteo aufgestanden und gegangen. Laura, die sich zu ihrer Überraschung tief an seine Seite geschmiegt wiedergefunden hatte, als sie zwischenzeitlich erwacht war, war ihm dankbar dafür. Denn so würden Gefühle aus dem Spiel bleiben, so blieben sie auf der unverbindlichen, sicheren Seite.

»Ich muss morgen ganz früh raus«, hatte er erklärt, als er seine Sachen zusammensuchte und sich anzog. Laura beobachtete ihn dabei, genoss den Anblick seines nackten Körpers und erinnerte sich an die Wärme, die sie von ihm empfangen hatte.

»Es ist auch besser so, Matteo«, meinte sie und stand doch noch auf.

Er hielt inne und blickte sie an, als sie nackt auf ihn zukam. »Ist es das?«, murmelte er und berührte sie wieder. Es schien, als übte ihr Körper eine magische Anziehungskraft auf ihn aus, und Laura musste zugeben, dass sie es genoss, diese Art der Macht über ihn zu haben. Sie schmiegte sich an ihn, atmete tief seinen Duft ein und tauchte noch einmal in die Wärme seiner Umarmung ein. Sie nahm sich vor, sich an diesen Moment zu erinnern, denn er war ein Moment des tiefen Friedens, ein Moment des bedingungslosen Glücks. Lange schon hatte sie dieses Gefühl nicht mehr verspürt. Viel zu selten war Bedingungslosigkeit ein Teil ihres Alltags gewesen.

»Du weißt, dass ich dir nicht mehr geben kann als das hier«, sagte sie sanft. »Ich bin einfach nicht für Bindungen gemacht.« Sie verharrte und blickte ihn an. Und überraschte sich selbst, indem sie das soeben Gesagte sofort hinterfragte. War sie tatsächlich bindungsunfähig? Oder wollte sie sich das nur glauben machen, aus Angst davor, wieder von einem Menschen verlassen zu werden?

Ein Schatten huschte über Matteos Gesicht. Nur kurz, aber doch wahrnehmbar. »Ich denke, dass wir uns nicht festlegen müssen, Laura. Für den Moment reicht es, das, was uns zusammengeführt hat, zu genießen.« Er löste sich von ihr und zog sich fertig an. Laura wollte ihm schon zustimmen, als sie merkte, dass seine Worte sich wie ein kleiner, feiner Stachel in ihr Fleisch bohrten. Irgendetwas stimmte an ihnen nicht, etwas störte sie an ihnen. Dabei waren es im Grunde genommen doch genau die Worte, die sie hören wollte, denn sie klangen so herrlich unverbindlich und nach dem Ausleben der eigenen Leidenschaft. Sie klangen nach Verantwortungslosigkeit und nach Spaß, und das war es doch, was sie lediglich hatte haben wollen. Und dennoch: Sie schmeckten bitter. Und sie schmerzten mehr, als sie jemals erwartet hätte.

»Schlaf gut, Matteo«, verabschiedete sie sich von ihm an der Schlafzimmertür.

»Du ebenso«, erwiderte er und gab ihr einen letzten Kuss. Als sie das leise Zufallen der Haustür unten hörte, ging Laura wieder zurück ins Bett. Aber so richtig einschlafen konnte sie nicht mehr. Stattdessen lag sie wach und fragte sich, warum der Genuss plötzlich einen bitteren Beigeschmack bekommen hatte.

19. Kapitel

Laura war nach langer Grübelei doch noch eingeschlafen. Als sie endlich aufwachte, hatte sie fast den ganzen Vormittag verschlafen und fühlte sich verkatert.

In aller Eile duschte sie abwechselnd heiß und kalt, um den Kreislauf in Gang zu bringen, und dann flüchtete sie in ihrem türkisfarbenen Fiat hinunter ins Dorf, um die Gedanken an die Nacht mit Matteo mit einem doppelten Caffè zu verscheuchen. Der Inhaber der Bar am Marktplatz begrüßte sie wie immer mit einem freundlichen »Buon giorno!«, das Mittelmeer lag wie immer ruhig und tiefblau unterhalb des Ortes in der Bucht von Velia in der Morgensonne, und doch war nichts mehr wie immer, etwas hatte sich verschoben, und Laura wusste nicht, was es war. Es machte sie schier wahnsinnig.

Zurück im Haupthaus des Weinguts, vergrub sie sich in der Küche. Wenn etwas gegen ihre innere Unruhe, gegen das Durcheinander ihrer Gefühle half, war es das Kochen. So war es schon immer gewesen, und Laura war sich sicher, dass sie sich auch dieses Mal auf ihren Instinkt verlassen konnte. Doch es funktionierte nicht, wie sie schließlich frustriert feststellte. Die Pasta war zu gar gekocht, die Soße schmeckte fad, und das Dessert, welches sie extra noch zubereitet hatte, um ihre Stimmung zu heben, wurde zu einer zähen, klumpigen Masse, die nichts mit der gewohnten luftigen Leichtigkeit gemein hatte, mit der Laura sonst ihre Gäste verzauberte. Frustriert knallte sie die Schüssel mit der pampigen Masse auf die Arbeitsfläche und verließ das Haus.

Dann würde sie eben einen langen Spaziergang machen oder sich anderweitig von ihrem Gefühlsaufruhr ablenken, beschloss sie. Kurz stand sie etwas unschlüssig auf dem Platz vor dem Haus, entschied sich dann für den Weg zum Gästehaus, den sie vor ein paar Tagen erst freigeschnitten hatte. Laura folgte ihm, das Gästehaus zu ihrer Rechten, ein wild wucherndes Blumenbeet zu ihrer Linken. Der Weg führte einmal komplett um das lang gezogene Gästehaus herum, vor der Haustür verbreiterte er sich zu einem kleinen Platz und verlief dann etwas schmaler an der Längsseite des Hauses weiter. Laura hielt von Zeit zu Zeit inne, um die Fensterläden genauer zu inspizieren oder um durch eine der schmutzigen Scheiben einen Blick ins Innere des Hauses zu erhaschen. Noch immer konnte sie sich kaum vorstellen, dass Carl und Amalia hier gewirkt und diesen nun verwunschenen Ort in ein romantisches Quartier verwandelt hatten. Nichts schien davon mehr sichtbar zu sein, der Zahn der Zeit hatte sich alle Erinnerungen an die Jahre von Amalia und Carl auf dem Weingut geholt.

Als Laura um die Ecke der hinteren Giebelseite des Hauses bog und nun dessen Südseite mitsamt dem ehemaligen Pool und der sich darum befindlichen Liegeflächen vor sich hatte, konnte sie einen kleinen Ruf der Überraschung nicht unterdrücken. Der Pool war tatsächlich sehr groß, er streckte sich über dreißg Meter lang über die gesamte Südseite des Hauses aus. Zwischen ihm und dem Haus befand sich die große Terrasse, in die der Weg mündete. In Laura breitete sich ein Bild von großen Kübelpflanzen, Palmen, Zitrusbäumen und Sonnenschirmen aus, von Holzliegen, auf denen farbige Handtücher ausgebreitet waren, und von Gästen, die allein oder mit ihrer Familie im Pool badeten. Sie dachte an die urige Bademode der Fünfziger- und Sechzigerjahre, an Badehauben, Dauerwellen und sonnenverbrannte Haut.

Laura trat näher an den Pool heran, bis sie auf den Grund des leer gepumpten Beckens blicken konnte. Eine Wasserlache stand kniehoch darin, eine trübe Brühe, in der sich Laub und kleinere Äste sammelten. Der Wind hatte eine Plastiktüte hineingetrieben, und weiter hinten, am anderen Ende, schien jemand einen rostroten Lappen verloren zu haben. All das sah Laura aber nicht. Sie hörte Musik weit entfernt aus vergangener Zeit. Vor ihrem inneren Auge sah sie Amalia, eine herrschaftlich wirkende, strenge Frau, die mit Argusaugen überwachte, dass es ihren Gästen an nichts mangelte. Sie entdeckte Carl, den großen, blonden und vom Krieg versehrten Mann, der das Weingut mit Giulia und Vito Santoro zusammen bewirtschaftete und der sicherlich sehr stolz darauf gewesen sein musste, einen zweiten, vom Wein unabhängigen Wirtschaftszweig zusammen mit seiner jungen deutschen Frau aufgebaut zu haben.

»Warum habt ihr es aufgegeben? War es euer Verlust, den ihr nicht verkraftet habt?«, flüsterte sie in die Stille des verlassenen Pools hinein. Sie blinzelte, als sie ihre eigene Stimme hörte, die bunten Sonnenschirme, das Stimmengewirr, das Kinderlachen und die Handtücher verschwanden, machten der Verlassenheit und dem Gefühl des Zurückgelassenwerdens Platz. Laura sah wieder die verfallenen Fensterläden am Haupthaus, den abblätternden Putz und das verlassene große Schwimmbecken vor sich. Sie registrierte die wilde Kamille und die Disteln, die sich an den Stellen, an denen der Mörtel in den Fugen der Terrasse aufgeplatzt war, ausgebreitet hatten. Und plötzlich fröstelte es sie unter der Sonne Süditaliens. Plötzlich bekam sie eine ganz ursprüngliche Angst, dass hier nichts so war, wie es den Anschein hatte, und dass sie als die nächste Erbin eine bedeutende Rolle in dem Puzzle um die Vergangenheit des Weinguts spielte.

Sie löste den Blick vom offensichtlichen Verfall vor ihr und entdeckte ein Stück abseits ein weiteres Gebäude, welches sich am Rand der Anlage schon fast in den dahinterliegenden Hang schmiegte. Es war ebenso verfallen und von Sträuchern umwuchert wie der gesamte Bereich des Gästehauses, also schloss Laura daraus, dass es genauso zu dem Ensemble gehört hatte und wahrscheinlich als Lagerplatz für Utensilien aus dem Gästehaus gedient hatte. Sie machte sich durch das hochgewachsene Gras auf den Weg dorthin, neugierig, was sie entdecken würde, und um der Beklommenheit am verlassenen Pool zu entkommen. Fast kam es ihr so vor, als würden die Geister der Vergangenheit sie rufen, aber Laura wischte diese abstrusen Gedanken beiseite und schob sie ihrer überbordenden Fantasie zu, die nach der Nacht mit Matteo außer Rand und Band geraten war und den in ihr tobenden Gefühlsaufruhr auszunutzen wusste.

Als sie an dem kleinen Nebengebäude angekommen war, entdeckte sie, dass die Tür, welche durch einen simplen Riegel verschlossen wurde, nur angelehnt war. Neugierig zog sie sie ein Stück weiter auf stieß auf zusammengeklappte Liegestühle, einen Stapel Sonnenschirme und sogar Liegepolster, die faulig waren und mottenzerfressen. Durch zwei schmale Fenster fiel Sonnenlicht herein, und Staubkörner tanzten, die Laura durch ihre Bewegungen aufgewirbelt hatte. Die Sonnenschirme entpuppten sich als grün-weiß gestreift, und Laura musste ihre Fantasievorstellung bunter Sonnenschirme am Pool korrigieren.

Ihr Blick fiel auf eine schmale Holzstiege, die an der Seite des zugestellten Untergeschosses nach oben auf eine Art Boden zu führen schien. Laura trat näher an die mit Staub bedeckten steilen Stufen heran. Keine Fußabdrücke waren darauf zu sehen. Vorsichtig prüfte sie die Standsicherheit der Stufen, aber das Holz war stabil, trug sie ohne Probleme, und so tastete sie sich Stufe für Stufe weiter nach oben empor. Schließlich hatte sie den oberen Absatz erreicht und blickte auf eine Menge weiteren alten Gerümpels, das hier oben auf dem Heuboden verstaut worden war. Als sie die Sachen näher betrachtete, fand sie eine altmodische, zusammengeklappte Tischtennisplatte, deren Gestell auf Rädern ruhte. Lagen wetterfesten Materials stapelten sich in einer Ecke, sowie zahlreiche Metallstangen, und Laura nahm an, dass es sich um einen Zeltpavillon handelte, den man im Garten bei Bedarf aufbauen konnte. In einer Nische stand eine mit Sandspielzeug für Kinder gefüllte Zinkwanne, und Laura erinnerte sich wehmütig daran, dass Amalia und Carl ihren Sohn durch einen Badeunfall verloren hatten. War es sein Spielzeug gewesen? Hatte er damit draußen im Garten gespielt?

Mit gemischten Gefühlen quetschte sie sich weiter zwischen den aufbewahrten Gegenständen hindurch, bis sie die gegenüberliegende Wand erreicht hatte. Ein winziges Giebelfenster spendete dem hinteren Teil des Bodens diffuses Tageslicht. Auch hier lagerten Gegenstände bis unter das Dach. Laura stieß auf leere Blecheimer, vielleicht waren sie zum Dosenwerfen benutzt worden, ein Springseil hing vergessen an einem Haken an der Wand. Kartons mit Gläsern drin, in denen manchmal noch Reste von Kerzenwachs und Kerzenstumpen waren, verrieten ihr, dass man abends bei Kerzenschein auf der Terrasse des Gästehauses gesessen hatte. Wieder schweifte ihre Fantasie ab, sah eine illustre Gesellschaft, die den gutseigenen Wein genoss, während sie sich leise unterhaltend auf der Terrasse versammelte, in Kerzenlicht getaucht, die erschöpften Kinder im Bett. Man redete, genoss den Abend, blickte zum unendlichen Sternenhimmel empor, suchte die Horizontlinie des Meeres und schwor sich, immer wieder in das Gästehaus Florentina zu kommen, da es fast zu schön war, um wahr zu sein.

»So was gibt man doch nicht einfach auf«, sagte Laura laut zu den Kerzenstummeln, die vor ihr in den Gläsern darauf warteten, Gästen ein warmes Licht zu spenden. Aber genau das war hier passiert. Sie hatten das Gästehaus aufgegeben, und das allem Anschein nach sehr überstürzt und in einer Art und Weise, die Laura stark vermuten ließ, dass wenigstens einer der beiden – wer es wohl gewesen sein konnte? Carl oder Amalia? – es sehr eilig damit gehabt hatte, alles, was an Gäste und Dolce Vita erinnerte, möglichst unverzüglich aus dem Sinn zu bekommen.

Laura blickte sich stirnrunzelnd um und entdeckte, in eine Nische der linken Dachschräge geschmiegt, eine Matratze, auf der eine zerwühlte Wolldecke lag. Sie erschrak fürchterlich, obwohl es nur eine alte Matratze war, doch die zerwühlte weinrote Wolldecke suggerierte ihr, dass da vor Kurzem noch jemand gelegen hatte, dass sie vielleicht gar nicht alleine in dem alten Gebäude war. Sie erschreckte sich so heftig, dass sie mit einer fahrigen Bewegung einen Stapel Gartenstühle neben sich umriss, und diese mit einem lauten Krach auf den Holzboden des Dachbodens kippten.

»Du meine Güte!«, entfuhr es ihr, und sie hörte ihren Herzschlag wie wild in der Brust jagen. Sie trat einen Schritt zurück, doch dies brachte eine der Kisten, in der sich die Kerzengläser befanden, empfindlich ins Wanken. Laura griff noch danach, aber es war zu spät: Mit einem Klirren fiel die Kiste zu Boden, Gläser und Kerzen ergossen sich in die Nische auf den Dachboden. »Oh nein!« Laura betrachtete das Chaos, das sie angerichtet hatte. Dann lachte sie plötzlich laut auf, als sie sich bewusst wurde, wie sehr sie sich gerade von einer alten Wolldecke hatte aus der Fassung bringen lassen.

Wie um dem verhassten Stoffstück zu zeigen, wer auf dem Dachboden die Herrin war, trat sie ganz nah an die Matratze heran und versetzte der Decke einen wütenden Tritt. Diese gab nach, schob sich bis an den hinteren Rand der Matratze und entblößte ein Schmuckstück, welches auf der Matratze lag und sich nun ein Stück mitbewegte, weil sich eins seiner Glieder in einem Wollfaden der Decke verhakt hatte. Laura stieß einen kleinen Schrei der Überraschung aus und kniete nieder, um das Schmuckstück von der Wolldecke zu befreien. Als sie das geschafft hatte, nahm sie es an sich und stieg rasch vom Dachboden herunter, um es sich draußen im Sonnenlicht genauer zu besehen.

»Was hast du denn angestellt?«, wurde sie jedoch zu ihrer Überraschung draußen von einem atemlos wirkenden Matteo begrüßt, der auf den Schuppen zukam. Offenbar war er gerannt. Hastig steckte sie das Schmuckstück in die Hosentasche. Sie wollte selbst erst sehen, was sie dort gefunden hatte, bevor sie ihre Entdeckung mit jemandem teilte. »Ich habe das Scheppern bis in den Weinberg gehört.« Er deutete mit der Hand hinter sich auf den Weinberg, der unterhalb des Pools, auf der rechten Seite der Hofzufahrt lag.

»Oh, ehrlich gesagt war ich auf Entdeckungstour«, gab Laura etwas verschmitzt und kurzatmig zu. Sobald sie Matteo anblickte, merkte sie, wie ihre Gefühle ins Wanken gerieten und widersprüchliche Signale aussendeten. Sie wogten in ihr wie der Wellenschlag an der Steilküste Süditaliens, hin zu Matteo und dem, was er bereitwillig bot, und wieder weg von ihm, weit weg, weil es viel zu gefährlich war, sich auf ihn einzulassen, denn sie könnte dabei brechen wie eine Welle an den Felsen von Kap Palinuro.

»Na, ob es in dem alten Schuppen so viel Aufregendes zu entdecken gibt, bezweifle ich«, antwortete er sichtlich amüsiert. Dann kam er näher und zupfte etwas aus ihrem Haar. Die Berührung ließ ihr einen wohligen Schauer über den Rücken rieseln und entfachte die Erinnerung an die letzte Nacht. »Da ist schon seit Jahren keiner mehr drin gewesen.« Er zog einen Spinnweben aus ihrem Haar und betrachtete ihn einen Augenblick kritisch, bevor er ihn sich vom Finger schnippte.

»Die Tür war nur angelehnt«, bemerkte Laura. »Irgendjemand wird in letzter Zeit wohl doch dort drin gewesen sein.«

»Vielleicht ein Landstreicher, wer weiß!« Sein Schulterzucken verriet sein Desinteresse an dem Schuppen und seinen Inhalten. »Ich muss mich wieder um die Reben kümmern.« Er wandte sich zum Gehen. »Ich dachte, ich schaue nur mal nach dem Rechten, ob dir etwas passiert ist.«

»Du wusstest, dass ich im Schuppen bin?«, fragte sie überrascht.

»Oh ja, ich hab dich hineingehen sehen. Ist ja nichts dabei. Etwas mulmig wurde mir allerdings, als ich das laute Krachen gehört habe. Da hab ich Angst bekommen, dir könnte was passiert sein.«

»Nein, ist mir aber zum Glück nicht«, wiegelte Laura ab. »Ich war nur etwas ungeschickt und habe etwas umgestoßen.«

»Wahrscheinlich ist es besser, den ganzen Krempel einfach zu entsorgen«, überlegte Matteo laut. »So ein Eigentümerwechsel könnte auch sein Gutes haben: Vielleicht findet sich endlich jemand, der bereit ist, sich darum zu kümmern, und es nicht nur haben will.«

»Wie meinst du das?« Ihr war der veränderte Unterton in seinen Worten aufgefallen.

»So, wie ich es sage, Laura: Ihr van Dycks habt das Weingut nun seit Jahrzehnten in eurem Besitz, aber keiner von euch kümmert sich wirklich darum.« Wieder ein Schulterzucken, bei dem

Laura dieses Mal das Gefühl hatte, dass er dadurch versuchte, seinen Ärger zu überspielen.

»Tja, vielleicht hast du recht, Matteo. Wenn sich ein neuer Besitzer findet, ist der Gedanke, dass es jemand sein sollte, der ein echtes Interesse an dem Weingut und seinen Gebäuden hat, sicher der richtige. Ich werde diese Besitzerin nicht sein«, stellte sie klar. »Ich sagte dir bereits, dass mein Platz in England ist.«

»Oh, das habe ich nicht vergessen, Laura.« Er antwortete leichthin, doch sein Blick hatte sich verändert. Es mangelte ihm an Wärme, die sie nur Sekunden zuvor noch darin gefunden hatte. »Ich hoffe einfach nur, dass du eine wohlüberlegte Entscheidung triffst. Und die richtige. Eine Entscheidung, die dich glücklich machen wird.« Er drehte sich auf dem Absatz um, hielt aber noch einmal kurz inne, als er sich bereits ein paar Schritte von ihr entfernt hatte. »Wie ich höre, sind die Winter in England unangenehm nasskalt.«

Laura lachte nun doch auf. »Versuchst du mich zu etwas zu überreden, Matteo Santoro?«, fragte sie sichtlich amüsiert. Ihre Stimmung hob sich plötzlich enorm. Kopfschüttelnd blickte sie ihn an. Er trug eins seiner üblichen Arbeitshemden, dessen Hemdsärmel er bis über die Ellenbogen aufgekrempelt hatte. Die Jeans hatte schon bessere Tage gesehen, und der Gürtel hing locker auf seinen Hüften. Hüften, die sie gestreichelt hatte, die sie berührt und an sich gepresst hatte. Sie erinnerte sich an den Moment, da sie sich so nahe waren, wie sich zwei Menschen nur nahe sein konnten. Sie hatten wunderbar miteinander harmoniert, sich gegenseitig respektiert und den Moment ausgekostet wie einen guten Wein.

Auf einmal fragte sich Laura, ob der Sex mit Matteo jedes Mal so sein würde. Ob sie sich jedes Mal bedingungslos liebten, ihre

Grenzen überwinden und vereint den Moment der Ekstase erleben würden.

»Deine Gedanken sind ganz offensichtlich, Laura«, bemerkte Matteo spöttisch und trat wieder zu ihr zurück. Er umfasste ihr Kinn und bog ihren Kopf leicht nach hinten.

»Oh, sind sie das, ja?«, fragte Laura atemlos. »Nun, wenn dem so ist ...« Sie küsste ihn auf den Mund. In Sekundenbruchteilen hatte er seine Arme um sie gelegt und zog sie an sich. In seiner Umarmung fühlte sie sich sicher, wohlig und warm wie unter einer schützenden Decke. Überhaupt spürte Laura einmal mehr die Wärme, die von Matteo ausging und der sie sich kaum zu entziehen vermochte. Plötzlich dämmerte ihr, weshalb sie sich so magisch von ihm angezogen gefühlt hatte, und das gleich schon vom ersten Moment an. Es war nicht nur seine körperliche Wärme, dieses Gefühl des Ankommens und der Geborgenheit, das sie jedes Mal überkam, wenn er sie umarmte, sondern es war vor allem seine innere Wärme, die sie berührte, die sie ganz trunken machte vor Sehnsucht nach mehr. In ihrem ganzen Leben hatte sie noch keinen Menschen getroffen, der so von innen heraus strahlte. Ihre Seele gierte geradezu danach, sich daran zu laben, all das aufzuholen und sich daran zu berauschen, was sie von klein auf verpasst hatte.

Seit dem Moment, da Laura erkannt hatte, dass sie ihre eigenen Gefühle nicht vor ihrer Mutter offenbaren durfte, dass sie sich ihrer Mutter nicht anvertrauen durfte, war ihr Herz auf der Suche nach jemandem gewesen, dem sie vertrauen konnte, der für sie da war. Sie hatte immer gedacht, dass das Harriet gewesen sei, ihre Tante, und zum Großteil hatte das auch jahrelang gestimmt. Doch wenn sie ehrlich war, musste sie sich eingestehen, dass es auch an Harriet eine Seite gab, zu der Laura niemals Zutritt erhalten hatte. Harriet war lieb und aufopferungsvoll und der beste Mutterersatz für Laura gewesen, den sie sich hatte wünschen können, dennoch hatte Laura nie die ganze Harriet bekommen, ein Teil von ihr blieb immer für sie unerreichbar. Das wurde Laura nun klar, als zum wiederholten Mal Matteos inneres Licht auf sie hinabstrahlte und sie seine Seelenwärme empfing. Es überraschte und erschreckte sie gleichermaßen, wie bedingungslos dieser Mann gab und wie sehr sie darauf reagierte. Fast schien es, als würde sie ihn brauchen. Mehr noch, sie ahnte, dass sie sich womöglich in ihn verliebt hatte.

»Ich muss wieder ins Haus zurück«, sagte sie hastig, als sie sich ganz unvermittelt aus seiner Umarmung löste. Plötzlich gab es nichts Wichtigeres, als einen großen Abstand zwischen ihn und sich zu bringen.

Sollte sie, Laura van Dyck, sich tatsächlich in Matteo Santoro, den Verwalter des Weinguts La Florentina verliebt haben? Dieser Gedanke erschreckte sie zutiefst, und sie stieß ihn vehement von sich. Sie wusste doch, wie gefährlich es war, jemanden zu lieben, ihm zu vertrauen und sich auf ihn einzulassen. So leichtsinnig würde sie niemals wieder sein.

Und dennoch. Nun, als sie die Möglichkeit einmal in Betracht gezogen hatte, wollte sich der Gedanke nicht mehr verscheuchen lassen.

»Wenn du meinst«, schmunzelte Matteo. »Ich halte dich nicht auf.« Mit einem Lächeln gab er sie frei, und Laura hastete in die Sicherheit der vier Wände des Haupthauses zurück.

20. Kapitel

04. April 1956

Ich bin mir sehr, sehr sicher, dass Carl eine andere Frau irgendwo hat. Seit geraumer Zeit gibt er sich nämlich wieder mehr Mühe mit sich selbst. Er trinkt immer noch viel zu viel, aber er wirkt etwas lebensfroher als noch vor Monaten. Vielleicht mag das auch am Frühling liegen, schließlich geht es jedem von uns besser, wenn der Winter vorbei ist – obwohl die Winter hier in Kampanien nun bei Weitem nicht so schlimm sind wie die in Berlin – doch so ganz mag ich das in Carls Fall nicht glauben. Dafür kenne ich ihn mittlerweile zu gut. Er rasiert sich nun wieder regelmäßig, lässt sich die Haare schneiden, achtet auf seine Kleidung und scheint in so etwas wie die Rolle eines Gentlemans geschlüpft zu sein. Wie ich bereits sagte: Er blüht auf.

Hätte ich mit den Gästen nicht alle Hände voll zu tun – dieses Jahr ist unser Saisonbeginn erfreulich früh gewesen –, würde ich dem noch weiter nachgehen. Denn ich will unbedingt wissen, welche Frau es ist. Es nagt an mir, dass es dort draußen eine geben muss, die er an meiner statt bevorzugt. Abgesehen davon, dass das Ehebruch ist und uns beiden einen immensen gesellschaftlichen Schaden zufügen kann, wenn seine Affäre auffliegt.

31. August 1956

Eben war Giulia bei mir und hat mir ihre Sorge in Bezug auf Vitos Gesundheitszustand offenbart. Wenn Giulia zu mir kommt, wenn sie etwas bedrückt, weiß ich, dass es wirklich schlimm sein muss. Denn sie belastet sonst nie jemanden mit ihren Sorgen, am allerwenigsten mich. Ich denke, dass sie mittlerweile sogar eher mit Ruben sprechen würde, der ja nun bald volljährig wird, anstatt mit mir.

Giulia sagt, dass sie Vito schon mehrmals aufgefordert hat, sich gründlich von einem Arzt untersuchen zu lassen, doch er wehrt sich dagegen. Dieser Tage sitzt er viel im Schatten vor dem Verwalterhaus und stiert mit leerem Blick auf den Hof oder auf die angrenzenden Gebäude. Ganz selten sehe ich ihn noch im Weinberg arbeiten. Ob er seit der letzten Lese den Weinkeller überhaupt betreten hat, um das Reifen der Weine zu überprüfen, wage ich zu bezweifeln. Als Carl ihn einmal so dasitzen sah, hat er seine Lippen für einen Moment ganz fest zusammengepresst und ist dann wortlos aus dem Haus gegangen. Ich denke, Vitos Teilnahmslosigkeit bekümmert ihn, aber wie immer spricht Carl nicht darüber – oder jedenfalls nicht mit mir.

Auch wenn ich meinem Entschluss, Harriet hierzubehalten, immer noch mit gemischten Gefühlen gegenüberstehe – sie erinnert mich sehr wohl an Valentin –,hat sich dies dennoch als gute Entscheidung erwiesen, wenn man ihre Hilfsbereitschaft und ihren Aufopferungswillen in Bezug auf die Arbeit im Weingut berücksichtigt. Harriet arbeitet seit geraumer Zeit täglich in den Weinbergen, nimmt alle anfallenden Arbeiten an und erhält dafür von Carl ein nicht ganz kleines Salaire.

30. September 1956

Vito ist vollkommen überraschend verstorben. Gestern Abend sah ich ihn noch über den Hof gehen, heute Morgen dann überbrachte Giulia mir die fürchterliche Nachricht. Sie war aschfahl im Gesicht, stand völlig neben sich. Offenbar ist er in der Nacht entschlafen. Sie wunderte sich, als er nicht zu seiner üblichen Zeit aufwachte, und konnte nur noch seinen Tod feststellen. Es tut mir sehr leid für sie.

Carl ist am Boden zerstört. Ich habe meinen Mann zum letzten Mal bei der Beerdigung unseres Sohnes weinen sehen, nun heute Vormittag wieder. Ich bin wortlos zu ihm hingegangen und habe ihn umarmt. Er hat die Umarmung angenommen. Zum Glück.

05. Oktober 1956

Carl war in den letzten beiden Nächten bei mir. Ich traute meinen Augen kaum, als er zu mir ins Schlafzimmer kam und meine Nähe suchte. Und zu meiner großen Überraschung roch er nicht nach Alkohol. Seit Monaten waren wir uns nicht mehr so nahe wie in den letzten beiden Nächten. Sosehr ich auch um Vito trauere, das hier grenzt an ein Wunder. Kann ich Carl noch trauen?

12. Oktober 1956

Vier weitere Nächte hat er bei mir verbracht. Sollte meine Ehe doch zu retten sein? Ich verstehe es nicht. Sind denn meine Ahnungen, was eine Affäre seinerseits angeht, so falsch gewesen? Ich möchte es gerne wissen, ich möchte es gerne steuern können, aber es entzieht sich meiner Macht. Die mit Carl verbrachten Stunden waren wundervoll. In seinen Armen zu liegen ist der Himmel auf Erden.

In vierzehn Tagen muss er zu einer Fortbildung. Vielleicht sollte ich mir erst dann Gedanken machen, was aus unserer Ehe wirklich geworden ist oder wieder werden kann, wenn er wieder zurück ist. Dass er fortgeht, finde ich gut und schade zugleich.

Zwar kommt er so auf andere Gedanken, aber andererseits werde ich dann wieder alleine sein.

Mir fällt auf, dass er seit Vitos Tod verhältnismäßig wenig getrunken hat. Er schien dieser Tage recht klar im Kopf zu sein, ob Vitos überraschendes Ableben ihn aufgeweckt hat?

Giulia geht es nicht sehr gut. Das merkt man. Sie kümmert sich um ihre ganzen Aufgaben, aber sie wirkt dabei gebeugter und verkniffener als sonst. Harriet hilft ihr so gut sie kann. Und Ruben, dieser wundervolle junge Mann, steht ihr bei. Ebenso Lucia. Sie lassen Giulia nicht mit ihrer Trauer allein. Ich wünschte, damals bei Valentin hätte ich ebenfalls einen so starken familiären Rückhalt gehabt.

04. November 1956

Die Weinlese ist vorbei, und Carl befindet sich auf seiner Fortbildung. Ich war nicht gut gelaunt in den letzten Tagen. Ich bin sehr gereizt, und ständig kreisen meine Gedanken darum, dass Carl doch eine Affäre haben muss. Obendrein lässt meine Monatsblutung auf sich warten.

06. November 1956

Ich habe es nicht mehr ausgehalten und nun doch einen genaueren Blick auf Carls Sachen geworfen. Ich weiß, dass man nicht in der Kleidung eines anderen herumschnüffelt. Doch ich habe es dennoch gemacht, weil ich endlich Gewissheit haben will: Ist da eine andere Frau oder nicht? Ich bin nun seit vierzehn Tagen überfällig. Was ist, wenn ich schwanger sein sollte? Ich muss wissen, ob ich auf meinen Mann zählen kann.

Leider habe ich nichts gefunden, das mir verraten hätte, ob er eine andere hat oder nicht. Ein schwarzes, ziemlich alt aussehendes Buch war zwischen Wäschestücke geschoben worden. Das werde ich mir gleich genauer ansehen, auch wenn ich mir davon nicht viel erhoffe.

Was soll's. Morgen kommt Carl zurück.

07. November 1956

Es ist ungeheuerlich, was in diesem Buch steht! Absolut ungeheuerlich! Ich bin außer mir. Sprachlos. Wütend. Was für ein Betrug!

08. November 1956

Ich habe Carls Gesellschaft heute gemieden so gut es ging. Du meine Güte! Ich weiß gar nicht, ob ich in meinem Tagebuch überhaupt noch von ihm als »Carl« sprechen soll! Was für eine verfahrene Situation!

Und wie es bisher aussieht, erwarte ich tatsächlich ein Kind! Meine Periode ist nach wie vor ausgeblieben. So lange war ich noch nie über der Zeit.

Was für ein Chaos!

10. Dezember 1956

Ich bin schwanger, und ich kümmere mich mit meiner ganzen Kraft um die neue Saison. Wieder habe ich Broschüren vom Gästehaus La Florentina an unsere sämtlichen Kontakte in Berlin und anderswo in Deutschland verschickt.

Mittlerweile hängen einige Kunstwerke, die auf La Florentina entstanden sind, im Foyer und Speisesaal des Gästehauses. Mit den jeweiligen Künstlern habe ich vereinbart, dass ich sie verkaufen kann, wenn ein anderer Gast Interesse daran hat. Die Künstler erhalten den Erlös, ich selbst eine Aufwandsentschädigung. Mich interessiert das sehr, das Thema Kunst und Kunsthandel. Es ist eine spannende neue Aufgabe.

Das Baby wird im nächsten Sommer geboren werden. Nur wenige Wochen vor Valentins Todestag. Aber ich will nicht alles immer darauf reduzieren. Mein Sonnenschein hätte das nicht gewollt. Und obwohl ich mich durch das, was ich aus Carls Kriegstagebuch über ihn in Erfahrung bringen konnte, in einer sehr desolaten Lage befinde, was den Fortbestand einer auch nur im Ansatz harmonischen Ehe angeht, freue ich mich auf dieses Baby. Ich habe das Gefühl, dass es dieses Mal ein Mädchen werden wird. Ich werde ihr hier auf La Florentina ein gutes Leben ermöglichen, egal, was aus ihrem Vater wird.

Apropos ihr Vater: Carl trinkt wieder. Und er ist wieder abends fort. Ich werde unsere Kleine auch ohne ihn durchbringen. Ich habe so viele gute Ideen und mittlerweile auch sehr gute Kontakte. Ich bekomme das hin.

26. Januar 1957

Oh, ich weiß jetzt, warum Harriet sich in der letzten Zeit so oft krankgemeldet hat, oh ja! Das Biest ist schwanger! Ich bin ja so, so unglaublich dumm gewesen. Die ganze Zeit über habe ich es geahnt, immer haben mir meine Instinkte gesagt, dass Carl irgendwo eine andere hat, jetzt weiß ich auch wen und wo. Ich hatte sie die ganze Zeit unter meiner Nase. Und habe sie auch noch durchgefüttert, ihr Lohn gezahlt und mich bemüht, ihr das Leben hier so großartig wie möglich zu machen. Schließlich ist es für den Ruf von La Florentina wichtig, wie gut oder schlecht behandelt sich die Angestellten hier fühlen. Und jetzt das!

Wie kann sie es wagen, etwas mit meinem Mann anzufangen? Und hat sie ernsthaft geglaubt, mir würde ihre Schwangerschaft niemals auffallen?

29. Januar 1957

Ich habe Carl zur Rede gestellt. Er hat es zugegeben. Als ich fragte, wie lange sie schon etwas miteinander haben, hat es mich fast umgeworfen: Bald nach Valentins Geburt fing das schon an! Jahrelang hat er mich mit diesem dahergelaufenen Flittchen betrogen! Dieser elende Mistkerl!

23. März 1957

Sowohl ihre als auch meine Schwangerschaft sind nun deutlich sichtbar. Die Stimmung auf dem Weingut ist eisig. Carl verlässt das Haus, sobald er kann, und kümmert sich um nichts mehr. Stattdessen habe ich schon von mehreren Bekannten besorgte Nachrichten erhalten, dass er spätabends von ihnen volltrunken aufgesammelt worden ist und sie ihn sicherheitshalber zu sich nach Hause mitgenommen haben, damit er ausnüchtert und in diesem Zustand nicht noch fährt. Man stelle sich vor, wie peinlich und demütigend das für unser Haus ist. Wenn sich so etwas weitläufig herumspricht!

Ich kämpfe weiter für mein Kind. Für das Gästehaus sorge ich ganz alleine, weder Carl noch Harriet will ich hier haben. Ich habe von Carl verlangt, sie wegzuschicken, aber er hat sich geweigert. Er sagte, es sei unmenschlich, sie schwanger und mittellos nach England zurückzuschicken. Wie kann er es wagen? Oh, aber nachdem ich Carls Vergangenheit kenne, sollte mich das eigentlich nicht mehr überraschen. Ich habe beschlossen, sie aus meinem Kreis vollkommen auszugrenzen. Und sobald das Kind da ist, hat sie das Weingut zu verlassen. Komme was wolle. Zur Not erzähle ich Carl, was ich über ihn weiß, damit er sie endlich rausschmeißt.

15. Mai 1957

Heute ist es unerträglich heiß. Oder ich schwitze heute unnatürlich viel? Meine Gelenke sind geschwollen, mein Bauch ist groß und rund, und schon bald ist der Termin. Nicht mehr ganz sechs Wochen laut der Hebamme.

Unsere Gäste haben es sich jedenfalls auf ihren Liegen am Pool gemütlich gemacht, im Schatten unter den Sonnenschirmen. Das Gästehaus ist ausgebucht. Ich freue mich darüber sehr, denn das ist allein mein Werk. Auf Carl kann ich nicht mehr zählen.

Giulia bemüht sich in letzter Zeit zunehmend um mich. Sie kommt wieder etwas mehr aus sich heraus. In gewisser Weise freue ich mich darüber. Denn ohne Vito, Carl und Harriet, die ich nach wie vor komplett ablehne, bin ich manchmal doch arg auf mich allein gestellt.

10. Juni 1957

Ich glaube, ich habe mich doch tatsächlich im italienischen Frühsommer erkältet. Ich habe Kopfschmerzen, die Gelenke tun mir weh, und in der letzten Nacht hatte ich sogar das Gefühl, erhöhte Temperatur zu haben. Hoffentlich bessert sich das rasch. Ich habe hier alle Hände voll zu tun.

Carl habe ich seit einer guten Woche nicht mehr gesehen. Und langsam wird es – wird er – mir komplett egal.

24. Juni 1957

Seit Tagen schon fühle ich mich so sonderbar. Irgendwie als wäre ich nicht ganz da. Meine Mutter hätte wohl den Begriff »plemplem« verwendet. Die Hebamme, die heute Morgen zur Untersuchung da war, ist auch nicht zufrieden mit mir. Sie meinte, ich solle mich ausruhen. Sie will heute Abend extra noch einmal herkommen, um nach dem Rechten zu sehen.

Man hat das anscheinend Giulia zugetragen, denn kaum war die Hebamme fort, stand sie im Foyer des Gästehauses, in das ich wieder gegangen war, um weiterzuarbeiten, und hat mir selbst gemachte Zitronenlimonade angeboten. Und mich ganz vorsichtig gefragt, ob ich nicht doch lieber wenigstens für eine Stunde die Beine hochlegen will.

Zu meiner großen Überraschung habe ich nachgegeben. Normalerweise ist mir die Arbeit wirklich wichtig. Aber da ich mich ohnehin nicht gut konzentrieren kann, gestatte ich mir gerade diese Ruhepause.

26. Juni 1957

Es ging alles so schnell. Auf einmal bekam ich massive Wehen, noch an demselben Abend, an dem die Hebamme ein zweites Mal zur Kontrolle gekommen war, und dann dauerte es kaum fünf Stunden, und das Kind war da. Mitten in der Nacht. Giulia war die ganze Zeit bei mir, und auch die Hebamme, Signora Bartoldi, ist gar nicht mehr nach Hause gefahren. Bei der zweiten Untersuchung am Abend hatte sie einen derart besorgten Gesichtsausdruck, dass mich die schiere Angst überkam. Leider war diese Angst nicht unbegründet. Denn nur wenige Stunden später konnte ich mein Mädchen in den Armen halten, wenn auch nur kurz. Signora Bartoldi war untröstlich, als sie mir meine bezaubernde Tochter auf die Brust gelegt hat. Sie kam ohne jegliches Lebenszeichen auf die Welt.

Ich glaube, ich stehe noch unter Schock.

29. Juni 1957

Ich habe ihr den Namen Sophia gegeben. Sie war eine wunderschöne kleine Prinzessin.

Ich liege noch im Wochenbett. Ich kann und mag nicht aufstehen. Signora Bartoldi wusste, was in so einem Fall zu tun ist, also hat sie alles in die Wege geleitet. Heute Nachmittag war Giulia kurz hier, sie erzählte mir, dass die kleine Sophia ihren Platz in der Familiengrabstätte neben Valentin bekommen hat.

Ich will nicht vor die Tür. Ich will nicht daran denken müssen, dass Harriet wohlauf ist, während meine beiden Kinder, noch bevor ihr Leben richtig begonnen hatte, bereits unter der Erde waren.

Ich habe mir dieses Kind so sehr gewünscht.

19. Juli 1957

In den Nächten, in denen ich schlaflos im Bett lag, mich innerlich so leer fühlte und stets von dem schmerzlichen Gefühl begleitet wurde, dass etwas fehlte, begann sich ein Plan in meinem Kopf zu formen, den ich zunächst als absolut unmöglich abtat.

Dann jedoch, bei näherer Betrachtung, reifte dieser Plan immer weiter aus, und ich kam letztendlich zu der Überzeugung, dass diese Lösung für alle Parteien genau die richtige sein wird. Von diesem Vorhaben wird jeder von uns profitieren.

Und ich habe das Mittel in der Hand, meinen Plan auch gegen jeden Widerstand durchzusetzen. Jetzt endlich kann ich meine Karten auf den Tisch legen und mir zunutze machen, was ich über Carl weiß.

29. Juli 1957

Wie man mir mitgeteilt hat, ist es für Harriet bald so weit. Ich habe Carl über meine Absicht in Kenntnis gesetzt, und wie zu erwarten war, hat er sich sofort widersetzt. Er hat mich sogar als »unmenschlich« bezeichnet. Ausgerechnet er! Ich habe ihn nur noch kühl belächelt. Ich denke, dass der Bruch zwischen uns nun endgültig ist. Denn er hat mich nach der dramatischen Geburt von Sophia wieder im Stich gelassen. Ich musste das wieder allein durchstehen. Ob er wohl auch dieses Mal bei Harriet Trost gesucht hat? Davon ist auszugehen.

Er mag mich bezeichnen als was er will. Nicht er war es, der diese beiden Kinder unter dem Herzen getragen hat, sondern ich. Nicht ich war es, die in ihrem Kummer Ehebruch begangen hat, die begonnen hat, zu trinken und Haus und Hof zu vernachlässigen, sondern er. Mittlerweile weiß ich, dass er angefangen hat zu spielen. Es wird immer schlimmer mit ihm.

Und Harriet? Mein Plan ist meine Art der Vergeltung. Sie hat meine Ehe mit Füßen getreten, hat mir weder Respekt noch Achtung entgegengebracht, indem sie seine Geliebte wurde. Sie ist heimtückisch und niederträchtig. Sie schreckt vor nichts zurück, um ihre Ziele zu erreichen. Wenn ich mich an die Zeit gleich nach Valentins Tod erinnere, kommt mir ihre Gefühllosigkeit sofort in den Sinn. Ihr Gesicht glich einer Maske. War ohne jede Regung. Sie ist eine gefühlskalte, verlogene Hexe. Und dass sie kaltschnäuzig meine Ehe zerstört hat, werde ich ihr nun heimzahlen.

07. August 1957

Das Baby ist da. Sie haben sie Georgina genannt. Ich habe Carl und Harriet ein Ultimatum gesetzt. Sie haben bis morgen Abend Zeit, mir mitzuteilen, ob sie auf meinen »Handel« eingehen.

08. August 1957

Sie gehört mir!

Carl wollte noch versuchen, Harriet aus der Sache herauszuhalten, aber dazu habe ich ihm keine Gelegenheit mehr gegeben. Ich habe ihm klipp und klar gesagt, dass ich sein Kriegstagebuch an die entsprechende deutsche Behörde schicken werde, wenn er meinem Wunsch nicht Folge leisten sollte. Der ach so arme Kerl hat so viel Angst um seine Haut, dass er sich sofort verdrückt hat, um Harriet zur Herausgabe von Georgina zu überreden. Es ist mir egal, was er zu ihr gesagt hat, ob er gewinselt oder gebrüllt hat, für mich war nur das Ziel wichtig. Und das habe ich nun erreicht.

Ich habe eine Tochter. Gleich morgen werde ich alles für die Adoption in die Wege leiten. Doch jetzt feiere ich erst mal meinen Sieg über seinen jahrelangen Betrug.

Laura saß wie gelähmt am Küchentisch des Haupthauses und versuchte zu verstehen, was sie da gerade in Amalias Tagebuch gelesen hatte. Doch es gelang ihr kaum.

Georgina war Harriets Tochter! Sie, Laura van Dyck, war die Enkelin der britischen Kriegskrankenschwester, die als Kindermädchen auf das Weingut gekommen war und mit Carl van Dyck eine Affäre gehabt hatte!

Laura stand unter Schock. Das ganze bisherige Bild ihrer Familie stürzte wie ein Kartenhaus in sich zusammen. Sie fühlte eine unbändige Wut auf Harriet und ihre Mutter in sich aufsteigen, denn nun war ihr klar, warum Georgina nichts mehr mit dem Weingut zu tun haben wollte: Sie hatte es die ganze Zeit gewusst. Und Laura war sich zu einhundert Prozent sicher, nun auch den Grund für den heftigen Wortwechsel zwischen ihrer Mutter und Harriet zu kennen, dieser Streit an dem Tag, als Laura sieben Jahre alt gewesen war und plötzlich von ihrer verschollen geglaubten Mutter aus Harriets Obhut gerissen wurde. Georgina musste die Wahrheit kurz davor erfahren haben.

»Ich kann es nicht fassen!« Laura war erschüttert. Sie hatte Harriet vertraut. Sie hatte ihr geglaubt und zeit ihres Lebens gedacht, dass es ihre Mutter Georgina war, die eine Beziehung unmöglich machte. Doch nach dem soeben Erfahrenen musste Laura diese Meinung revidieren. Zwar war das Verhältnis zwischen ihrer Mutter und ihr mehr als nur schwierig, aber nun verstand sie immerhin den Grund dafür. Georgina war das Objekt einer Erpressung durch eine durch und durch egozentrische Frau gewesen. Wie gefühlskalt musste Harriet in Wirklichkeit gewesen sein, wenn sie sich darauf eingelassen hatte und nicht alles dagegen unternommen hatte, ihre kleine Tochter bei sich zu behalten, statt sie Amalia zu geben. Es sei denn – und dieser Gedanke war für Laura nicht weniger schmerzlich –, Harriet hatte das Baby von Anfang an nicht haben wollen.

Zum ersten Mal in ihrem Leben verstand Laura ihre Mutter Georgina wirklich, zum ersten Mal konnte sie nachempfinden, warum Georgina so war, wie sie war. Warum es ihrer Mutter offensichtlich so schwerfiel, ihrer Tochter gegenüber Gefühle zu zeigen, sich ihr zu öffnen und ihr Vertrauen zu schenken. Georgina hatte selbst den größtmöglichen Vertrauensbruch erfahren, den ein Mensch wohl erfahren konnte. Nun glaubte sie schlichtweg nicht mehr daran. Und vielleicht nahm sie auch an, dass sie, dem Tauschpfand, des Vertrauens ihrer eigenen Tochter niemals würde würdig sein können.

Sollte es sich alles wirklich so zugetragen haben? Sollte das die Antwort sein? Aber wie war es nun möglich, dass Harriet im Besitz des Weinguts war? Amalia hatte sich zumindest an dieser Stelle noch nicht dazu geäußert. Kurz überlegte Laura, sofort die nächsten Einträge zu lesen, aber sie merkte auch, dass sie allein über das soeben Gelesene noch viel zu aufgewühlt war, um wirklich noch mehr aufnehmen zu können.

»Oh Gott, Mama, es tut mir so leid für dich!«, rief Laura aus und klappte das inzwischen geradezu verhasste Tagebuch mit einem lauten Knall zu.

Mit dem Wissen, wie es um die verwandtschaftlichen Verhältnisse auf dem Weingut wirklich stand, manifestierte sich in ihr der Wunsch, nichts mehr mit dem Anwesen zu tun haben zu wollen. Dies konnte sie nur erreichen, indem sie das Weingut verkaufte, einen Schlussstrich unter die verworrenen Besitzverhältnisse zog und den Santoros und auch ihrer Mutter und sich selbst einen Neuanfang möglich machte.

Matteo hatte gesagt, dass er und Giulia nicht über ausreichend finanzielle Mittel verfügten, um das Weingut zurückzuerwerben. Sie würde mit Simon Gaillano sprechen, um ihm als Bedingung für den Verkauf aufzutragen, einen Teil des Verkaufserlöses direkt den Santoros zukommen zu lassen, um den Weinbau weiterhin zu sichern. Laura würde nur den Teil nehmen, den sie für die Kreditfinanzierung als Kapital für ihr eigenes Vorhaben brauchte. Mehr denn je wünschte sie sich, ihr eigenes Restaurant auf die Beine zu stellen. Sie würde endlich einen Hafen finden, einen Halt, und eine Möglichkeit, ihr Lebenswerk aufzubauen.

Von dieser Überlegung ausgehend wollte sie auch das Verhältnis zu ihrer Mutter verbessern. Hätte sie erst einmal ihr eigenes Vorhaben in trockenen Tüchern, würde sie genug Kraft haben, sich um ihre Mutter zu bemühen, damit das Vertrauen zwischen ihnen wiederhergestellt werden konnte, sodass sie vielleicht imstande wären, eine normale Mutter-Tochter-Beziehung aufzubauen.

Laura war sich sicher, dass es nur so gehen konnte, um alle Seiten glücklich zu machen.

21. Kapitel

»Hallo, Fiona! Ich muss dich dringend sprechen, geht es gerade bei dir?« Laura stand angespannt auf der Terrasse. Sie hatte die halbe Nacht kein Auge zugetan und sich wieder und wieder im Bett herumgewälzt. Die Neuigkeiten, die sie am vorherigen Abend erfahren hatte, wogen zu schwer und brachten sie um den Schlaf. Um kurz nach sechs in der Früh hatte sie es nicht mehr ausgehalten und war aufgestanden. Nun stand sie verkatert in kurzer Hose und T-Shirt auf der Terrasse und versuchte, Fiona zu erreichen.

»Hey, Laura! Ja, klar, was ist denn los? Du klingst aufgeregt!« Fiona meldete sich mit verschlafener Stimme.

»Oh, ich hab dich geweckt, das tut mir leid. Wenn es nicht so wichtig wäre, dann hätte ich es nicht so früh versucht. Ich muss reden, sonst platze ich«, ergänzte sie entschuldigend. In England war es erst fünf Uhr morgens.

»Klar. Schieß los! Was ist es?«

»Meine Mutter ist nicht die Nichte von Harriet Wilkers, sondern ihre leibliche Tochter!«, platzte Laura heraus.

»Was!?« Fiona schien baff. »Wie hast du das denn herausgefunden?«

»Ich habe hier auf dem Weingut ein altes Tagebuch in einer Schublade mit doppeltem Boden gefunden. Es sind die persönlichen Aufzeichnungen von Amalia van Dyck, einer Deutschen, die nach dem Krieg mit ihrem Mann Carl auf das Weingut in Kampanien gekommen ist und es übernommen hat. Harriet war hier als Kindermädchen eine Zeit lang beschäftigt, so lange, bis sie mit dem Ehemann von Amalia eine Affäre angefangen hat und aufgeflogen ist. Blöderweise war sie von dem Mann schwanger geworden, ebenso nahezu gleichzeitig auch dessen Frau. Amalia erlitt eine Totgeburt, warum weiß ich nicht. Da sie bereits erfahren hatte, dass ihr Mann sie betrogen und seine Affäre obendrein noch geschwängert hatte, setzte sie ihn unter Druck, ihr das Baby der anderen Frau zu geben, sobald es geboren war. Was genau sie gemacht hat, weiß ich nicht, sie erwähnte Informationen aus dem Kriegstagebuch ihres Mannes, und offensichtlich reichten diese als Druckmittel aus, denn ihr Mann Carl tat, wonach sie verlangt hatte und verschaffte ihr Georgina, die sie als ihre Tochter ausgab. Und Harriet wurde rausgeworfen.«

»Das ist, gelinde gesagt, unglaublich«, entfuhr es Fiona, und dann sagte sie eine volle Minute lang gar nichts mehr.

»Ja, das kann man wohl so sagen«, stimmte Laura ihrer Freundin schließlich zu. »Ich bin überhaupt nicht die Großnichte von Harriet, sondern ihre Enkelin. Und obwohl ich auch Carls Enkelin bin, fühle ich mich nicht wie die rechtmäßige Erbin.«

»Nun mal langsam«, beschwichtigte Fiona sie. »Moralisch betrachtet magst du recht haben. Wie hat dein Großvater Carl es denn hinbekommen, dass Harriet sich ihm fügte, weißt du das?« Obwohl Laura Fiona nicht direkt gegenüberstand, konnte sie sie am anderen Ende der Leitung heftig den Kopf schütteln sehen.

»Ich weiß es nicht, Fiona. Darüber zerbreche ich mir auch schon die ganze Zeit den Kopf. Es kommt mir vor, als hätte ich Harriet nie richtig gekannt! Egal, was ich am Ende in diesem vermaledeiten Tagebuch noch finden werde: Ich finde es absolut schrecklich, Georgina zum Gegenstand einer Erpressung zu machen!«, rief Laura wütend ins Telefon.

»Klar, das ist es auch. Nichtsdestotrotz ist es aber passiert. Vor vielen, vielen Jahren. Da warst du noch nicht einmal geplant. Mach dir nicht so einen Kopf darum, Laura, du kannst es jetzt eh nicht mehr ändern.«

»Ich muss das Weingut verkaufen, damit niemand aus der Familie van Dyck oder Wilkers jemals wieder seine Finger im Spiel hat. Du glaubst ja gar nicht, wie Matteo sich aufregen wird, wenn er das erfährt!«, ergänzte sie wutentbrannt.

»Matteo?«

»Äh, ja. Er ist der Verwalter des Weinguts.« Laura kam ins Stocken. Was Fiona prompt bemerkte.

»Und?«, hakte ihre Freundin nach.

»Nun ja. Wir sind uns ... nähergekommen. Vor Kurzem.« In diesem Moment war Laura dankbar, dass ihre Freundin nicht sehen konnte, wie sie beim Gedanken an die mit Matteo verbrachte Nacht rot wurde.

»Ah ja.« Fiona lachte amüsiert auf. »Du bescherst mir vielleicht einen Morgen, weißt du?« Sie klang belustigt.

»Es tut mir leid!«, entschuldigte Laura sich sofort, wenngleich sie wusste, dass ihre Freundin sie mehr neckte denn sich ernsthaft beschwerte. Wahrscheinlich lag Fiona in England bequem in ihrem Bett und fühlte sich gut unterhalten, überkam Laura der Gedanke. Sie schmunzelte daraufhin.

»Ich glaube, ich sollte mir die Sache mal aus der Nähe ansehen«, sagte Fiona gerade bedächtig.

»Was?«, fragte Laura überrascht und auch erfreut. »Du willst wirklich nach Italien kommen?«

»Ja, ich glaube schon. Ich habe dir ja bereits in der E-Mail erzählt, dass ich noch ein paar Tage Urlaub übrig habe. Mich beschleicht da ein Gefühl, dass sie in Süditalien ganz gut angelegt wären ...« Fiona schien den Satz absichtlich ins Leere laufen zu lassen.

»Wow, das wäre ja mal was, wenn du hierherkämst. Ich könnte dich glatt einspannen, das Weingut für den Verkauf auf Vordermann zu bringen. Außerdem könnte ich dir das alte Gästehaus zeigen und die Nebengebäude und so weiter.« Gedankenverloren griff Laura in die Tasche ihrer Jeans und stieß auf das Schmuckstück, das sie tags zuvor hastig eingesteckt hatte, als Matteo im Nebengebäude nach ihr gesehen hatte. Sie hatte es ganz vergessen. Nun zog sie es aus der Tasche heraus und rieb mit dem Daumen darüber. Es war ein Amulett.

»Vielleicht könnte ich diesen Matteo mal näher kennenlernen.« Laura hörte das Schmunzeln aus Fionas Stimme heraus.

»Sicher«, stimmte sie unumwunden zu. »Du würdest ihm über kurz oder lang ohnehin über den Weg laufen.«

»Wie ernst ist euer ›sich näherkommen‹ eigentlich?«, fragte Fiona nun mit einem vorsichtigen Unterton in der Stimme.

Laura verharrte plötzlich in ihrem Spiel mit dem Amulett.

»Also, na ja ...« Ihre Antwort kam zögerlich. Was sollte sie sagen? Gab es auf diese Frage überhaupt eine klare Antwort? »Ich weiß es nicht«, gab sie schließlich zu. »Wir haben eine Nacht zusammen verbracht. Und sicher, ich teile gerne meine Zeit mit ihm, auch wenn wir, was das Weingut angeht, unterschiedliche Standpunkte vertreten ...« Nun war es Lauras Stimme, die verebbte. »Ich genieße es vielleicht einfach«, schob sie unsicher hinterher. Vor ihrem inneren Auge zeichnete sich Matteos Antlitz ab. Wie gestern bereits verursachte ihr der Gedanke an ihn ein wohliges Kribbeln im Unterleib. War doch mehr zwischen ihnen, als sie zugeben wollte? Wusste ihr Herz längst mehr, als ihr Kopf bereit war, sich einzugestehen? Wieder schoss ihr der Gedanke in den

Kopf, sich längst in ihn verliebt zu haben. Hastig schob sie diesen von sich.

»Weißt du was? Ich glaube, ich komme wirklich. Ich suche mir gleich mal einen Flug raus. Kann ich bei dir auf dem Weingut wohnen?« Fionas gut gelaunter Pragmatismus riss Laura aus ihren Gedanken.

»Na klar«, antwortete sie sofort. »Im Haupthaus gibt es genug Zimmer, von denen du dir eins aussuchen kannst.«

»Alles klar, ich melde mich später noch mal, wenn ich einen Flug habe, okay?«

»In Ordnung. Ich muss jetzt erst mal ins Dorf runter und zusehen, dass ich einen Kaffee bekomme. Bis später!«

Sie beendeten das Telefonat. Laura stand noch einen Moment gedankenversunken auf der Terrasse. Ihr Daumen strich wieder unbewusst über das glatte Metall des Medaillons. Sie hatte Fiona gegenüber nicht zugeben können, dass sie sich womöglich bereits in Matteo verliebt hatte.

Ausgerechnet. Verunsichert über ihre eigenen Gefühle neigte sie den Kopf, um das Schmuckstück näher zu betrachten. Nun, im hellen Licht des Morgens, sah sie, dass man das ovale Medaillon an der Seite öffnen konnte. Neugierig schob sie den Fingernagel in den schmalen Spalt des Verschlusses und drückte es auf. Auf der einen Seite des Medaillons befand sich ein Schwarz-Weiß-Foto, das Porträt eines Paars, welches glücklich in die Kamera lächelte. Laura blickte auf die eleganten Gesichtszüge eines Mannes hinunter, dessen hellblondes Haar sich auf der schwarzweißen Fotografie fast weiß abhob. Er stand hinter einer jungen Frau, deren dunkle Haare in der Mitte gescheitelt und offensichtlich am Hinterkopf zusammengefasst worden waren. Obwohl etliche Jahrzehnte zwischen der Frau auf dem Foto und Lauras frühester Erinnerung an die Frau in England lagen, erkannte Laura sie sofort wieder. Es war Harriet, die ganz offensichtlich glücklich in die Kamera schaute. Hinter ihr stand Carl van Dyck, der Eigentümer des Weinguts und Ehemann von Amalia van Dyck und ihr Großvater, wie sie jetzt wusste. Laura presste den Kiefer wütend aufeinander, als sie an den Verrat der beiden vor sich auf dem Foto dachte. Dann fiel ihr Blick auf die Innenseite des Deckels des Medaillons und bestätigte ihr nur, was sie ohnehin schon wusste: »Carl & Harriet, 1956«. Nun hatte Laura endgültig den Beweis in der Hand, dass die unglaubliche Geschichte aus Amalias Tagebuch kein Hirngespinst war.

22. Kapitel

Etwas Gutes hatte die Entdeckung ihrer familiären Vergangenheit wenigstens: In Laura gärte eine Wut, die sie dazu trieb, das Haus und den Bereich um den Pool endlich in Angriff zu nehmen, um sie für die Fotomappe des Immobilienmaklers vorzeigbar zu machen.

Das Medaillon verwahrte sie im Haupthaus neben dem Tagebuch in einer Schublade in der Küche. Und während sie mit einem Messer Unkraut aus den Fugen der Natursteinterrasse am Pool kratzte, überlegte sie die ganze Zeit, wie sie mit Georgina all das besprechen konnte, was sie erfahren hatte. Nicht zum ersten Mal fragte sie sich, ob Georgina überhaupt bereit wäre für ein Gespräch und ihr zuhören würde. Laura rechnete schon fast damit, von ihrer Mutter zurückgewiesen zu werden, so, wie sie es immer machte, wenn Laura etwas aus ihrer Vergangenheit wissen wollte. Der Fairness halber musste sie zugeben, dass sie es ihrer Mutter bisher nicht unbedingt einfach gemacht hatte. Ihre verletzten Gefühle hatten stets dafür gesorgt, die wenigen Worte Georginas als Angriff zu empfinden und sich wütend und verletzt zu geben, die Krallen auszufahren und ihrer Mutter die kalte Schulter zu zeigen.

Laura wusste nun, dass dieses Verhalten vollkommen falsch gewesen war. Jetzt, da sie den Grund für Georginas Art zu kennen glaubte, fühlte sie sich ihrer Mutter ein Stück näher und konnte sogar eine Spur Verständnis für deren Verhalten aufbringen. Wenn sie bloß frei und unbefangen mit ihr darüber reden könnte!

Verdutzt hielt sie inne, als ihr Handy klingelte. Sie hatte gar nicht damit gerechnet, Empfang zu haben.

»Van Dyck. Hallo?«, meldete sie sich. Kurz schoss ihr der Gedanke durch den Kopf, sich richtigerweise mit »Wilkers« melden zu müssen, doch sie unterband ihn sofort. In der Leitung knackte es, dann war die Stimme von Fiona zu vernehmen.

»Hey, Laura, ich bin es noch einmal. Fiona. Du, ich wollte dir nur sagen: Ich habe einen Flug nach Neapel gefunden, kannst du mich übermorgen Abend vom Flughafen abholen?«

»Ja, klar, kein Problem. Das mache ich sehr gern. Schickst du mir deine Flugnummer noch per E-Mail?«

»In Ordnung, mach ich. Mensch! Ich freu mich ja schon so, dich wiederzusehen und das Weingut kennenzulernen, das du geerbt hast! Ach ja, ich kann dir noch ein paar Details zu dem Haus nennen, von dem ich dir in der E-Mail berichtet habe.«

»Erzähl!«, forderte Laura ihre Freundin auf.

»Ich halte mich kurz, ja? Aber pass auf: Es steht direkt an der Strandpromenade, ist zwar alt und renovierungsbedürftig, aber ich habe ein gutes Gefühl dabei. Es ist groß genug, unten können wir unser Restaurant betreiben, inklusive der Küche und sanitären Anlagen für die Gäste, oben ist genug Platz für Büro, Ruheraum und was wir sonst noch so brauchen. Und weil es eben nicht mehr neuwertig ist, kostet es verhältnismäßig wenig für eine Immobilie in unmittelbarer Strandnähe.«

»Wow, das klingt wirklich gut«, musste Laura zugeben. Doch die Begeisterung, die sonst immer aufkommen wollte, wenn sie über ihr Projekt sprachen, wollte sich plötzlich nicht mehr so recht einstellen. Was war nur los mit ihr? Wahrscheinlich lag es an ihren Entdeckungen hier in Italien und würde sich sofort wieder normalisieren, wenn sie das Weingut erst mal verkauft und ein klärendes Gespräch mit ihrer Mutter geführt hatte. In Laura wuchs Zuversicht, dass alles so ausging, wie sie es sich wünschte. »Kann man schon einen Besichtigungstermin vereinbaren?«, fragte sie daher.

»Ja, ich glaube schon«, bestätigte Fiona. »Ich rufe dort morgen früh mal an und melde Interesse an. Sobald wir beide dann wieder zurück sind, können wir uns auf das Objekt stürzen. Was meinst du?«

»Klingt wunderbar, Fiona! Danke, dass du die Augen immer offen hältst! Und danke auch, dass du weiterhin an uns glaubst!« Laura hätte das ihrer Freundin schon längst sagen müssen, fiel ihr auf. Zum Glück hatte sie dieses Mal daran gedacht.

Sie verabschiedeten sich voneinander.

Laura arbeitete abgesehen von einer kleinen Mittagspause den ganzen restlichen Tag weiter, um endlich Erfolge für den Verkauf des Weinguts zu erzielen.

»Hallo, Laura!«

Sie sah überrascht von ihrer Arbeit auf. Matteo näherte sich ihr von der Hausseite her.

»Matteo«, sagte sie, kam langsam aus der Hocke hoch und streckte die müden Glieder.

»Ist es nicht viel zu warm für diese Arbeit hier in der prallen Sonne?« Matteo blickte sie mit einer Mischung aus Besorgnis und Skepsis an. »Nicht, dass du dir noch einen Sonnenstich holst.«

»Ich mache nur noch diese Ecke hier zu Ende, und dann reicht es mir auch. Es ist echt zu warm heute.«

»Deinem unermüdlichen Eifer entnehme ich, dass du immer noch daran festhältst, das Weingut zu verkaufen?« Die halb im Scherz, halb ernst gemeinte Frage irritierte Laura.

»Ja, natürlich!«, antwortete sie schnell. »Warum sollte ich

meine Meinung geändert haben?« Sie runzelte die Stirn, um ihr Unverständnis auszudrücken, doch Matteo sagte nichts weiter und blieb ihr die Antwort schuldig. Also fuhr sie fort: »Ich denke nach wie vor, dass es das Beste ist, wenn ich das Weingut verkaufe, Matteo. Vorhin rief mich meine Freundin aus England an, um mir mitzuteilen, dass sie ein Objekt entdeckt hat, das für unser Vorhaben infrage kommt. Es wäre wirklich gut für uns alle, wenn unsere Familie nicht länger etwas mit dem Weingut zu tun hätte.«

»Für wen ist es das Beste?«, fragte er ruhig. Er verschränkte die Arme vor der Brust.

Sie ahnte, dass es gleich zum Streit zwischen ihnen kommen würde, aber ihr war klar, dass sie sich nicht noch weiter in diese Beziehung verstricken durfte. Die Vergangenheit und das, was ihre »Tante« und Amalia getan hatten, wogen zu schwer zwischen ihnen.

»Ich glaube, dass es das Beste für uns alle ist, Matteo«, antwortete sie ihm sanft. »Ich gehöre nicht hierher. Du hast hier deinen angestammten Platz, den Ort, den du wiedergefunden hast, nachdem du verloren warst. Ich will ihn dir nicht kaputtmachen, aber genau das würde passieren, wenn ich länger Besitzerin dieses Weinguts bliebe.«

»Wir stehen doch schon längst nicht mehr auf dieser Stufe zueinander, sondern haben bereits viel mehr miteinander geteilt. Das scheint dir vollkommen egal zu sein.« Seine Stimme klang viel zu ruhig.

»Wir haben eine wunderbare Nacht miteinander verbracht. Und das ist auch alles, Matteo«, sagte sie mit Bedacht. Noch während sie die Worte aussprach, wusste sie, dass sie ihn fürchterlich verletzen würde, dass sie alles kaputtmachte, was jemals zwischen ihnen war. Es tat weh, sogar sehr. Laura war selbst überrascht, wie sehr, aber dann fielen ihr Amalias Tagebuch und das verräterische Medaillon wieder ein und gaben ihr die nötige Kraft, dieses Gespräch durchzustehen.

»Mehr war das also nicht für dich? So, so.« Er blickte sie fest an, und Kühle schlich sich in seinen Blick. Laura litt darunter und schluckte hart. Ihr Herz gierte nach ihm, wollte bei ihm sein, zu ihm gehören, und zuversichtlich sein, dass sie beide es schon schaffen würden und sich gegen die Vergangenheit behaupten konnten. Aber ihre Narben waren zu tief. Der alte Schmerz, haltlos und fehl am Platz zu sein, zu groß. Instinktiv wusste sie, dass sie ihn, diesen sanftmütigen, loyalen Mann zugrunde richten würde, solange sie sich selbst nicht gefunden hatte. Das wollte und konnte sie nicht verantworten. Ihr Platz war in England, möglicherweise in dem renovierungsbedürftigen Haus am Strand von Southport, das Fiona für sie gefunden hatte.

»Ich bin nicht die Richtige für dich, Matteo«, versuchte sie möglichst sanft ihren Beschluss zu untermauern. Sie wollte ihm nicht länger wehtun, doch sie musste da durch, musste es zu Ende bringen. »Ich werde nach England zurückkehren. Und das möglichst bald. Ich bekomme von einer Freundin Unterstützung, die ich am Freitagabend vom Flughafen abholen werde. Sie wird mir helfen, sodass meine Arbeit hier schneller abgewickelt ist«, eröffnete sie ihm.

»Nun, wenn das so ist.« Er lockerte seine ineinander verschränkten Arme und stemmte die Hände seitlich in die Hüften. Zwar trat er einen Schritt von ihr zurück, ließ sie aber nicht aus den Augen. »Ich wünsche dir viel Glück, Laura.«

»Danke, Matteo«, antwortete sie beklommen. Der Schmerz wütete heftig in ihrem Körper. Sie musste hart schlucken.

»Du machst einen Fehler«, stellte er abschließend fest. »Ich hoffe, das weißt du.«

»Das sehe ich anders.« Laura blieb hart. Sie musste es sein. »Fiona wird mit mir im Haupthaus wohnen. Zusammen werden wir hier schneller fertig sein, sodass Simon die Mappe endlich abschließen und das Angebot online stellen kann.«

Matteo lachte traurig auf und schüttelte den Kopf. »Es geht um so viel mehr als um diesen Verkauf, an den du dich wie eine Ertrinkende klammerst, Laura!«, ermahnte er sie. »Aber ich kann dich nicht zwingen.« Er hob die Hände einmal kurz in die Höhe, um seiner Machtlosigkeit Ausdruck zu verleihen. »Da du dich nicht von deinem Vorhaben abbringen lassen wirst, ist es wohl auch unnötig, Giulia darin zu involvieren. Ich denke, es ist besser, wenn du sie doch nicht zur Vergangenheit des Weinguts befragst. Es spielt keine Rolle mehr, warum deine Tante Harriet das Weingut nicht wieder zurückverkaufen wollte.«

»Okay«, gab sie nach und nickte zur Bestätigung mit dem Kopf. »Ich spreche sie nicht an.«

»In Ordnung. Tja, dann war es das wohl, Laura.«

»Ja. Scheint so«, presste sie hervor.

»Also dann.« Er drehte sich um und ging auf den kleinen Platz zurück, den die Gebäude des Weinguts flankierten. Bald war Matteo aus ihrem Blickfeld verschwunden, aber Laura stand noch lange Zeit reglos auf der ehemaligen Gästeterrasse und bedauerte, was sie nie haben würde.

23. Kapitel

»Du glaubst nicht, wie sehr ich mich freue, dich zu sehen!«, begrüßte sie zwei Tage später ihre Freundin, als diese mitsamt ihrer Tasche aus dem Sicherheitsbereich kam und sie Fiona in Empfang nehmen konnte.

»Du meine Güte! Du musst mich ja vermisst haben!«, rief Fiona lachend und umarmte Laura kräftig.

Sofort hob sich Lauras gedrückte Stimmung, die seit dem Disput mit Matteo wie eine Schauerwolke über ihr schwebte.

»Ja, tatsächlich habe ich dich vermisst!«, gab Laura gut gelaunt zu. »Bist du bereit für etwas süditalienischen Flair?«

Fiona lachte fröhlich auf. Sie hakte sich bei ihrer Freundin unter, und gemeinsam strebten sie dem Ausgang zu.

»Aber so was von!«

»Wow! Du hättest mir sagen sollen, dass es ein derart großes Weingut ist, Laura!« Fiona blickte sich bewundernd um. Sie standen auf dem Platz vor dem Haupthaus, an ebenjener Stelle, an der auch Laura erst vor wenigen Wochen ihren Mini abgestellt und voll Unglauben über ihr Erbe gestaunt hatte.

»Es ist unglaublich, oder?«, pflichtete sie Fiona bei. »Dass Harriet und Georgina mir das verheimlicht haben …« Laura schüttelte den Kopf.

»Dieser Ausblick – ein absoluter Traum!« Laura beobachtete Fiona, deren Blick sich sehnsuchtsvoll an den tiefblauen Streifen des Meeres am Horizont klammerte. »Bist du sicher, dass du verkaufen willst?«, fragte sie nun ihre Freundin, und ihrer Stimme fehlte die Flapsigkeit, die sie sonst an den Tag legte, wenn sie scherzte.

»Ja, auf jeden Fall.«

»Warum?« Fiona wandte sich nun doch von der wie ein Magnet wirkenden Aussicht ab und blickte Laura an. »Ich meine: Wer hat das schon? Ein Weingut in Italien? Allein dieser Ausblick. Diese würzige Luft, die intensiven Farben. Niemals im Leben würde ich so etwas wieder hergeben, Laura.« Sie drehte sich einmal um die eigene Achse. »Auch wenn du selbst nichts mit dem Weinbau am Hut haben magst, hast du dir schon mal überlegt, hier ein Restaurant zu eröffnen?«

»Tja, Fiona, du sagst das so leicht!«, erwiderte Laura. »Ich habe vielleicht den einen oder anderen Gedanken an diese Möglichkeit verschwendet, das gebe ich zu. Aber ich bin mir sehr sicher, dass der Verwalter des Weinguts, Matteo Santoro, nicht mit einem touristischen Konzept à la ›Restaurant am Weingut‹ einverstanden wäre.«

»Aber dich mal vernünftig mit ihm darüber unterhalten hast du nicht?«, hakte Fiona nach.

»Nein«, gab Laura zu. Sie hatten sich unterhalten, über den Wein, Matteos Vergangenheit, seine Heimat … Eine leise Röte kroch ihre Wangen hinauf, als sie daran dachte, wohin ihre Unterhaltung letztendlich geführt hatte.

»Du verschweigst mir etwas.«

»Schon möglich.« Laura knirschte mit den Zähnen und schwieg weiter. Das war alles noch zu neu, zu frisch. Und es war zu Ende. Es gab keinen Grund, das Thema weiter zu vertiefen.

»Ts«, machte Fiona und zuckte ergeben mit den Schultern. »Können wir einen Rundgang machen, nachdem ich meinen Koffer ausgepackt habe? Dann hätte ich ein besseres Bild davon, was hier alles noch zu tun ist«, wechselte sie das Thema.

»Klar!«, antwortete Laura erleichtert und ging voran, die Treppenstufen des Haupthauses hinauf. Oben auf dem Absatz hielt sie inne, bevor sie Fiona die Haustür öffnete. »Ich werde es dir erzählen, wenn das alles über die Bühne gebracht ist. Versprochen!«

»Wenn's dann mal nicht zu spät ist«, meinte Fiona mit einem trockenen Lachen und betrat nach Laura das Haus.

Die beiden Frauen brauchten noch einige Tage, bis sie mit den Verschönerungsmaßnahmen und dem Reinigen so weit fertig waren, dass sie Simon kontaktieren konnten. Dieser verbrachte frühmorgens einige Zeit draußen, um Außenaufnahmen zu machen, danach fotografierte er in den Gebäuden weiter. Fiona und Laura blickten ihm dabei interessiert über die Schulter und gingen ihm zur Hand, wenn es noch etwas umzuräumen gab.

Endlich war es dann so weit, und der erste große Besichtigungstermin stand an. Nachdem Simon das Portfolio online gestellt hatte, hatte es nur wenige Tage gedauert, bis sich die ersten Interessenten meldeten. Laura und Fiona genossen während der Wartezeit das Leben an der süditalienischen Küste, und insbesondere Laura bekam zum ersten Mal das Gefühl, so etwas wie Urlaub zu machen. Die beiden Frauen verstanden sich wieder so gut wie eh und je, und fuhren mit ihrem türkisblauen Fiat die Küste entlang, um kleine Dörfer, Badestrände und andere Sehenswürdigkeiten zu entdecken. Sie reihten sich in die Besucherströme der Costa Amalfitana ein, besichtigten die Ruinenstätte Paestum, machten eine Führung durch eine Pastafabrik mit und verkosteten Limoncello auf einer Zitronenplantage auf der sorrentinischen Halbinsel. Laura, die froh über die Ablenkung war und immer mehr merkte, wie sehr ihr diese Art der Erholung gefehlt hatte, überredete Fiona, mit ihr zur Insel Capri hinauszufahren, um dort eine Tagestour zu machen.

Nun, eine knappe Woche nachdem sie das Projekt in Simons Hände übergeben hatten, standen sie erwartungsvoll an der Haustür, blickten hinaus auf den von der Nachmittagssonne beschienenen Hof und erwarteten die Besucher.

Laura schaute zufrieden auf die mit Geranien und anderen Sommerblühern gefüllten Pflanzkübel, die den Eingangsbereich des Haupthauses schmückten. Die harte Arbeit der letzten Wochen hatte sich gelohnt, alles war vorzeigbar, sauber und ordentlich.

»Danke für deine Hilfe, Fiona!« Ohne die Unterstützung ihrer Freundin wäre sie nie so weit gekommen, überlegte Laura.

»Oh, na klar. Das war doch selbstverständlich!«, winkte Fiona ab und wirkte irgendwie abwesend.

»Ist was? Du scheinst mit deinen Gedanken ganz woanders zu sein.«

»Ach nein, alles gut. Meinst du, dass wir passend gekleidet sind?« Zum wiederholten Male blickte Fiona skeptisch an sich herunter. Sie trugen beide lange schwarze Hosen, farbige Blusen und Schuhe mit etwas mehr Absatz, als sie es gewohnt waren.

»Natürlich!«, beschwichtigte sie Laura. »Seriös, aber nicht verstaubt. Es ist genau richtig, Fiona. Außerdem sind wir nicht Gegenstand der Besichtigung, sondern das Weingut. Warum bist du plötzlich so nervös?«

»Ach Quatsch. Ich bin doch nicht nervös!« Doch dieses Mal war es Fiona, deren Wangen eine verräterische Röte hinaufkroch. »Ich glaube, ich schaue noch mal schnell nach, ob ich bei den

Häppchen auch wirklich nichts vergessen habe.« Fiona wollte sich aus dem Staub machen.

»Du bleibst hier.« Laura lachte. »Du hast alles richtig gemacht. Du hast es nämlich vor zehn Minuten schon kontrolliert.«

»Oh! Hab ich das?«

»Ja. Allerdings!« Laura schmunzelte. Dann sah sie das erste Fahrzeug die Zufahrt zum Weingut erklimmen und wusste, dass es nun ernst wurde. Plötzlich schlichen sich Gedanken an Matteo in ihren Kopf. Ein paar Tage lang war sie von ihren Gefühlen für ihn abgelenkt gewesen, aber nun, da sie ihre Ankündigung wahr zu machen gedachte, nämlich den Verkauf den Weinguts festzumachen, drängte sich sein Antlitz aus den Tiefen ihres Unterbewusstseins an die Oberfläche. Er war mit ihrer Absicht nicht einverstanden. Und trotzdem tat sie es auch für ihn, war sich nach wie vor sicher, das Richtige für alle zu tun.

Matteo hatte sich die letzten Tage rar gemacht. Wenn er auf dem Weingut auf sie oder Fiona traf, war er stets höflich, aber sehr zurückhaltend. Das war sogar Fiona aufgefallen.

In diesem Augenblick war weder von Matteo noch von Giulia etwas auf dem Weingut zu sehen. Sehr wahrscheinlich war er mit seiner Nonna sogar außer Haus, Laura konnte sich gut vorstellen, dass er ihr diesen Ansturm fremder Menschen, die den Kauf des Weinguts in Erwägung zogen, nicht zumuten wollte.

Unten im Dorf schlug die Kirchturmuhr viermal, und Laura entdeckte ein weiteres Fahrzeug auf dem Weg hinauf zum Weingut. Gerade als die ersten beiden Wagen sich einen Parkplatz vor dem Haupthaus gesucht hatten, erkannte sie Simons Auto, welches eben die Anhöhe nahm.

Neben sich vernahm sie ein tiefes Einatmen und spürte, wie Fiona sich anspannte. Laura blickte ihre Freundin vollkommen überrascht an. »Er ist der Grund für deine Nervosität?«, flüsterte sie.

»Sag bitte kein Sterbenswort, okay?« Fiona blickte sie ängstlich an, die Wangen hochrot.

»Natürlich nicht.« Laura wandte sich lächelnd den Ankömmlingen zu. »Komm! Wir begrüßen die Leute, dann bist du etwas abgelenkt.«

Die Gruppe versammelte sich auf dem Vorplatz des Haupthauses. Zunächst begrüßte Laura Simon mit einem Händeschütteln.

»Hallo, Simon! Schön, dass du da bist!«

»Laura.« Simon begrüßte sie und Fiona mit einem Küsschen rechts und links. »Ihr seht großartig aus«, sagte er mit Bewunderung im Blick. Laura hatte den Eindruck, dass sein Blick eine Spur länger auf Fiona ruhte, bevor er sich abwandte, um die Interessenten zu begrüßen.

»Meine Damen und Herren, willkommen auf dem Weingut La Florentina!« Die Gruppe wandte sich ihm zu. Insgesamt waren es sechs Personen, die heute den ersten Besichtigungstermin wahrnahmen. Nachdem Simon Laura den anderen vorgestellt hatte, trat sie vor und reichte jedem einzelnen von ihnen die Hand. »Hallo! Ich freue mich, Sie kennenzulernen.«

Simon übernahm das Steuer und dirigierte die Gruppe in das Innere des Haupthauses. »Wir beginnen zunächst hier im Haupthaus mit der Besichtigung. Danach lernen Sie die Nebengebäude, einige Weinparzellen und die Besonderheiten des Weinguts kennen, und zu guter Letzt möchten wir Sie den hauseigenen Wein kosten lassen. Wir sind der Meinung, dass Sie vollumfänglich wissen sollten, in was Sie investieren, und dazu gehört auch eine Probe der Qualität des Weins.« Simon ging einige Schritte in Richtung des großen Salons, bevor er sich noch einmal zu der kleinen Gruppe umwandte. »Kommen Sie, meine Damen und Herren, ich stelle Ihnen nun den großen Salon vor. Wenn Sie Fragen haben, immer raus damit. Selbstverständlich können Sie sich das Haus in aller Ruhe anschauen.« Er betrat den Salon und wartete kurz, bis alle anderen ihm gefolgt waren. »Das Weingut La Florentina besteht aus mehreren Gebäuden, wie Sie im Verlaufe unserer Besichtigungstour sehen werden. Das Haupthaus wurde 1855 von der Familie Santoro erbaut …«

Laura, die wie die anderen Simons Aufruf gefolgt war, ließ ihre Gedanken kreisen und beobachtete dabei die Gäste. Gleich bei der Begrüßung hatte sie ein Paar als Amerikaner ausmachen können, das andere Paar schien italienisch zu sein. Zwei Männer vervollständigten die Gruppe, gehörten aber nicht zusammen, wie ihre distanzierte Stellung zueinander im Salon offenbarte. Der eine Herr schien ebenfalls Italiener zu sein, bei dem zweiten war sie sich nicht sicher. Vielleicht ein Franzose, überlegte sie.

Wer von ihnen wohl auf La Florentina tatsächlich Wein anbauen wollte? Nicht selten kam es vor, dass Weingüter dieser Größe – unter den gegenwärtigen Bedingungen zu klein für die Massenproduktion, aber auch zu groß, um ausschließlich für den Eigenbedarf zu produzieren – in Obstplantagen umgewandelt wurden, um das meiste aus dem Boden herauszuholen. Neben Wein bauten viele Höfe auch Haselnüsse, Zitronen- und Olivenbäume an und erzeugten eine breit gefächerte Palette bester Gemüse. Laura beobachtete die Interessenten aufmerksam, um Hinweise zu finden, was sie wohl mit La Florentina vorhaben könnten. Ganz tief in ihrem Innern nagte die Stimme ihres Gewissens an ihr, ob sie tatsächlich das Richtige tat. Ihr Seitenblick traf Fiona, die Simons Ausführungen mit interessiertem Blick lauschte. »Hast du schon mal überlegt, das Restaurant hier auf La Florentina zu eröffnen?«, kamen ihr Fionas Worte wieder in den

Sinn. Und dann erinnerte sie sich daran, dass Simon ihr vor Wochen bereits dieselbe Frage gestellt hatte. So verlockend das auch klang, hatte sie das Gefühl, nicht wirklich hierher zu gehören.

Die Interessenten ließen sich Zeit im Haupthaus. Es dauerte fast eine Stunde, bis alle die jeweiligen Räume in Augenschein genommen hatten und so weit waren, das ehemalige Gästehaus und die weiteren Gebäude zu besichtigen.

Simon führte die Gruppe über den von Laura freigelegten Weg entlang des Gästehauses. Er schloss das Gebäude auf und ließ einen nach dem anderen eintreten. Laura und Fiona waren auch hier tätig gewesen. Nachdem sie eine kleine Weile hin und her überlegt hatten, ob es überhaupt Sinn machte, Energie in das sich selbst überlassene Gebäude zu stecken, hatten sie sich schließlich dazu durchgerungen, sich dessen anzunehmen.

»Ich bin so froh, dass das Gästehaus so gut wie leer geräumt gewesen ist«, sagte Fiona, die sich bis zu ihr hatte zurückfallen lassen. »Das hat die Arbeit ungemein erleichtert.«

»Das stimmt. Ich bezweifle, dass wir überhaupt rechtzeitig fertig geworden wären, wenn hier mehr drin gewesen wäre als nur ein paar Bettgestelle und Kommoden.« Laura blickte sich um. Mittlerweile standen sie im Foyer des Gästehauses, einem großen quadratischen Raum, der die gesamte Hausbreite einnahm. Das Sonnenlicht fiel durch die Fenster der Südseite hinein, ließ aufgewirbelte Staubkörner tanzen und machte alles weniger trostlos.

»Es fällt mir so schwer, mir vorzustellen, dass hier jemals Gäste ein- und ausgecheckt haben sollen«, flüsterte Laura ihrer Freundin zu. »Es wirkt so leblos und kalt.«

»Diesen Eindruck hatte ich auch schon, Laura. Ich hoffe nur, dass die Interessenten sich davon nicht abschrecken lassen. Zwar haben wir beide ganze Arbeit geleistet, was die Sauberkeit und

Ordnung angeht, aber dem Gebäude in der kurzen Zeit tatsächlich Leben einzuhauchen, war schlicht unmöglich.«

»Natürlich. Es ist nur so merkwürdig, dass es mich hier ganz besonders berührt. Es gibt keinen anderen Ort auf La Florentina, an dem ich das Fehlen menschlicher Wärme so stark spüre wie hier. Alle anderen Orte besitzen eine Seele.«

»Ich weiß, was du meinst. Wäre es unser, würden wir dem Ganzen sofort unseren Stempel aufdrücken, das ist doch klar.«

Laura riskierte einen Seitenblick auf ihre Freundin, während sie sich leise unterhielten. Fiona betrachtete gerade mit deutlicher Skepsis im Gesicht die kahlen Wände des Foyers, wandte sich dann aber rasch Laura zu, offenbar, damit niemand ihren Gesichtsausdruck bemerkte.

»Vielleicht fällt es nur uns ganz extrem auf, weil wir in den letzten Tagen so tief in das Weingut eingetaucht sind.«

»Ich hoffe es, Fiona. Wir haben so viel Arbeit reingesteckt. Ich will nicht, dass das unpersönlichste Gebäude nun für einen schlechten Eindruck sorgt.«

Die Gruppe ging schließlich weiter, ließ sich von Simon von Zimmer zu Zimmer führen. Da die Gästezimmer in ihrem leeren, unpersönlichen Zustand wenig boten, das man näher betrachten oder besprechen konnte, verlief die Besichtigung des Gästehauses insgesamt recht zügig. Simon hatte durchaus ein paar Fragen zum Gästehaus zu beantworten, und entgegen Lauras Befürchtung, niemand würde sich für das alte Gebäude erwärmen können, schien zumindest das amerikanische Paar Interesse daran zu bekunden, ob und wie man das Haus wieder zum Leben erwecken könnte.

»Wenn Sie so weit sind, besichtigen wir nun die Poolterrasse.« Simon öffnete große Flügeltüren aus Glas und bat die Herrschaften aus dem ehemaligen Speisesaal des Gästehauses nach draußen. Die Terrasse wurde mit wohlwollenden Ausrufen positiv aufgenommen. Laura spürte deutlich die Begeisterung in die Besucher zurückkehren. Besonders das amerikanische Ehepaar zeigte seine Begeisterung ganz offen und lockte auf diese Art auch die anderen Interessenten aus der Reserve.

»Simon ist wirklich gut«, sagte Laura anerkennend zu ihrer Freundin, die sich zusammen mit ihr im Hintergrund hielt.

»Oh ja! Er weiß genau, wie er die Sache anpacken muss, damit sie sich vor allem an die guten Sachen erinnern, wenn sie später wieder gehen.« Laura fing Fionas anerkennenden Blick in Simons Richtung auf. Außerdem wurde ihr die Doppeldeutigkeit ihrer Worte nur zu bewusst.

»Junge, Junge. Er muss dir ja ganz schön den Kopf verdreht haben.«

»Vielleicht hat er das, ja«, gab Fiona mit einem Seufzen zu. »Man sucht sich das ja schließlich nicht aus.«

»Da hast du recht.«

Laura dachte an Matteo. Auch sie hatte sich nicht ausgesucht, sich in ihn zu verlieben, aber sie ahnte, dass genau das passiert war. Doch Liebe konnte sie sich nicht erlauben. Liebe war viel zu gefährlich. Man wähnte sich in Sicherheit, glaubte, dass alles gut sei, und plötzlich wurde einem der Boden unter den Füßen weggezogen. Der Liebe war nicht zu trauen, das war bisher immer Lauras feste Überzeugung gewesen. Besser, sie hielt sich von ihr fern. Dass Matteo ganz offensichtlich mehr wollte als nur eine Affäre, hatte er ihr bei ihrem letzten Gespräch deutlich genug gemacht.

»Wann wir wohl Nachricht erhalten werden, ob einer der Parteien das Weingut gefällt?«

»Hast du es so eilig mit dem Verkauf?«

»Ja, ich glaube schon.«

»Warum?«

»Weil ich nicht hierher gehöre, Fiona. Deshalb.« Laura spürte den skeptischen Blick ihrer Freundin auf sich.

»Lass mich wenigstens sagen, dass ich da meine Zweifel habe.«

»Klar. Natürlich kannst du das sagen. Es wird sich aber nichts daran ändern. Ich will es verkaufen und wieder zurück nach England.«

Die Gruppe wurde von Simon noch bis hinab zum ersten Weinberg geführt, dann wandte man sich dem Wirtschaftsgebäude mit dem Weinkeller zu. Auch hier vernahm Laura Ausrufe des Entzückens, als alle die Weinproduktion und den Keller sahen. Penible Sauberkeit, ein aufgeräumter Gesamteindruck – Laura wünschte, Matteo wäre wenigstens jetzt hier, um das Lob zu genießen, welches ihm und seiner Arbeit galt. Doch er war nicht erschienen, machte wahr, was er ihr an dem Nachmittag, als sie den Pool reinigte, gesagt hatte: Mit seiner Unterstützung konnte sie nicht mehr rechnen.

Später versammelten sich alle im Salon des Haupthauses, von dem aus die Besichtigungstour ihren Anfang genommen hatte. Nun war es an Laura und Fiona, für Bewirtung und Verköstigung zu sorgen. Fiona kam mit Tabletts voll Häppchen in den Salon zurück, Laura lud die Kaufinteressenten zu einer Weinprobe ein. Nicht alle nahmen daran teil, doch für vier Personen dekantierte sie den Wein, erklärte den Anbau und machte auf die Vorzüge des Florentina-Weins aufmerksam.

Simon gesellte sich an Fionas Seite, die immer mal wieder einen Blick auf die angebotenen Köstlichkeiten warf, um zu kontrollieren, ob für jeden Gast noch genug da war. Laura bemerkte jedoch bald, dass es Simon gelang, Fiona etwas abzulenken. Ihr fiel auf, wie sehr Fiona von innen heraus strahlte, wenn Simon mit ihr sprach, wie glücklich sie zu sein schien. Schließlich stießen beide miteinander an und gingen auf die Terrasse hinaus, um für ein paar Minuten ungestört zu sein.

Laura unterhielt sich mit den Interessenten und hatte noch einige Fragen zu beantworten.

»Warum ist das Gästehaus denn nicht mehr in Betrieb?« Der Amerikaner, dessen Frau dicht neben ihm stand, knabberte an einer mit Rosmarin gewürzten Gebäckstange und nahm noch einen Schluck Wein. Er wirkte sehr sportlich, durchtrainiert und wie jemand, der lieber zupackte statt redete.

»Es ist ein tolles Gebäude, und die Aussicht über den Pool und die Weinberge bis hin zum Meer ist einfach grandios. So was gibt man doch nicht so einfach auf.« Auch seine Frau schien sich innerlich noch mit dem leer stehenden Gästehaus zu beschäftigen.

»Nun ja. Ich kann Ihnen Ihre Frage leider gar nicht detailliert beantworten, da ich nicht jede Einzelheit der Geschichte des Weinguts kenne.« Laura schenkte beiden noch etwas vom Aglianico nach. In Amalias Tagebuch stand viel von den Spannungen, der zunehmenden Entfremdung zwischen Carl und ihr, welche schließlich in der Affäre Carls gipfelte, doch Amalia klang – trotz all der schweren Schicksalsschläge, die sie hatte hinnehmen müssen – nicht so, als wollte sie aufgeben. Im Gegenteil, Laura hatte sogar den Eindruck gewonnen, dass sie durch den schmutzigen Handel um Georgina nun erst recht alles auf ein florierendes Geschäft mit dem Gästehaus setzen wollte. Indem sie sich von Anfang an gezielt um Künstler bemüht hatte, die das Gästehaus über die Region hinaus als einen Künstlerhort bekannt machen sollten, hatte sie noch mehr zum Alleinstellungsmerkmal des Ortes beigetragen. Irgendetwas musste dann im Laufe der nächsten Jahre passiert sein, mutmaßte Laura, das sie dennoch zur Aufgabe bewogen hatte. »Ich habe vom Verwalter des Weinguts, Herrn Santoro, lediglich erfahren, dass das Gästehaus nicht mehr genug Profit abwarf, um weiterhin Personal zu beschäftigen und es zu unterhalten. Herr Santoro bewirtschaftet ausschließlich die Weinberge von La Florentina, eine Entscheidung, die man ihm gewiss nicht verübeln kann, da Wein immer Absatz findet. Wie schmeckt er ihnen übrigens?«

»Oh, gut, sehr gut sogar, danke.« Beide nickten begeistert. »Sollten wir uns für den Kauf entscheiden, wären wir durchaus daran interessiert, das Gästehaus wiederaufleben zu lassen. Nicht wahr, Schatz?« Sein Blick suchte die Zustimmung seiner Frau und fand sie.

»Natürlich. Ein solches Kleinod, das überlässt man nicht sich selbst. Es wäre Verschwendung. Und die Kosten für die Renovierung des Gebäudes hätten wir schnell wieder drin, wenn wir entsprechende Angebote im Internet platzieren.«

»Ich kann es mir schon richtig vorstellen: Die Gäste liegen auf der Sonnenterrasse, wir laden sie zu Weinproben ein, vielleicht können wir sogar im Haupthaus noch was machen.« Der Mann sinnierte einen Augenblick. »Ich hab da eine Idee! Komm mal mit, Schatz!«, forderte er seine Frau auf. Während sie zur Tür strebten, hörte Laura ihn noch sagen: »Wenn wir hier im Haus einen kleinen Laden eröffnen? Mit Feinkost und regionalen Produkten und natürlich dem hauseigenen Wein ...« Laura bekam plötzlich Bauchkneifen. Das ging ihr zu schnell. Natürlich sollte sie froh sein, dass ein Interessent sich so gut ausmalen konnte, was er mit dem Weingut machte, wenn es in seinem Besitz war. Doch offenbar musste Laura gerade lernen, dass es einen erheblichen Unterschied gab zwischen einer lange gehegten Verkaufsabsicht und dem Momnent, in dem man das Objekt tatsächlich hergeben sollte.. Und sie war durchaus davon überzeugt, dass das amerikanische Ehepaar ernsthaftes Interesse hatte.

Etwas schwermütig, auch wenn sie selbst den Verkauf angestrebt hatte, machte sie mit ihren Weinflaschen noch einmal die Runde und erkundigte sich nach den Wünschen der Interessenten. Es kamen weitere Fragen, einer der Italiener erkundigte sich nach der Fläche, die das Gästehaus mitsamt Terrasse und Pool einnahm. Nach seinen Berechnungen könnte man den Ertrag des Weinguts noch steigern, wenn man das Gebäude abriss und die Fläche in einen weiteren Weinberg umwandelte.

»Der Keller und die Kelterei geben noch genug Platz her. Das ist wichtig, um das Potenzial des Weinguts voll auszuschöpfen.« Er ließ sich Wasser nachschenken. »Mit der Optimierung des Anbaus und dem Ausbau der derzeit nicht bewirtschafteten Flächen lassen sich noch etliche Liter mehr aus dem Weingut herausholen. Außerdem könnte man noch eine andere Rebsorte zusätzlich anbauen, um den Aglianico durch weniger tanninhaltige Trauben gefälliger zu verschneiden. Sortenrein kann ja jeder hier in der Gegend anbauen. Das ist nichts Besonderes.« Sein geradezu mitleidiger Blick fiel auf die Flasche in Lauras Hand.

Laura musste sich auf die Zunge beißen, um nicht unbewusst Matteo und seine Anbaumethoden zu verteidigen. Dabei wurde ihr bewusst, wie schwierig es war, einen Käufer zu finden, der das, was Matteo aufgebaut hatte, wertzuschätzen wusste. Laura hatte es ihm versprochen. Sie wusste, dass er sich von den konventionellen Anbaumethoden weg entwickeln wollte. Vielleicht hoffte er sogar darauf, das Weingut biozertifizieren zu lassen, wenn nicht jetzt, dann aber doch in Zukunft. Sie wusste es nicht mit Sicherheit. Dieser Interessent hier drückte in wenigen Worten aus, was er mit dem Weingut zu tun beabsichtigte, und Laura hatte ganz stark das Gefühl, dass das nicht mit Matteos Vorstellung übereinstimmen würde.

Simon und Fiona kamen in den Salon zurück, und Simon wurde sogleich von dem anderen Mann, den Laura für einen Franzosen hielt, belagert. Auch das andere Ehepaar gesellte sich einen Moment dazu, bald jedoch verabschiedeten sie sich von Simon. Laura hatte nicht in Erfahrung bringen können, wie groß ihr Interesse an dem Weingut geworden war.

»Hab ich etwas verpasst?« Fiona kam auf sie zu. Ihrem Gesichtsausdruck und dem Glanz in ihren Augen nach zu urteilen, war es auf der Terrasse zwischen Simon und ihr nicht nur bei einer unverfänglichen Unterhaltung geblieben.

»Oh nein, ich glaube nicht. Die Amerikaner scheinen ein echtes Interesse zu haben, ebenso der Italiener, der sich gerade mit zu Simon und dem Franzosen gesellt hat.«

»Wie ist deine Meinung zu den beiden Parteien?«

»Wenn ich die Wahl hätte, würde ich, glaube ich, sogar das amerikanische Ehepaar bevorzugen, statt des Landsmanns von Matteo.«

»Wieso?« Fiona runzelte die Stirn.

»Nun, sie haben ziemlich deutlich zum Ausdruck gebracht, dass sie das Gästehaus wieder aufbauen und in Betrieb nehmen wollen. Der Gedanke gefällt mir. Außerdem wollen sie noch ein Geschäft eröffnen, um regionale Produkte und den hauseigenen Wein zu verkaufen, jedenfalls klang es so. Das hört sich für mich so in Richtung Ökotourismus an, mit dem Gedanken kann ich mich gut anfreunden.«

»Und der andere?«

»Ertrag optimieren, alles verbessern, mehr herausholen, das Gebäude abreißen, um mehr Fläche zu haben, und so weiter. Klang nicht gerade nach sanften Methoden.«

»Aber es wäre ja sein gutes Recht, mit dem Weingut zu machen, was er will, wenn es ihm letztendlich gehört.« Fionas Einwand war natürlich richtig. Das wusste Laura auch, aber ...

»Ich hab Matteo versprochen, das Weingut nur an Menschen zu verkaufen, die seine Philosophie teilen.«

»Oh, tja. Dann hat der Italiener tatsächlich eher schlechte Karten.«

»Wir müssen abwarten, was sich die nächsten Tage tut. Simon sagte, er würde sich sofort bei mir melden, wenn er was von den Interessenten hört.«

Das Gespräch zwischen dem Makler und den verbliebenen Gästen endete bald, sodass Laura und Fiona mit dem Aufräumen beginnen konnten. Simon gesellte sich zu ihnen und half beim Abwaschen der Gläser und dem Abräumen der restlichen Häppchen.

»Ich würde auf die Amerikaner setzen«, sagte er nach ein paar Minuten, als eine Gesprächspause zwischen ihnen entstand.

»Ich ehrlich gesagt auch. Sie haben ihre Begeisterung offenkundig nicht gespielt. Als du mit Fiona draußen warst, sind sie noch einmal planend und Ideen spinnend durchs Haupthaus geschlendert. Ich wette, dass da noch was kommt.« Laura polierte ein Rotweinglas und stellte es dann vor Simon auf den Küchentisch.

»Und, wären das Käufer in deinem Sinne, Laura?«

»Ja. Zumindest mehr als der eine Italiener, der hat gleich angefangen vom Optimieren des Weinbaus und dem Abreißen des Gästehauses zu sprechen.« Sie schüttelte den Kopf. »Der ist definitiv nicht der Richtige, Simon. Wenn er sich bei dir meldet, erteile ihm bitte eine Absage. Das würde mit Matteo nicht gut gehen.«

»Natürlich.« Simon trocknete das letzte Weinglas ab und

machte Anstalten zu gehen. »Es war ein langer Tag. Aber ein guter«, sagte er mit einem Lächeln auf den Lippen. »Danke für eure Unterstützung! Wir werden sicherlich einen Käufer finden, Laura. Da bin ich mir ganz sicher. Ich melde mich, sobald ich Nachricht erhalte. Und wenn wir wieder genug Interessenten zusammenhaben, machen wir die nächste Tour, okay?«

»Klar. Danke für deinen Einsatz, Simon! Du hast das ganz großartig gemacht.«

»Ich bringe dich noch raus!« Fiona trocknete sich die Hände ab und begleitete Simon nach draußen. Nun galt es, starke Nerven zu bewahren und abzuwarten, ob einer der Besucher angebissen hatte. Auf der einen Seite wünschte sie sich das mehr als alles andere, damit sie endlich in ihr normales Leben nach England zurückkehren konnte, auf der anderen Seite wurde sie plötzlich das Gefühl nicht mehr los, dass das, was sie hier tat, grundfalsch war. Es schien wie bei einem unvollständigen Puzzle: Irgendwo hatte sie ein Teil übersehen, irgendwas passte nicht recht zusammen. Laura räumte die Gläser zurück in die Vitrine und machte sich noch einmal auf den Weg zur Terrasse des Gästehauses. Dort setzte sie sich an die Kante des Pools und blickte versonnen auf den blaugrauen Horizont, der nun in einen sanften Schleier von Abendrot gehüllt war.

Das Medaillon, welches sie vor Tagen in dem Schuppen am Rande der Anlage gefunden hatte, drückte in ihrer Hosentasche gegen ihren Oberschenkel. Einem Impuls folgend, hatte sie es vor der Besichtigung durch die Interessenten eingesteckt. Nun zog sie es hervor und sah sich das Geschmeide noch einmal ganz genau an. Wieder lächelte sie Harriets Porträt an, wieder spürte sie das Erstaunen in sich aufsteigen, dass dieser Mann hinter Harriet ihr Großvater gewesen war. Mit einem traurigen Kopfschütteln klappte sie das Medaillon wieder zu. Sie war zweifellos die rechtmäßige Erbin des Weinguts, wenngleich sie über die Methode, wie Harriet La Florentina gelangt war, immer noch im Unklaren war.

Das Brummen eines Fahrzeugs ließ sie aus ihren Gedanken aufschrecken und den Kopf heben. Sie erkannte Matteos Auto, das sich langsam den Hügel hinaufarbeitete. Noch bevor sie großartig darüber nachdenken konnte, stand Laura auf und ging zügig ins Haupthaus zurück. Sie wollte weder Matteo noch Giulia sprechen und schon gar nicht ihren anklagenden Blicken ausgesetzt sein.

24. Kapitel

Es dauerte nur zwei Tage, bis Laura Nachricht von Simon erhielt: Das amerikanische Ehepaar machte Ernst und wollte das Weingut kaufen.

»Wow! Das geht aber flott!«, konnte Laura nicht umhin, am Telefon zu bemerken.

»Ja, ich muss zugeben, dass ich ebenso überrascht war. Aber wer weiß! Wenn das Geld nicht das Problem ist, warum sollte man dann noch lange fackeln? So, wie du sagst, waren sie ja sogar für den Erhalt des Gästehauses. Das ist definitiv ein Pluspunkt für sie.«

»Oh ja, das stimmt natürlich.« Laura konnte nicht verhindern, dass ihre Stimme atemlos klang. Der Prozess des Verkaufs schien sich mehr und mehr zu verselbstständigen, und obwohl sie es sich wünschte, hatte sie Schwierigkeiten, dort mitzuhalten.

»Dem Italiener musste ich übrigens tatsächlich absagen«, sagte Simon gerade. »Er wollte das Weingut ebenfalls haben, aber wie wir bereits besprochen haben, passen seine Absichten wohl nicht mit der Vereinbarung überein, die du mit Matteo getroffen hast.«

»Danke, Simon, dass du mir das abnimmst.«

»Dafür bin ich ja da. Wie sieht es aus, kannst du morgen Vormittag kurz vorbeikommen, um den Vorvertrag zu unterschreiben? Oder spricht nun deinerseits doch etwas gegen den Verkauf an die beiden?«

»Oh nein, das geht in Ordnung.« Laura war baff, und das sagte sie ihm auch. »Kaum zu glauben, dass wir es tatsächlich geschafft haben sollten, das Weingut an den Mann zu bringen, Simon. Ich staune, wie schnell das alles plötzlich geht!«

»Ja, manchmal ist das so. Hängt ja auch vom Objekt ab. Dass wir dein Weingut verkauft bekommen, daran hatte ich nie Zweifel. Es ist ein gutes Objekt. Das macht die Sache wesentlich einfacher. Komm doch morgen gegen zehn vorbei, ja? Dann machen wir alles fertig.«

»Einverstanden. Bis morgen dann!«

Am nächsten Tag hatte Laura noch genug Zeit für einen zweiten Kaffee, bevor sie sich zu Simon auf den Weg machen musste. Fiona war am Abend gar nicht mehr zurückgekommen, und Laura dachte mit einem Schmunzeln daran, dass sie ihre Freundin sehr wahrscheinlich bereits bei Simon antreffen würde, wenn sie zur vereinbarten Zeit dort erschien.

Neben ihrer Kaffeetasse lag Amalias Tagebuch auf dem Tisch. Sie hatte es am Abend zuvor noch aus der Schublade hervorgeholt, war dann aber zu müde gewesen, um darin weiterzulesen. Laura ließ die Frage nicht los, wie Harriet in den Besitz des Weinguts gelangt war. Sie hoffte, eine Antwort in Amalias Dokumentation zu finden. Das Lesezeichen steckte im letzten Drittel des Buches.

Laura blätterte bis zur markierten Seite und begann zu lesen …

22. Juni 1960

Mein Mann ist betrunken Auto gefahren und hat einen schweren

Unfall gehabt. Wie mir die Polizei mitteilte, war er abends zum Kartenspielen im Ort – er ist in letzter Zeit nur noch am Spielen und kümmert sich sonst um gar nichts mehr! – und hat anscheinend ordentlich dem Wein zugesprochen. Obwohl die Gastgeber ihm angeboten haben, dass er bei ihnen übernachten kann, hat er darauf bestanden, noch zu fahren. Sie hätten ihm den Schlüssel wegnehmen sollen! Nun sitze ich hier mit dem Mädchen, diesem Kind, das nicht meines ist, und dem Weingut, das ich alleine nicht bewirtschaften kann. Ich bin verzweifelt. Die Ärzte gehen nicht davon aus, dass Carl sich jemals wieder erholen wird. Seine Verletzungen sind zu stark. Er ist wohl zu schnell gefahren, hat die Gewalt über das Auto verloren und ist frontal in eine Felsnase gerast, als er ins Schleudern geraten ist. Anschließend hat sich der Wagen mehrmals überschlagen und ist auf dem Dach liegend mitten auf der Straße liegen geblieben. Wenige Meter weiter, und er wäre den Hang hinabgestürzt. Ich bin so sauer auf Carl! Wie kann er es wagen, sich derart zu betrinken? Was für eine Schande für unsere Familie!

24. Juni 1960

Er ist heute Morgen in meinen Armen gestorben.

Am Ende ging alles ganz schnell. Ich bekam bereits gestern Abend die Nachricht, dass sich sein Zustand rapide verschlechtert. Ich bin sofort losgefahren, obwohl ich keinerlei Gefühle mehr für diesen Trunkenbold hege. Georgina habe ich bei Giulia in Obhut gegeben. Sie kümmert sich gut um das Mädchen, das tut sie immer.

Die Nacht habe ich an seinem Bett verbracht. Die ganze Zeit habe ich darauf gehofft, dass er noch einmal aufwacht. Er sollte nicht einfach so gehen können. Es wäre ein Sich-Davonstehlen gewesen, und das hätte es ihm viel zu leicht gemacht. Oh nein! Nicht auf diese Art!

Carl hat mir den Gefallen getan, noch einmal aufzuwachen. In seinen Augen standen Schmerz und ein Ausdruck von Reue. Tatsächlich tat er mir für einen Augenblick leid, wie er dalag, so machtlos, klein und dem Tode nahe. Hätte ich ihm verzeihen können, dass er eine Affäre mit Harriet hatte? Ich weiß es nicht. Ich bin mir nicht sicher. Italien war unser gemeinsamer Traum gewesen. Wir wollten wieder Farben sehen, die Wärme nach den Grausamkeiten des Krieges spüren. Und dann betrügt er mich mit einer anderen! Und macht ihr auch noch ein Kind, ein gesundes, während meine Kinder beide tot sind! Es ist so ungerecht!

Aber auch im Tod hat Carl noch Macht über mich. Oh ja! Bevor er starb, gestand er mir, dass er einen hohen Preis zu zahlen hatte, damit er Georgina bekam. Harriet hat ihm das Mädchen nicht einfach so gegeben, damit ich es an meines Kindes statt als meine Tochter aufziehen kann. Oh nein! Diese durchtriebene Person hat das Weingut im Austausch gegen das Kind erhalten! Man stelle sich das vor!

Wie hat er sich von ihr so weichklopfen lassen können, dass er ihr das zugestanden hat? Ihm war doch klar, dass ich an La Florentina hänge, dass das Gästehaus mit dem Künstlertreff mein Ein und Alles geworden ist. Wie konnte er mir das antun?

Auch jetzt noch, Stunden nach seinem Tod – ich bin wieder auf dem Weingut –, bin ich so wütend auf ihn, empfinde nur noch Verachtung für diesen verlogenen Kerl!

Aber ich hätte es wissen müssen. Im Grunde genommen hätte ich es viel früher wissen müssen, was für ein Charakter Carl wirklich ist, gleich in dem Augenblick, als ich sein Kriegstagebuch gefunden und es heimlich gelesen habe. Ein Mann, der seine wahre Identität aufgibt, der auch nicht vor Heimtücke und Mord zurückschreckt, nur um nicht mehr an die Front zurückzumüssen, dem ist alles zuzutrauen.

Ich sitze hier und weine. Ich wische die Tropfen weg, damit sie das Papier nicht durchweichen. Aber jetzt gerade spüre ich, wie meine Welt endgültig in sich zusammenbricht. Ich bereue, Carl geheiratet zu haben. Oh ja! Ich bereue, nicht in dem Augenblick zurückgegangen zu sein, als ich durch sein Kriegstagebuch herausfand, wer er in Wirklichkeit war. Ich hätte unserer Verbindung bereits zu dem Zeitpunkt ein Ende setzen müssen. Und wie sehr bereue ich es, Harriet in unser Leben gelassen zu haben! Aber wenn ich genau darüber nachdenke: Ist es überhaupt ihre Schuld? Wer weiß, welche Versprechungen mein Mann ihr gemacht hat, um sie in sein Bett zu locken? Es ist nicht ihre Schuld, dass ich zu schwach war, mich gegen Carl durchzusetzen. Dass ich zu feige war, die Ehe zu beenden, als sie schon längst erkaltet war. Gesellschaftlich betrachtet wäre es sicherlich eine Schmach für mich geworden, von meinem Mann getrennt zu leben. Aber andererseits: Es gibt so viele Kriegswitwen! Da wäre ich doch kaum aufgefallen. Nein, ich muss schon so ehrlich zu mir sein und mir eingestehen, dass mich meine Bequemlichkeit und mein Geltungsbedürfnis weiterhin hier in Italien gehalten haben.

Aber nun ist Carl, der gar nicht wirklich Carl, sondern Adrian hieß, tot.

30. Juni 1960

Heute war die Beisetzung. Er ist unter der Erde, es ist vorbei. Am Ende standen nur drei Frauen an seinem Grab: Giulia, Georgina und ich. Es war schnell vorüber, und das ist auch gut so.

Ich muss jetzt nach vorne denken. Mein Leben geht weiter. Mir wird immer mehr bewusst, dass ich nicht länger hierhin gehöre.

Ich habe deshalb auch schon mit Giulia gesprochen. Mein Entschluss, Italien zu verlassen, steht fest. Unter Tränen habe ich sie gebeten, Georgina bei ihr lassen zu dürfen. Ich ertrage es einfach nicht länger, dass dieses Kind, dieses Mädchen als Zeugnis meiner Vergangenheit mich ständig an meine Verfehlungen erinnert, allein durch ihre Anwesenheit. Ich will frei sein, ich will noch einmal von vorn anfangen. Ich kann dieses Mädchen nicht lieben, sosehr ich es auch versucht habe. Ich habe mit dem Gefühl tiefster Schuld feststellen müssen, dass ich einem Schatten nachgejagt habe. Georgina ist nicht Valentin und auch nicht Sophia. Ich habe diese Gewissheit immer verdrängt, dachte, ich könnte darüber hinwegsehen, aber das konnte ich nicht. Ich habe Angst, dass Georgina das spürt.

Zum Glück hat Giulia eingewilligt, sich um die Kleine zu kümmern. So hab ich eine Sorge weniger. Ich werde natürlich für alle Unkosten aufkommen, das habe ich Giulia fest versprochen.

Dass das Weingut nicht länger in meinem Besitz ist, konnte ich ihr nicht sagen. Ich habe es nicht übers Herz gebracht. Außerdem habe ich Angst, dass sie sich dann doch nicht mehr um Georgina kümmern will.

Ich weiß nicht, ob sie noch Kontakt zu Harriet in England hat. Die beiden hatten sich immer ganz gut verstanden. Sie waren wie Freundinnen. Ein Umstand, der mich ein wenig neidisch hat werden lassen, denn Giulia ist in meiner Anwesenheit nie so aufgetaut wie in Harriets.

Meinen Kontakt zu Künstlern werde ich auch in Berlin beibehalten. Mein größter Wunsch war es immer, Farbe und Wärme in mein Leben zurückzubringen. Der Krieg hat mir so viel genommen. Er hat so viel zerstört und nur Grau hinterlassen. Ich erinnere mich noch, wie ich in all den Trümmern in Berlin stand und tagein, tagaus mit so vielen anderen verhärmten und verdreckten Menschen versucht habe, Herrin über die Schuttberge zu werden.

Vielleicht haben sie es mittlerweile geschafft. Ich weiß es nicht genau.

Vielleicht ist in Berlin immer noch viel zu viel grau. Aber mir macht das nichts mehr aus, denn meine Kontakte ermöglichen es mir, Farbe und Licht nach Berlin zu bringen. Das ist meine neue Perspektive für das Leben nach Italien: Ich werde in Berlin eine Kunstgalerie eröffnen!

Mit zitternden Fingern schlug Laura die Seite um, wollte weiterlesen. Doch das Tagebuch gab nichts mehr preis, Amalia hatte entweder ganz aufgehört, Tagebuch zu schreiben, oder sie hatte ein neues angefangen. Vielleicht war das so, überlegte Laura. So, wie sie ihr altes Leben in Kampanien spätestens im Zug nach Deutschland abgelegt hatte, indem sie alles zurückließ, das sie emotional belastete, hatte sie vielleicht auch einfach mit diesem Tagebuch abgeschlossen und sich in Berlin ein neues zugelegt.

»Sie hat sie einfach zurückgelassen.« Der Schock saß tief. Laura starrte auf ihren halb ausgetrunkenen Kaffee. Sie spürte eine uralte Trauer über einen Verlust, der bis heute in den Familien Santoro und van Dyck nachklang. Was war hier, an diesem wunderbaren Flecken Erde alles zerstört worden! Ein Mann, der es offenbar dank seiner Überredungskünste hinbekommen hatte, das Weingut in seinen Besitz zu bringen. Ein Kuckuckskind, das Teil eines Handels wurde, der Tausch des Kindes gegen das Weingut, aber wofür? Nur um zu spüren, was es bedeutete, nicht geliebt zu werden. Wie lange hatte die kleine Georgina ihre Ziehmutter Giulia wohl gefragt, wann ihre Mutter zurückkäme? Und was hatte die resolute Giulia ihr geantwortet? Hatte Georgina wenigstens durch die Santoros Liebe erfahren dürfen, oder war auch diese Familie nicht in der Lage, das Mädchen zu lieben, weil ihre Eltern die gemeinsame Vergangenheit schwer belasteten? Laura wollte am liebsten sofort aufspringen und mit Giulia reden. Sie wollte von der alten Frau wissen, wie das damals wirklich gewesen war. Und gleichzeitig war ihr klar, dass sie das nicht machen konnte. Nicht machen durfte, weil es die Sechsundachtzigjährige zu sehr aufregen könnte. Weil Matteo vielleicht gleich zur Stelle war, um ihr Einhalt zu gebieten, und weil sie nicht wusste, wie sie Matteo noch einmal gegenübertreten konnte, ohne dass ihr gleich die Schamesröte über die Verfehlungen ihrer eigenen Familie ins Gesicht schoss.

Laura blieb, wo sie war. Sie las die letzten Passagen aus Amalias Tagebuch noch einmal. Doch es wurde nicht besser, je häufiger sie die Worte dieser egoistischen Person las, die die Besitzerin des Weinguts gewesen war. Sie fragte sich, was ihren Großvater bewogen haben mochte, das Weingut herzugeben. Laura glaubte nicht einen Moment daran, dass es ihm um seine Tochter Georgina gegangen war und er sie unter seinem Dach wissen wollte. Vielmehr nahm sie an, dass Carl innerlich mit seiner Ehe und dem Weingut abgeschlossen hatte und es deshalb so leichtfertig aus der Hand gab. Und sicherlich musste es mit diesem Kriegstagebuch zusammenhängen, das Amalia erwähnt hatte. Etwas in diesem Tagebuch ihres Großvaters musste derart viel Macht über ihn gehabt haben, dass er damit erpressbar war. Bei der Gefühlskälte, die ihr aus Amalias Worten entgegensprang, wunderte es Laura nicht, dass Amalia genau das auszunutzen gewusst hatte. Dennoch, sie hieß das Verhalten ihres Großvaters in keiner Weise gut, denn der Preis, den ihn seine Affäre kostete, war zu hoch gewesen: Georgina hatte zeitlebens nicht gelernt, anderen Menschen Vertrauen entgegenzubringen.

Plötzlich flossen die Tränen. Laura schniefte und wischte sich die salzigen Tropfen von den Wangen. Sie schob das Tagebuch ein

Stück weiter auf den Tisch, damit ihre Tränen es nicht durchnässten.

»Was für ein Chaos«, murmelte sie und ließ ihren Tränen freien Lauf. Sie weinte um ihre Mutter und auch um sich selbst. Denn nicht nur ihre Mutter hatte unter dem Geschachere ihrer Eltern gelitten, sondern auch sie, Laura, hatte das Verhalten ihrer Mutter ganz unbewusst übernommen. Laura wusste jetzt, was Fiona wirklich gemeint hatte, als sie ihr sagte, dass sie noch nicht in sich selbst angekommen sei. Wie waren ihre Worte in dem Restaurant noch gewesen, als sie sich zum letzten Mal in England getroffen hatten? »Wenn du nicht lernst, den Rückhalt zuerst in dir selbst zu finden, wirst du immer wieder auf die Nase fallen.« Ja, so hatten sie geklungen. Und Laura verstand nun endlich, was Fiona damit gemeint hatte. Und sie verstand auch, warum sie so war, wie sie war. Der Schlüssel dazu waren die Ereignisse in diesem Tagebuch gewesen, das vor ihr auf dem Tisch lag.

»Hallo, Simon!« Laura stand inmitten des Büros von Simon Gaillano und begrüßte ihren Makler. Er sah gut aus, fand sie. Irgendwie erholt.

»Laura, wie schön, dass du da bist! Kaffee?«

»Ja, gern. Und ein Glas Wasser bitte.«

Laura setzte sich auf das schwarze Ledersofa in der Sitzecke. Vor ihr auf dem Glastisch lagen Zeitschriften. Architekturmagazine, aber auch Einrichtungshefte. Einen Moment lang war sie versucht, sich eins der Magazine zu nehmen, um darin zu blättern und Ideen zu sammeln. Aber spätestens in dem Augenblick, als ihr Fiona mit einem Tablett mit den gewünschten Getränken entgegenkam, war sie sich nicht mehr sicher, ob es bald überhaupt noch Gelegenheit geben würde, etwas einzurichten.

Fiona sah ebenfalls erholt aus, so, als ob sie tief und fest wie eine Katze geschlafen hätte.

»Guten Morgen!« Sie stellte die Kaffeetasse vor Laura auf den Tisch und das Glas Wasser daneben.

»Hi! Wie geht's dir? Ich nehme an, du hast bei Simon geschlafen?«

»Ja.« Auf Fionas Gesicht erschien ein Lächeln, das von so viel Glück zeugte, dass es Laura fast zu sehr schmerzte, es zu sehen. Sie wollte das auch, gestand sie sich ein. Sie wollte auch einen Mann an ihrer Seite haben, der imstande war, so ein Lächeln auf ihr Gesicht zu zaubern.

»Du siehst so aus, als ob du die Sahneschüssel ausgeschleckt hättest.« Sie rührte in ihrem Kaffee und stellte mit leichter Genugtuung fest, dass ihre Freundin wenigstens rot wurde. Für einen kurzen Moment.

»Ehrlich gesagt: Die Sahneschüssel und die Milchkanne noch dazu.«

»Oh!« Laura blickte Fiona genauer an. Und ja, sie hatte nicht übertrieben, sie wirkte tatsächlich überglücklich und gelöst.

»Ich freu mich für dich, Fiona, auch wenn ich zugeben muss, dass ich langsam Angst um unser Projekt in England bekomme.«

Ein Schatten huschte kurz über Fionas Gesicht, doch sie ließ sich nichts anmerken. In dem Augenblick trat Simon mit einem Stapel Dokumente an den Tisch, und Fiona blieb Laura eine Antwort schuldig. »Ich lass euch mal allein«, verabschiedete sie sich und zog sich zurück.

Laura wusste nicht, was sie davon halten sollte. Mit einem flauen Gefühl überlegte sie, ob sich hier gerade eine weitere Tür schloss. Und ob das schlimm wäre. Aber bevor sie ihre Gedanken sortieren konnte, sprach Simon sie an.

»So, heute ist der große Moment da, auf den du wochenlang hingearbeitet hast, Laura.«

»Oh ja, allerdings. Und dann ging alles so schnell!« Sie kam sich selbst etwas atemlos vor. Das Tagebuch hatte sie so abgelenkt, dass ihr erst jetzt richtig bewusst wurde, was sie im Begriff war zu tun.

»Es liegt in deiner Hand, Laura.« Simon überreichte ihr einen Kugelschreiber. Laura nahm ihn entgegen und betrachtete ihn skeptisch. Und plötzlich merkte sie, wie ihre Hände zu zittern anfingen. Vielleicht hatte sie doch zu viel Kaffee getrunken? Aber sie wusste selbst, dass das nicht die Ursache ihres Zitterns war.

»Vor dir liegt der Vorvertrag für die Übertragung des Weinguts auf die Familie Chapman. Die Chapmans stammen übrigens aus Boston, eine alteingesessene Familie. Mrs Chapman kam nicht umhin, zu betonen, dass ihre Vorfahren nachweislich bis zu den Passagieren der Mayflower zurückreichen.«

»Ach, tatsächlich?« Laura fühlte sich etwas erschlagen. »Nun ja, jedem seine Traditionen, nicht wahr?« Mit einem Mal wurde ihr bewusst, wie viel Bedeutung manche Menschen auf ihre Abstammung legten. Wurde das eigene Leben dadurch besser, wenn man auf einen möglichst alten Familienstammbaum zurückgreifen konnte? Was Mrs Chapman wohl davon halten würde, wenn sie wüsste, dass Lauras Großvater sogar so weit gegangen war, seine ursprüngliche Identität gegen eine andere, seiner Meinung nach vorteilhaftere einzutauschen?

»Es liegt nun an dir.« Er deutete auf die Papiere. »Der Vorvertrag ist insofern wichtig, weil hier explizit geregelt ist, welche Schutzrechte die Familie Santoro genießen wird. Wenn sie diesen Vorvertrag mit seinen Bedingungen nicht anerkennen, erhalten sie das Weingut nicht.«

»Was genau hast du zum Schutz von Giulia und Matteo verklausuliert?«

»Wie wir besprochen hatten: Lebenslanges Wohnrecht auf dem Weingut. Lebenslanges Nutzungsrecht des Weinguts, im Speziellen in Bezug auf den Weinbau. Darüber hinaus eine Klausel, dass die Anbaumethoden nur in Zustimmung mit Matteo verändert oder angepasst werden dürfen. Die Chapmans können mit dem Haupthaus und dem alten Gästehaus machen, was sie wollen, und so, wie es sich bei der Besichtigung anhörte, werden sie dort wohl auch mit den Arbeiten beginnen. Auch ist es zulässig, dass sie den Gästehausbetrieb wieder aufnehmen, also dass das Weingut dauerhaft Gästebesuch und Gästewechsel haben wird. Den Raum muss man den Chapmans einfach zugestehen, damit sie nicht abspringen. Und ich denke, das ist auch in Matteos Sinn. Er hat nie gesagt, dass er gar keinen Gästebetrieb mehr haben will, sondern immer, dass ihm lediglich die Zeit und die finanziellen Mittel fehlen, um sich darum auch noch zu kümmern.«

»Stimmt.« Laura nickte und trank einen Schluck Wasser. Das Zittern ihrer Hände ließ langsam nach. Je mehr Simon ihr über den Vorvertrag offenbarte, umso ruhiger wurde sie.

»Mir ist es wichtig, die Position der Santoros zu schützen und in gewisser Weise auch zu stärken. Das hatten wir so besprochen, und so steht es auch im Vertrag. Matteo beherrscht den Weinbau, er kümmert sich um Giulia, und er wirtschaftet mit leichtem Überschuss. Es ist wichtig, ihm diesen Spielraum auf dem Weingut zu lassen. Davon profitieren die Chapmans mit ihrem angedachten Gästebetrieb ebenfalls. Ein bestellter Weinberg und ein gefüllter Weinkeller wirken ungemein attraktiv auf potenzielle Gäste. Die Chapmans könnten ein hübsches Boutique-Hotel aus dem Gästehaus machen, wenn du mich fragst.«

»Das klingt alles wohldurchdacht, Simon.« Laura strich sich

eine Haarsträhne hinters Ohr und griff nach dem Kugelschreiber. »Mir ist es wirklich wichtig, dass Matteo und Giulia durch den Verkauf keinen Schaden haben.«

»Nein, dafür haben wir gesorgt.« Er zeigte ihr die entsprechenden Passagen in den Dokumenten, dann deutete er auf die Seiten, auf denen sie zu unterschreiben hatte.

Laura setzte den Stift an und unterschrieb die erste Seite. Ihr Herz klopfte plötzlich wie verrückt vor Aufregung. In Kürze würde sie frei sein, überlegte sie. Ganz frei von einem Klotz aus der Vergangenheit. Von etwas, das ihrer Familie niemals hätte gehören dürfen.

Als sie die nächste Seite unterschrieb, hielt sie kurz inne. Simon, der aufgestanden war, um sich eine Tasse Kaffee zu holen, bekam von ihrem Zögern nichts mit. Die Unterschrift auf der zweiten Seite wirkte etwas verunglückt, als sie fertig war. Aber immerhin. Sie hatte unterschrieben. Eine Seite noch, dann war sie durch. Dann wäre das Thema Weingut endgültig abgehakt.

Wieder ein Zögern. Wieder Unsicherheit, ob sie das Richtige tat. Diese eine letzte Unterschrift. Komm, das schaffst du, ermunterte sie sich selbst. Das Zittern kehrte wieder zurück, begleitet von einem flauen Gefühl im Bauch. Es war, als ob ihr Unterbewusstsein sie warnen wollte, die letzte Unterschrift nicht zu tätigen. Das Weingut nicht an das sympathische amerikanische Ehepaar mit dem Stammbaum bis zur Mayflower zu überschreiben. Laura begann zu schwitzen, und die Zeile, in die sie ihren Namen setzen sollte, verschwamm vor ihren Augen.

Es war richtig, beschwor sie sich. Sie wollte das Weingut doch verkaufen! Das Medaillon, welches sie auch an diesem Tag bei sich trug, brannte wie ein kleines Feuer in ihrer Hosentasche. Es erinnerte sie an das schmutzige Geschäft ihrer »Tante«, womit diese überhaupt in den Besitz des Weinguts gelangt war. Und es erinnerte sie an ihre Mutter Georgina, die zeitlebens unter den Fehltritten ihrer Mutter gelitten hatte und noch immer litt.

Plötzlich flog der Stift schwungvoll über das Papier. Laura setzte die letzte Unterschrift darunter und atmete tief durch, als sie es geschafft hatte.

Das war's. Aus, vorbei. Das Weingut gehörte nicht länger der Familie van Dyck.

»Na, alles klar?« Simon kehrte mit einem vollen Kaffeebecher zurück.

»Ja!«, sagte Laura kurzatmig, als könnte sie selbst kaum glauben, was sie da gerade gemacht hatte. Hastig reichte sie ihm die Papiere. »Fertig. Es ist alles unterschrieben.«

»Glückwunsch zu dem Verkauf, Laura!« Simon gratulierte ihr. »Ich schicke den Vertrag an die Chapmans, und erst wenn er uns gegengezeichnet wieder vorliegt, setzen wir einen Notartermin an. Das dürfte dann nur noch eine reine Formsache sein, weil wir die wesentlichen Punkte hier in diesem Vorvertrag geregelt haben.«

»Alles klar.« Laura schwitzte immer noch, und ihr Herzschlag hatte sich bei Weitem noch nicht beruhigt. Sie spürte, wie sich erneut Zweifel festzusetzen drohten, und biss sich auf die Innenseite ihrer Wangen. »Hör mal«, sagte sie zu ihm, »ich werde für ein paar Tage nicht da sein, okay? Es wird ja ohnehin etwas dauern, bis der Notartermin einberaumt ist. Ich muss mir über ein paar Sachen klar werden, jetzt, wo dieser Brocken geschafft ist. Fiona, ähm, also, bleibt sie noch länger bei dir?«

»Sehr wahrscheinlich. Soll ich sie dir herholen?« Laura schätzte Simons einfühlsame Art sehr.

»Nein danke. Das ist nicht nötig. Richte ihr einfach aus, dass ich den Schlüssel für das Haupthaus am gewohnten Platz für sie deponiere, ja? Ich pack mir einen Rucksack mit ein paar Sachen und muss mal zwei, drei Tage hier raus.«

»Wohin willst du?«

»Ich weiß noch nicht genau. Vielleicht stürze ich mich in den Trubel in Neapel, oder ich campe ein paar Tage weiter südlich im Nationalpark. Keine Ahnung.« Laura wusste es tatsächlich noch nicht.

»Alles klar. Dann pass gut auf dich auf, ja? Wir möchten dich wohlbehalten zurückhaben.«

»Danke, Simon!« Laura erhob sich. »Richte Fiona meine Grüße aus, ja? Und danke noch mal für alles!«

»Immer gern, Laura. Ich begleite dich hinaus.«

Zurück auf La Florentina, packte Laura etwas Wechselwäsche in ihren Rucksack, räumte Duschzeug und ihre Zahnputzsachen hinein und war eine knappe Stunde später in ihrem Fiat auf der Straße unterwegs Richtung Süden. Sie kam sich vor wie auf der Flucht. Und vielleicht war sie das auch, überlegte sie. Mit einem bitteren Geschmack im Mund gestand sie sich ein, dass sie wieder einmal vor sich selbst davonrannte, denn sie hatte in ihrem Plan, das Weingut zu verkaufen, zwar an alles gedacht, jedoch nicht an das Gefühl, sich dieses Mal selbst den Ast auf dem sie saß, abgesägt zu haben. Kopfschüttelnd fuhr sie die Küstenstraße entlang, am Kap Palinuro vorbei, bis tief in den Süden des Nationalparks. Es lief doch alles perfekt, sie war an ihrem Ziel angekommen. Warum bloß hatte sie jetzt das Gefühl, alles falsch gemacht zu haben?

25. Kapitel

»Wow!«, rief Laura beim Anblick der üppig gefüllten Teller voller Anerkennung aus. Sie war an diesem Vormittag von ihrer Auszeit zurückgekehrt und hatte sich mit Fiona zu einem Imbiss auf der Terrasse des Haupthauses verabredet. »Das sieht irre gut aus, und ich muss gestehen, dass ich vor Hunger fast umkomme.« Sie setzte sich an den Tisch und betrachtete Fionas Werk interessiert. Appetitlich angerichtete kalte Häppchen ließen ihr das Wasser im Mund zusammenlaufen. Es gab eingelegtes Gemüse wie Oliven, Paprika und Artischocken, dazu frisches Brot, eine kleine Wurst- und Käseplatte, Gemüserohkost mit einem Dip und eine Schale mit Obst.

»Wie bist du an die Kräuter herangekommen?« Die zwischen die Gemüse- und Brotstücke gesteckten Kräuter verströmten einen angenehmen Duft und gaben den angerichteten Platten den letzten Schliff.

»Oh, ich habe bei Giulia gefragt, ob ich mir ein paar Zweige schneiden darf. Sie hat einen Kräutergarten unterhalb ihres Hauses.«

»Ach tatsächlich? Das ist sehr nett von ihr.«

»Komm! Lass uns anfangen!«, forderte Fiona sie auf. Das ließ sie sich nicht zweimal sagen und griff sich eins der appetitlichen Teilchen.

»Wo bist du gewesen, und wie war es?«, erkundigte Fiona sich bei ihr, nachdem sie die ersten Minuten schweigend gegessen hatten.

»Ich war im südlichen Teil des Nationalparks Cilento in einer Camping Lodge«, antwortete Laura zwischen zwei Bissen. »Es war wunderbar ruhig, ganz viel Grün und Natur um mich herum. Der ideale Ort, um abzuschalten. Das hab ich nach dem ganzen Trubel auf dem Weingut gebraucht.« Sie pikste eine schwarze Olive mit einem Holzspießchen auf und betrachtete den Tropfen Kräuteröl, der langsam an der Frucht hinabrann.

»Das klingt richtig erholsam«, stimmte ihre Freundin ihr zu.

Laura schob sich die Olive in den Mund und kaute einen Moment lang genüsslich. Dann setzte sie das Gespräch fort. »Fiona, ich muss dir was sagen.« Laura holte tief Luft, dann sprudelte alles aus ihr heraus, das sich in den letzten Tagen in ihrem Kopf zusammengebraut hatte. »Ich bin mir ziemlich sicher, einen riesigen Fehler gemacht zu haben, das Weingut an die Chapmans zu verkaufen.«

»So? Wieso? Du wolltest es doch unbedingt.«

»Der Grund dafür ist der nächste Punkt: Du hast mir in England gesagt, dass ich nicht gelernt habe, den Halt in mir selbst zu finden, sondern mich immer an äußere Faktoren hänge, anstatt zuerst mal mit mir selbst ins Reine zu kommen. Erinnerst du dich?«

»Au Mann, Laura, es tut mir echt leid, ich wollte nicht so forsch sein …« Fiona setzte zu weiteren Entschuldigungen an, aber Laura ließ sie nicht ausreden. Sie hob die Hand und sagte dann: »Nein, warte! Es ist ja vollkommen richtig, dass du das gemacht hast. Auch wenn es mich damals echt getroffen hat, war es richtig. Die Wahrheit ist nun mal nicht immer einfach.«

Sie trank einen Schluck Wasser. »Durch den Verkauf des Weinguts an Fremde habe ich mir selbst weismachen wollen, dass mich meine ganze Familiengeschichte nichts angeht. Dass ich mit meiner Familie – vor allem meiner Mutter – nichts zu tun haben will und sie nicht brauche. Ich verkaufe das Weingut, zack!, zack!, sämtliche Familienprobleme sind vom Tisch, und ich bin fein raus und hab die Beziehung zu meiner Mutter endgültig durch. Leider funktioniert das so aber nicht. Ich wünschte, es wäre so einfach. Seien wir ehrlich: Solange ich mich mit Georgina nicht vernünftig ausspreche, wird sich an unserem Verhältnis gar nichts ändern, egal ob ich das Weingut noch besitze oder nicht.«

»Das stimmt allerdings.«

Laura nahm noch einen großen Schluck Wasser und tat sich etwas Brot auf den Teller. »Hinzu kommt, dass ich gleichzeitig im Begriff war, meine eigene Zukunft von meiner Familienvergangenheit bestimmen zu lassen, ohne es zu merken.«

»Wie meinst du denn das jetzt?« Fiona blickte sie stirnrunzelnd an.

»Im Nationalpark ist mir klar geworden, dass ich – wenn auch unbewusst – die ganze Verantwortung für die Familienvergangenheit übernommen habe und mich obendrein sogar noch schuldig gefühlt habe, obwohl ich die Ereignisse gar nicht verursacht habe. Das schwierige Verhältnis zu meiner Mutter ist vielleicht sogar eine Einladung dazu gewesen. Ich bin also wieder nicht meinem Herzen gefolgt, sondern habe – ohne mir darüber im Klaren zu sein, was *ich* eigentlich will und brauche – dieses Mal ganz offensichtlich den Halt in der Vergangenheit gesucht und mich davon leiten lassen.«

»Das ist heftig«, brachte Fiona hervor. Sie schenkte sich etwas von dem gekühlten Weißwein ein und bot auch Laura davon an, was diese aber mit einer Handbewegung ablehnte. Sie wollte dieses Gespräch lieber mit klarem Kopf führen.

Laura fuhr fort: »Ich brauche eine Familie, *meine* Familie, auch wenn ich mir lange Zeit weiszumachen versuchte, dass dem nicht so ist. Und ich möchte auch endlich das Gefühl haben, das Richtige zu tun. Genau dieses Gefühl, das Richtige zu tun, hat sich mit dem Verkauf des Weinguts an Fremde nicht eingestellt. Wie sollte es auch, wenn ich mich dem eigentlichen Problem nicht gestellt habe – nämlich mir selbst und meinen Gefühlen? Im Gegenteil: Ich habe die ganze Zeit unterschwellig gewusst, dass ich das Falsche tue.«

»Wenn du das gewusst hast, wieso hast du es dann trotzdem durchgezogen? Das macht doch überhaupt keinen Sinn!«

»Weil ich ein Angsthase bin. Deshalb. Ich bin vor mir selbst davongelaufen, so, wie ich es immer mache. Es wird kompliziert – Laura haut ab! Da will jemand oder etwas mein Vertrauen – bloß nicht! Ich soll Verantwortung für eine große Sache übernehmen – uuuuh!. Ich bin unglaublich gut darin, mir selbst etwas vorzumachen und mir lieber noch einen weiteren Deckmantel der Coolness umzulegen, anstatt mich den Dingen zu stellen.«

»Und was willst du jetzt unternehmen? Was bedeutet es für dich, deinem Herzen zu folgen?«

»Ich werde das Weingut Giulia Santoro überschreiben. Indem ich es seinem ursprünglichen Besitzer zurückgebe, habe ich das Gefühl, das Richtige zu tun und damit einen Schlussstrich unter die Familiengeschichte zu ziehen. Durch die Rückgabe werde ich frei von diesem Erbe sein und bin somit auch nicht länger an seine Vergangenheit gebunden, auch im Geiste nicht. Ich kenne jetzt zwar die Geschichte von La Florentina, aber sie wird nicht länger über mich bestimmen.« Laura setzte sich gerade hin und richtete sich auf. Nun kam der schwerste Teil des Gesprächs mit Fiona. »Das bedeutet leider auch, dass ich weiterhin kein Kapital zur Verfügung habe, um das von uns beiden geplante Restaurant aufzubauen. Das tut mir sehr leid, denn ich möchte das nach wie vor immer noch. Ich weiß nicht, ob du es noch willst, Fi, aber wenn, dann wird das wohl doch noch eine Weile dauern.« Laura spürte Unsicherheit und Angst in sich hochsteigen. Die wohlbekannten Gefühle rissen an ihr, zerrten, als wollten sie sie vom Stuhl hochreißen und sie in die Flucht schlagen. Aber dieses Mal saß sie es sprichwörtlich aus. Weglaufen kam nicht mehr infrage, das schwor sie sich.

»Welche Rolle spielt denn eigentlich Matteo bei dem Ganzen?«

»Matteo?«, echote Laura irritiert. Sie hatte mit allem gerechnet, nur nicht mit dieser Frage.

»Ja. Wie stehst du zu ihm?«

»Äh. Nun ja, also, da läuft nichts mehr zwischen uns, falls du das meinst.« Laura kam ins Schlingern. Erst im letzten Moment merkte sie, dass sie gerade wieder anfing, eine ehrliche Antwort wegzudrücken. Ihr Kopf schien Tricks mit ihr zu spielen, wollte in bewährte Ausweichmanöver flüchten.

»Okay. Ganz ehrlich, ganz offen.« Sie holte tief Luft, dann gestand sie ihrer Freundin: »Ich habe mich in Matteo verliebt, und ich habe es absichtlich vermasselt.«

»Laura ...« Fiona schüttelte den Kopf und verdrehte die Augen.

»Wie ich bereits sagte: Es ist die Angst.«

»Angst? Wovor?«

»Tja. Ich nehme an, ich habe Angst davor, verletzt zu werden, Angst vor Zurückweisung, Angst vor Vertrauen ... ich weiß nicht, offenbar Angst vor allem.« Sie zuckte ein wenig hilflos mit den Schultern. »Also habe ich ihn lieber von mir gestoßen, als mich diesen Ängsten zu stellen.«

»Und damit weist du auch all das Schöne, das Liebe mit sich bringt, zurück.«

»Ja.« Laura trank hastig einen Schluck kalten Wassers, um den Kloß im Hals loszuwerden. Sie wusste genau, was Fiona meinte. All die kleinen Dinge, die sie bis an das Ende ihres Lebens von innen heraus strahlen gelassen hätten, wenn sie mutig genug gewesen wäre, sich der Herausforderung »Liebe und Vertrauen« zu stellen.

»Du willst also das Weingut an Giulia Santoro überschreiben, um familiär reinen Tisch zu machen. Wir haben nach wie vor das Problem mit dem Kapital. Und du bist unglücklich in Matteo Santoro verliebt«, fasste Fiona zusammen. Laura atmete erleichtert auf und dankte innerlich ihrer Freundin einmal mehr für deren Pragmatismus.

»So sieht es aus, ja«, bestätigte sie, nun wieder mit etwas festerer Stimme. Ihr fiel auf, dass Fiona im Plural in Bezug auf das Kapital für das Restaurant gesprochen hatte, also bestand noch Hoffnung auf eine gemeinsame Zusammenarbeit. Laura spürte Erleichterung in sich aufsteigen, immerhin an diesem einen Eckpfeiler ihres Lebens. Sie nahm sich einen Streifen einer Möhre und tunkte ihn in den Dip. Die Mischung aus dem süßlichen Aroma der Karotte und dem herzhaft-kräuterigen Geschmack des Dips ließ sie genüsslich aufatmen und besserte ihre Laune sofort.

»Kämpf um Matteo«, sagte Fiona und lehnte sich zurück. »Versuch es wenigstens!«

Laura überdachte die Worte ihrer Freundin für einen Moment, bevor sie antwortete.

»Angenommen, ich spräche mich mit ihm aus, und angenommen, wir rauften uns zusammen, und ich würde in Italien bleiben wollen, was passiert dann mit uns?«

»Wegen des Restaurants meinst du?«

»Ja, genau.«

Fiona grinste und begann schon wieder so glücklich von innen heraus zu strahlen. »So schlimm fände ich es gar nicht, den Standort unseres Restaurants nach Italien verlegen zu müssen. An diesen Ort. Rein zufällig, versteht sich.« Sie gluckste, dann lachte sie freiheraus.

»Ehrlich? Das würdest du machen?« Völlig verdutzt sah Laura ihre Freundin an. Sie war sich absolut sicher gewesen, dass Fiona ausschließlich England vorzog, weil sie dort nach einer Immobilie suchte und seit Kurzem eine zur Besichtigung gefunden hatte. Offenbar hatte sie sich gründlich getäuscht.

»Junge, dich muss es ja heftig erwischt haben.«

»Ja, hat's. Na und?« Fiona lachte immer noch und pikste die letzte schwarze Olive auf.

Laura nahm sich vor, sofort mit Matteo zu reden, denn wenn sie durch die Rückgabe des Weinguts an Giulia nicht länger familiengeschichtlich mit dem Weingut verbunden wäre, könnte sie Matteo auf einer ganz anderen, unbelasteten Ebene begegnen. Frei von der Verantwortung für die Familiengeschichte, die sie sich in dem Bemühen, ihre Mutter und ihre Tante Harriet besser zu verstehen, selbst aufgeladen hatte. All das würde in dem Moment der Rückgabe an Giulia hinter ihr liegen und Teil ihrer Vergangenheit sein. Es würde Platz in ihrem Herzen schaffen, Platz für eine Zukunft mit Matteo. Je mehr sie verstand, dass sie sich hatte fehlleiten lassen, desto mehr wurde ihr bewusst, wie sehr sie Matteo wollte, wie groß ihre Hoffnung auf eine Beziehung mit ihm war.

Sie erwischte ihn gerade noch auf dem Vorplatz, als sie nach ihrem Imbiss mit Fiona nach draußen ging, um ihn zu suchen.

Er schien es eilig zu haben und packte gerade eine Sporttasche in den Kofferraum seines Wagens. Laura trat auf ihn zu.

»Hallo, Matteo!«, begrüßte sie ihn. Er klappte den Kofferraumdeckel zu und trat an die Fahrertür.

»Laura.« Ein knappes Nicken, begleitet von einem kühlen Gesichtsausdruck, dann wandte er sich schon der Tür zu.

Verdammt! Sie fröstelte unwillkürlich. Wenn er wenigstens ein Stück weit Interesse signalisieren würde. Aber das tat er nicht. Lauras Verunsicherung wuchs ins Unermessliche. Noch nie hatte sie eine solche Angst gehabt, sich komplett lächerlich zu machen.

Matteo öffnete die Fahrertür bereits. Jetzt oder nie, warnte eine innere Stimme sie. Laura kratzte ihren ganzen restlichen Mut zusammen und holte tief Luft.

»Matteo, ich muss dringend mit dir sprechen. Ich habe nachgedacht und –« Weiter kam sie nicht.

»Tut mir leid, dass ich dich so unterbreche, Laura, aber ich muss jetzt unbedingt los, sonst komme ich zu spät zu meiner Veranstaltung. Es tut mir echt leid, aber ich hab keine Zeit.« Er setzte sich hinters Steuer und schlug die Fahrertür zu. Laura stand sprachlos vor dem Fahrzeug. Matteo startete den Motor und ließ die Scheibe herunter.

»Wir reden, wenn ich wieder da bin, okay?«

»Wann wird das sein?«

»In zwei Tagen. Ich muss auf eine Fortbildung in die Nähe von Neapel.« Er blickte auf seine Armbanduhr und fluchte. »Verdammt! So spät ist das schon? Mist, Mist, Mist! Heute klappt aber auch gar nichts«, grollte er und gab langsam Gas. In einer großen Kurve fuhr er um Laura herum, die immer noch reglos auf dem Hof stand und nicht fassen konnte, dass sie die Chance verpasst hatte, mit ihm zu reden.

»Arrivederci, Laura!«, rief er ihr noch zu, dann war er fort.

»Das kann doch echt nicht wahr sein«, murmelte Laura bestürzt und blickte auf die leere Straße, die hinunter in den Ort führte. Enttäuscht kickte sie einen dicken Kieselstein an den Seitenrand und stieß ein paar derbe Flüche aus. Schließlich verschränkte sie die Arme vor der Brust und starrte mit trübem Blick auf das Meer, welches sich in der Ferne vom Horizont abhob. Sie liebte diesen Anblick und wollte ihn nicht mehr missen, stellte sie fest. Doch gerade jetzt, wo sie sich endlich über ihre Gefühle im Klaren war und nach so langer Zeit wusste, was für sie richtig und wichtig war, und sie dennoch nicht mit dem einen Menschen hatte sprechen können, der ihr so viel bedeutete, kam es ihr so vor, als wären all ihre Bemühungen umsonst gewesen.

26. Kapitel

»Guten Morgen, Simon! Hier ist Laura am Apparat.« Während sie sprach, tigerte Laura unruhig durch die Küche des Haupthauses.

»Laura! Guten Morgen! Wie geht es dir?« Simons angenehme Stimme klang durchs Telefon.

»Gut. Na ja. Um ehrlich zu sein: So là là.«

»Nanu? Ist etwas passiert? Kann ich helfen?«

»Simon, ich befürchte, das wird dir jetzt nicht gefallen, was ich zu sagen habe.« Laura holte tief Luft. »Also, ich muss dir leider mitteilen, dass ich von meinem Angebot, La Florentina an die Chapmans zu verkaufen, zurücktreten werde.« Sie schluckte kurz. »Ich hab lange nachgedacht und bin zu dem Schluss gekommen, dass es nicht das Richtige ist.«

»Oh! Das ist natürlich eine nicht ganz so schöne Entwicklung der Sache.«

»Du kannst das Kind ruhig beim Namen nennen, Simon: Ich vermassele dir gerade deinen Deal.«

»Na ja. So eng will ich das nicht sehen. Ich nehme an, dass du gute Gründe dafür haben wirst, Laura. Es kommt nun natürlich einiges an Mehrarbeit auf mich zu, aber das lässt sich alles hinbekommen, da mach dir mal keine Sorgen.«

»Ach, danke, Simon!« Laura verspürte Erleichterung. »Ich denke, ich bin dir eine Erklärung schuldig. Ich habe gewisse

Dinge über meine Familie herausgefunden, die es mir unmöglich machen, das Weingut an Fremde zu übertragen. Ich wollte mich wohl durch einen schnellen Verkauf vor der Verantwortung drücken, frei nach dem Motto: Aus den Augen, aus dem Sinn.« Sie zögerte plötzlich. Wie viel konnte und sollte sie Simon erzählen? Sie schuldete ihm Ehrlichkeit, fand sie. Er hatte eine Menge für sie getan. »So einfach ist das aber nicht. Ich bin Teil einer sehr bewegten und leider nicht immer fair verlaufenen Familiengeschichte.«

»Du meine Güte! Das klingt ja fast nach einem Krimi. Sag bloß, du hast Leichen im Weinkeller entdeckt?«

»Nicht ganz, Simon, aber es kommt schon nah ran.« Simons Wortspiel brachte sie zum Schmunzeln und löste etwas von ihrer Anspannung. »Hör zu, Giulia Santoro ist in meinen Augen die einzige Person, der das Weingut aus moralischer Sicht gehören sollte. Sie ist es, die ihr Leben lang ausbaden durfte, dass ihr Mann in einem schwachen Moment ausgenutzt wurde. La Florentina soll wieder ihr gehören.«

»Wow, Laura! Du machst mich stolz, dein Immobilienmakler zu sein!«

»Was?« Laura lachte überrascht und verlegen auf. Mit allem hatte sie gerechnet, mit Anschuldigungen und Verstimmtheit, weil sie einen Strich durch seine Rechnung machte, aber nicht mit Zustimmung. Und schon gar nicht mit Lob.

»Ja, das meine ich ernst. Es gibt bei solchen Verkäufen immer zwei Seiten. Die moralische und die monetäre. Natürlich ist die monetäre Seite für viele die wichtigste. So viele Leute sind verschuldet oder wollen sich einfach einen schönen Lebensabend machen. Manche zeigen auch ganz unverblümt, dass sie gierig auf das Geld sind. Auch solche Kunden hatte ich schon. Hier in diesem kleinen Dorf ist Zeit relativ. Das Gedächtnis dieses Dorfes ist uralt. Du weißt, wie das ist: Die Geschichten werden von Generation zu Generation weitergegeben. Auch mir wurde früher die Geschichte vom Santoro-Weingut erzählt. Wusstest du, dass Giulias Mann Vito immer wieder versucht hat, das Weingut von dem deutschen Besitzer zurückzukaufen? Er versuchte mehrmals, sich bei größeren Banken Geld für den Rückkauf zu leihen, aber er schaffte es nicht.«

»Nein, das wusste ich nicht«, antwortete Laura mit belegter Stimme.

»Es grämte ihn zeit seines Lebens, das Weingut herausgegeben zu haben. Anfangs war das natürlich anders. Der neue Besitzer war mit ihm im Krieg durch dick und dünn gegangen. Wie man sich erzählt, haben die beiden die schlimmsten Erlebnisse zusammen überstanden. Es ist klar, dass so was zusammenschweißt und Vertrauen aufbaut. So soll auch Vito sehr zuversichtlich gewesen sein, als er Carl van Dyck das Weingut überschrieb. Und anfangs lief es anscheinend auch sehr gut für alle Beteiligten. Es kamen Gäste in den kleinen Hotelbetrieb, den sie sich aufbauten, und somit auch Kunden und Liebhaber für die Florentina-Weine.«

»Aber das kippte mit der zunehmenden Alkoholsucht meines Großvaters«, unterbrach Laura ihn.

»Ja, genau. Niemand im Dorf weiß genau, warum Carl van Dyck in den Alkoholismus hinabglitt, doch es war allgemein bekannt, dass er sich zu einem Trunkenbold entwickelt hatte. Seiner Frau Amalia – deiner Großmutter – machte das schwer zu schaffen, wenngleich sie immer versuchte, das herunterzuspielen.«

»Amalia ist nicht meine Großmutter«, korrigierte ihn Laura mit sanfter Stimme.

»Nanu? Will ich wissen, was da passiert ist?«, drückte Simon voll Verwunderung aus.

»Ich erzähle es dir. Aber ein anderes Mal, okay? Auch für mich ist das alles noch ganz neu.«

»Alles klar. Auch wenn dir das aus der Sicht eines Immobilienmaklers, dem gerade ein Geschäft durch die Lappen gegangen ist, surreal erscheint: Ich bin überzeugt davon, dass du es richtig machst, Laura.«

»Danke, Simon! Deine Worte tun unglaublich gut. Du kontaktierst dann die Chapmans und den Notar?«

»Ja, das mache ich. Du hörst von mir, wenn der Aufhebungsvertrag aufgesetzt ist. Sicherlich wirst du da eine kleine Summe als Aufwandsentschädigung aufbringen dürfen, Laura«, warnte er sie.

»Nun ja. Da muss ich dann wohl durch«, antwortete sie zähneknirschend. Natürlich würde auch das ihr Restaurantkapital weiter schröpfen, aber was sollte sie machen? Sie hatte endlich das Gefühl, das Richtige zu tun.

»Alles klar, Laura. Ich melde mich dann wieder bei dir. Dir einen schönen Tag noch!«

»Danke, Simon, dir auch!« Laura beendete das Gespräch und atmete vor Erleichterung tief durch.

Es war an der Zeit, mit Giulia zu sprechen, dachte Laura später. Das gute Gefühl, endlich die richtige Entscheidung getroffen zu haben, was ihr Erbe anging, stimmte sie zuversichtlich und froh. Der einzige Wermutstropfen war die Entzweiung von Matteo und ihr, welche sie selbst angestoßen hatte. Mittlerweile war sie sich im Klaren darüber, dass sie sich auch hier von ihrer Angst hatte beherrschen lassen, anstatt das Wagnis einzugehen. Auch jetzt, als sie die Stufen des Haupthauses hinabschritt, war der Gedanke an Matteo mit gemischten Gefühlen verbunden.

Laura klopfte kräftig an Giulias Haustür und wartete ab.

Kurze Zeit später öffnete Giulia ihr. Als sie die Besucherin erkannte, umwölkte sich ihr Gesichtsausdruck sofort, wurde distanziert, und Laura bangte, ob sie überhaupt noch hineingelassen wurde.

»Es ist gut, dass Sie da sind, Ms van Dyck. Ich habe Ihnen etwas zu sagen und wäre morgen sonst selbst zu Ihnen gekommen.« Laura entging der kühle Unterton nicht. Sie wappnete sich für ein schwieriges Gespräch und war einmal mehr froh, dass Matteo ausgerechnet in diesem Augenblick nicht da war, um die Aussprache zum Schutz seiner Großmutter zu vereiteln. Es war unabdingbar für das Verhältnis zwischen den Familien, dass Giulia und Laura miteinander redeten, und Laura war endlich bereit, sich dem zu stellen.

»Kommen Sie mit in die Küche!«, forderte Giulia sie auf und ging voraus. »Ich koche gerade.« Laura blickte automatisch in Richtung der Kochstelle und der Arbeitsfläche daneben. Sie war immer daran interessiert, wie andere kochten, traute sich dann aber in Anbetracht der Umstände doch nicht zu fragen, was Giulia zubereiten wollte.

Diese trat gerade an die Arbeitsfläche zurück und setzte ihre Arbeit am Schneidebrett fort. Laura erkannte Auberginen, Knoblauch, Basilikum, ein Bündel Tomaten und bereits gepellte, hart gekochte Eier. Bedächtig schnitt Giulia eine Aubergine in Scheiben.

»Sie haben das Weingut also an diese Amerikaner verkauft, wie ich hörte«, kam sie umgehend zur Sache. »Wissen Sie, rechtlich geht es mich nichts mehr an, was mit dem Weingut passiert, denn unserer Familie gehört es ja leider schon seit Langem nicht mehr. Aber ich denke, dass es durchaus angemessen ist, wenn ich Ihnen mitteile, dass ich diesen Schritt sehr bedaure.«

Laura empfand in diesem Moment große Bewunderung für

Giulia, denn obwohl Matteos Großmutter sicherlich gerade sehr aufgebracht war, blieb ihre Hand ruhig. Während sie sprach, hatte sie nach einem Bund Basilikum gegriffen und zerhackte das aromatische Würzkraut mit geübter Bewegung. Bald durchströmte sein intensiver Duft die ganze Küche.

»Natürlich«, stimmte Laura zu. »Das ist Ihr gutes Recht.« Sie zögerte einen Moment, weil sie überlegte, wie sie ihre Meinungsänderung am besten formulierte. Diese kleine Pause nutzte Giulia, um weiterzureden.

»So. Und diese Leute wollen also ein Boutique-Hotel oder wie man das heutzutage nennt, aus dem alten Gästehaus machen?« Sie schien mit dem Schneiden fertig zu sein, denn sie legte das Messer auf das Schneidebrett und drehte sich zu Laura um. Mit der ausgestreckten Hand deutete sie zur Sitzecke. »Setzen wir uns für einen Moment. Meine alten Knochen halten das lange Stehen nicht mehr aus.«

»Gern.« Laura kam der Aufforderung nach und setzte sich an den Tisch. Giulia nahm ihr gegenüber Platz. »Ja, das hatten die Chapmans vor«, griff sie den Faden wieder auf. »Sie wollten in das Gästehaus investieren und daraus ein kleines, aber feines Hotel machen. Es hätte sicherlich einige Liebhaber gewonnen und Ihrem Wein einen guten Absatz beschert.«

Giulia horchte auf. »Hätte? Was ist? Sind sie abgesprungen? Kommen jetzt wieder andere?«

»Nein, sie sind nicht abgesprungen.« Plötzlich sah Laura, dass Giulia ihre Hände nicht stillhalten konnte. Sie bewegten sich unentwegt. So ruhig, wie sie schien, war sie bei Weitem nicht. Sie beschloss, nicht länger um den heißen Brei herumzureden. »Signora Santoro, es wird niemand mehr herkommen und das Weingut kaufen. Ich habe es mir anders überlegt. Und auch die Chapmans werden den Besitz nicht erhalten.«

»So? Also bleibt es im Besitz der Familie van Dyck?«

»Nein. Sie werden es bekommen.«

»Ich?«, rief Giulia Santoro erstickt aus und starrte sie mit großen Augen an. Laura hoffte inständig, dass diese Neuigkeit nicht zu viel für die alte Dame war.

»Ja, Sie«, bestätigte sie noch einmal. »In den letzten Wochen habe ich einiges über die Geschichte des Weinguts und die ... Verflechtungen ... der Familien herausgefunden, die sich an La Florentina gebunden haben«, begann sie ihre Erklärung vorsichtig.

»Ach?«, machte Giulia schwach und erwachte aus ihrer Erstarrung. Sie stand sogar auf und holte zwei Gläser aus einem der Küchenschränke, in die sie Wasser aus einer Karaffe goss, die auf dem Küchentisch stand. Laura deutete das Angebot, bei ihr etwas zu trinken, als gutes Zeichen.

»Wussten Sie eigentlich, dass meine Mutter Georgina und ich uns, solange wie ich mich erinnern kann, nicht verstanden haben?«, unterbrach sie ganz plötzlich ihre Erklärung. Auf einmal erschien es ihr immens wichtig, zu wissen, was Giulia wohl über das Verhältnis zwischen Georgina und Laura wusste.

»Nein, so genau wusste ich das nicht, ehrlich gesagt. Auch ich habe einige Fehler gemacht und zur Entfremdung zwischen den Familien beigetragen, Ms van Dyck«, gab Giulia schließlich zu. »Es kam wohl nicht von ungefähr, dass Georgina irgendwann lieber in England bei Harriet war als hier in Italien bei mir.«

»Das Weingut wird auf Sie überschrieben, und damit hat dieser unsägliche Familienzwist ein für alle Mal ein Ende. Nachdem ich Amalias Tagebuch gelesen hatte, war mir klar, dass der Verkauf an Fremde moralisch nicht vertretbar sein würde. Ich könnte damit nicht leben, denn in meinen Augen hätten Sie das Weingut schon viel eher zurückerhalten müssen.«

»Sie machen mich sprachlos, Ms van Dyck.«

»Laura, wenn Sie möchten«, bot diese an.

»Laura. Ihr Name hat mir schon immer gefallen.« Nun lächelte Giulia, und tausend große und kleine Falten umspielten ihr Gesicht. Laura sah, dass sie Tränen in den Augen hatte.

»Nennen Sie mich bitte auch Giulia.« Ihre Stimme klang rau, und die vielen Emotionen schwangen darin mit. Laura freute sich für sie und wollte aufstehen, denn sie war sich sicher, dass Giulia in diesem persönlichen Augenblick lieber alleine wäre. Aber sie täuschte sich.

»Nein, nein, bleiben Sie sitzen, bitte!« Sie strich sich mit ihrer knochigen Hand über die Augen und schniefte einmal kurz. Dann fing sie sich. »Es ist einfach nur dieser Augenblick. Ich kann es kaum fassen, dass das Weingut nach all den Jahren wieder uns gehören soll. Wenn Matteo das erfährt!«

»Oh!«, wandte Laura sofort ein. »Wenn es Ihnen möglich wäre, wäre ich Ihnen sehr, sehr dankbar, wenn Sie ihm vorerst nichts sagten. Ich würde gerne selbst mit ihm sprechen.«

»Natürlich«, sagte Giulia sofort. »Sicher. Ihm hatten Ihre ursprünglichen Absichten nicht gefallen. Aber Ihr jungen Leute, Ihr werdet das schon wieder hinbekommen. Da bin ich sicher.«

»Danke für Ihr Verständnis, Giulia!« Nun erhob Laura sich aber doch. Sie hatte das Gefühl, die alte Dame genug aufgewühlt zu haben. »Dann lasse ich Sie mal weiterwerkeln und störe nicht länger«, sagte sie und deutete zum Herd.

»Oh ja, das Essen, stimmt.« Mit langsamen Bewegungen erhob sich nun auch Giulia. »Es gibt Parmigiana di melanzane.«

»Was ist das?« Lauras Neugierde siegte.

»Ein traditionelles Rezept aus Süditalien. Auberginenauflauf mit Ei und Mozzarella. Jeder Haushalt hat da seine ganz eigene Variante dieses Gerichts. Ich schreibe Ihnen das Rezept gern auf. Sie kochen doch, nicht wahr?«

»Ja, stimmt.«

Laura beeilte sich, Giulia ihren Gedanken zu überlassen. Giulia sollte sich heute freuen, sich darin sonnen, dass das Weingut wieder das Ihre werden würde. Plötzlich freute sie sich, von nun an die Gewissheit zu haben, die zukünftigen Florentina-Weine in den besten Händen zu wissen. Laura schenkte Giulia ein strahlendes Lächeln, weil sie selbst in diesem Augenblick von einer wohligen Wärme durchflutet wurde, die sie sich leicht und unbeschwert fühlen ließ.

»Ich werde einen Notartermin veranlassen, Giulia, damit das Weingut an Sie überschrieben werden kann. Und ich spreche mit Matteo. Jetzt wünsche ich Ihnen erst mal einen schönen Tag und einen guten Appetit.«

»Ach, danke, Laura! Das werde ich beides haben.« Das strahlende Gesicht der Sechsundachtzigjährigen würde Laura nie vergessen, das schwor sie sich.

27. Kapitel

Am Nachmittag fasste Laura sich ein Herz und rief ihre Mutter an. Ihr erschien es mit einem Mal immens wichtig, mit Georgina über ihre Erkenntnisse der Familiengeschichte zu sprechen. Immer mehr drängte es Laura innerlich, reinen Tisch mit sich, ihrer Vergangenheit und vor allem ihrer Mutter zu machen – wenn es diese Chance überhaupt noch gab, denn die Verletzungen zwischen ihnen waren sehr groß gewesen.

»Hallo, hier ist Laura!«, begann sie das Gespräch, als Georgina das Telefonat angenommen hatte.

»Laura! Schön, dich zu hören. Wie geht's? Wie läuft es in Italien?«

»Nun ja. Nach einigem Hin und Her habe ich beschlossen, das Weingut nicht zu verkaufen.« Es war besser, gleich zur Sache zu kommen, fand Laura.

»Oh!« Die Überraschung war ihrer Mutter deutlich anzumerken. »Nun. Also, bist du dir sicher, dass du dir das gut überlegt hast?«

»Ich habe hier Dinge über unsere Familiengeschichte herausgefunden, Mama, die mich von einem Verkauf absehen lassen.« Laura versuchte, so viel Neutralität wie möglich in ihre Stimme zu legen. Das Letzte, was sie wollte, war ein weiterer Streit mit ihrer Mutter. Nicht nach dem, was sie alles in Erfahrung gebracht hatte.

»So. Hast du das?«, echote Georgina mit schwacher Stimme. Laura konnte durchs Telefon spüren, dass ihre Mutter im Begriff war, umzufallen wie ein Fähnchen im Wind. Zum ersten Mal begann sie zu verstehen, welcher Druck auch auf Georgina lasten musste und wie schwer es für sie sein musste, mit der Erkenntnis zu leben, dass sie ein getauschtes Kind war.

»Ja, Mama, habe ich. Und es tut mir leid. Für dich. Und auch für Harriet und Giulia. Vor allem für Giulia tut es mir in Bezug auf das Weingut leid.« Ihre Stimme verebbte. Sie wurde auf einmal unsicher. War es richtig, was sie hier tat? Sie musste das Gespräch sehr vorsichtig angehen, das wusste sie nun. Am anderen Ende der Leitung saß eine zutiefst verletzte Person.

»Mein Entschluss ist, La Florentina wieder an Giulia zu überschreiben.«

»Das wird sie bestimmt sehr, sehr glücklich machen, Laura.« Die Stimme ihrer Mutter klang belegt. Sie schien kurz vor dem Zusammenbruch zu stehen. »Ich ...«, setzte sie an, pausierte dann aber für einen langen, zittrigen Atemzug. »Ich bin stolz auf dich, Laura«, flüsterte sie ins Telefon. Die Worte waren für Laura kaum zu vernehmen. Angespannt hielt sie den Atem an und hörte ihre Mutter am anderen Ende der Leitung leise schniefen. »Du hast die Kraft und den Willen etwas zu tun, wozu ich jahrzehntelang nicht in der Lage war. Meine Wut ... mein Groll auf Harriet war so groß, dass ich mich davon beherrschen ließ«, brachte sie schließlich mühevoll hervor.

»Das kann ich nun endlich verstehen, Mama«, bemerkte Laura mit sanfter Stimme. »Es tut mir so unendlich leid für dich.«

»Tja, das Leben spielt einem manchmal hart mit, was?«, versuchte Georgina mit zittriger Stimme zu witzeln.

»Magst du mir erzählen, was du weißt und wie du dahintergekommen bist?«, wagte sie zu fragen. Diese Frage brannte ihr seit der Entdeckung des Tagebuchs unter den Nägeln.

»Ich denke, dass ich quasi genauso viel weiß wie du, Laura«, begann Georgina. Ihre Stimme klang zittrig, als würde sie sich nicht so recht trauen, über ihre Vergangenheit zu sprechen. »Als du drei warst, bin ich auf das Weingut zurückgekehrt, das ich zwar von klein auf kannte, aber dessen Besitzerin ich nun war, weil Harriet es mir überschrieben hatte. Ich war völlig perplex, plötzlich Besitzerin eines Weinguts zu sein.

Ich war lange Zeit nicht mehr auf La Florentina gewesen. Nach der Dorfschule hatte Giulia mich nach Neapel auf ein Internat gebracht. ›Aus dir soll einmal etwas Ordentliches werden, Georgina!‹, sagte sie. ›Nicht, dass du auch noch so Künstlerflausen im Kopf hast!‹ Ich erinnere mich noch, wie seltsam ich das als Kind fand, wenn sie mir von den Künstlerflausen im Kopf berichtete. Kannst du dir das vorstellen: Ich dachte, das sei eine ernst zu nehmende Erkrankung!« Nun lachte Georgina doch, und etwas Selbstsicherheit kehrte Stück für Stück in ihre Stimme zurück. »Erst viel, viel später verstand ich, was sie damit wirklich gemeint hatte.« Nun lag Bedauern in ihrer Stimme, zu dem sich der alte Schmerz gesellte.

Schnell hakte Laura nach: »Also war Giulia aus deiner Wahrnehmung deine Mutter? Kanntest du die Umstände deiner Herkunft? Ich verstehe immer noch nicht, wie du mit Harriet in Kontakt bleiben konntest, nachdem sie Italien verlassen hatte.«

»Ja, Giulia war für mich wie eine Mutter. Ich kann es nicht anders sagen. Sie ist eine Seele von Mensch, hat das Herz am rechten Fleck. Ich nannte sie seit jeher Mama. Ich wusste ja schließlich nicht, dass ich gar nicht ihre Tochter war, weil ich mich weder richtig an Amalia noch an Harriet erinnern konnte. Es war also für mich vollkommen selbstverständlich, von ihr als meiner Mama zu sprechen. Sie war meine erste Bezugsperson, sie war diejenige, die sich um mich kümmerte.«

»Verständlich. Und wie hast du es dann herausgefunden?«

»Giulia korrespondierte dann und wann mit einer Frau aus England. Wenn solche Briefe kamen, unterbrach sie zu passender Gelegenheit ihre Arbeit auf dem Weingut und zog sich auf die Terrasse oder in die Stube zurück. Wir durften sie dann nicht stören. Bald darauf setzte sie sich abends hin und schrieb der anderen Frau einen langen Brief zurück. Irgendwann – ich konnte gerade lesen und las alles, was mir zwischen die Finger kam – wurde sie abends beim Schreiben unterbrochen und ließ den angefangenen Brief offen liegen. Als er am nächsten Tag immer noch dort lag und sie draußen beschäftigt war, siegte meine Neugierde, und ich begann ihn zu lesen. Du kannst dir kaum vorstellen, wie überrascht ich war, dass sie dieser anderen Frau geradezu detailliert Bericht über mich erstattete. Sie hieß Harriet, und sie erfuhr, wie groß und schwer ich mittlerweile war, wie gut ich aß, was ich gerne tat, was mir Angst machte und so weiter. Mein ganzes kindliches Leben wurde da in dem Brief von meiner Mutter an diese Frau geschildert. Ich fand das sehr merkwürdig und sprach Giulia an dem Abend darauf an. Ich fragte sie: ›Wer ist Harriet? Warum erzählst du ihr so viel von mir?‹, da wurde ihr klar, dass ich ihren Brief gelesen hatte.«

»Oh! Das muss ganz schön Ärger gegeben haben«, spekulierte Laura. »Seine Nase in fremde Angelegenheiten stecken ...«

»Klar. Sie war alles andere als begeistert. Ich hab mir ein saftiges Donnerwetter eingefangen. Letztendlich mogelte sie sich mit einer ausweichenden Antwort heraus. Irgendwie schaffte sie es, mich für eine Weile von weiteren Fragen abzubringen.«

»Sie hat es dir nicht gesagt?«

»Nein. Es verging einige Zeit, ich besuchte das Internat weiterhin, und dann kamen eines Tages wieder einmal die großen Ferien im Sommer. Ich muss zwölf oder dreizehn gewesen sein, als mir Giulia eröffnete, wir würden nach Neapel fahren und jemanden abholen. Giulia sprach von einer Tante. Genauer gesagt, von einer Tante Harriet. Da wusste ich, dass sie die Frau aus den Briefen meinte.«

Sie redeten endlich miteinander! Bei dem Gedanken daran wurde Laura ganz warm ums Herz.

»Ich habe Amalias Tagebuch in einer Schublade mit einem doppelten Boden im Haupthaus gefunden«, eröffnete sie ihrer Mutter nun. »Ich spekuliere mal: Das hast du dort hineingelegt?«

»Ja, das war ich«, bestätigte Georgina. »Ich stieß beim Auf- und Ausräumen des Gästehauses darauf. Nachdem Giulia ganz auf sich allein gestellt war - Harriet war in England, Amalia in Berlin, Carl und Vito verstorben - und nur noch ihren Sohn Ruben und ihre Tochter Lucia hatte, lief der Betrieb immer schleppender. Sie schaffte es einfach nicht, allem gerecht zu werden, und ihr Sohn hatte schon genug damit zu tun, das Weingut über Wasser zu halten. Lucia hat dann nach Rom geheiratet, und so beschloss sie, die Pension zu schließen.«

»Ruben? Damit meinst du Matteos Vater?«, hakte Laura nach. Ihr war gar nicht bewusst gewesen, dass dieser wie ein älterer Bruder für Georgina gewesen sein musste.

»Ja, genau. Ruben Santoro. Leider starben er und seine Frau viel zu früh.«

»Ich weiß. Matteo hat es mir erzählt.«

»Giulia wollte dem Pensionsbetrieb endgültig ein Ende bereiten. Es regte sie auf, damit allein überfordert zu sein, und der ständige Anblick der unbelegten Betten, des ungenutzten Speisesaals machte sie krank. Also trommelte sie Ruben, seine Frau

Emme und mich in einem Sommer zusammen. Ich nahm einige Wochen Urlaub, um mit den anderen das Gästehaus auf- und auszuräumen und das alte Mobiliar zu entsorgen.«

»Das ist euch zum Großteil gelungen. Ich war überrascht, wie leer das Gebäude ist.«

»Ja, wir waren alle fleißig dabei. Eines Abends, ich war schon ziemlich kaputt vom vielen Schleppen, geriet ich beim Tragen eines besonders schweren Möbelstücks ins Straucheln und rasselte ungebremst mitsamt dem Möbel in den Empfangspult der Pension. Alles ging zu Bruch, ich kam mit Prellungen und Kratzern davon, hatte mir zum Glück nichts Schlimmeres getan. Im Pult hatten wohl noch die ganzen Utensilien von Amalia gelegen, denn neben mir auf dem Boden breiteten sich Papiere, einige Bücher, Notizhefte und Stifte aus. Darunter befand sich auch das Tagebuch, das ich an mich nahm und anfing, darin zu lesen. Kurze Zeit später wusste ich dann plötzlich, was mich mit Harriet verband und warum Giulia ihr jahrelang solch informative Briefe über mich geschrieben hatte.«

»Wieso heißen wir immer noch van Dyck und nicht richtigerweise Wilkers? Das hätte doch unser Nachname sein müssen, oder nicht?«

»Das war meine Wut auf Harriet. Ich war so stinksauer, als ich herausfand, dass sie mich, ihre Tochter, als Faustpfand gegen das Weingut eingetauscht hatte, dass ich mit ihr und ihrem Namen nichts mehr zu tun haben wollte. Ich habe den Nachnamen bei den Behörden auf van Dyck ändern lassen, da das nun mal der Name meines Vaters war, und dabei ist es geblieben.«

»Und warum hast du mich damals an Harriet übergeben und mich dort gelassen? Warum bist du nicht wiedergekommen?« Obwohl sie wusste, dass sie sich auf einem schmalen Grat bewegte, wagte Laura es, ihrer Mutter diese Frage noch einmal zu stellen.

Sie hoffte einfach darauf, dass Georgina sie dieses Mal nicht auflaufen ließ.

»Dass ich dich bei Harriet ließ, lag an meiner Unreife. Und damals, als ich Harriet nach dem ersten Besuch auf dem Weingut besser kennengelernt hatte, ermunterte sie mich, sie häufiger zu besuchen. Sie traf Absprachen mit Giulia, wann ich zu ihr nach England herüberkommen konnte. Ich war dann in fast jeden Ferien dort und genoss die Zeit bei ihr ungemein. Ihr Mann, ein Arzt, lebte damals noch, und sie führten ein wunderbares Leben. Nun ja. Offensichtlich färbte das auch auf mich ab, denn ich wünschte mir das ebenfalls. Ich fing an, mit mir selbst etwas zu sorgenfrei umzugehen. Vorsichtig ausgedrückt. So kam es, dass ich nach den Ferien – ich studierte damals bereits – wieder nach Italien zurückkam und feststellen musste, dass ich schwanger war. Mit dir.«

»Oh!«

»Giulia hat sich fürchterlich aufgeregt. Sie war so sauer, ich hätte nie gedacht, dass sie überhaupt fähig wäre, derart wütend zu werden.«

»Was hat sie gemacht? Hat sie dich rausgeworfen?«

»Erst mal hat sie dafür gesorgt, dass ich weiterstudiere. Eine Schwangerschaft sieht man ja nicht gleich. Das Semester konnte ich also noch gut bewältigen. Und dann hat sie durchgesetzt, dass ich für das nächste Semester beurlaubt werde. Tja, und als das Baby – du – dann da war, wurde ich flugs wieder an die Universität geschickt. Zum Glück konnte ich meinen Abschluss tatsächlich noch machen. Als ich das geschafft hatte, lud Tante Harriet mich zu sich ein. Sie sah das Ganze im Vergleich zu Giulia nicht so eng. Im Gegenteil: Als ich im darauffolgenden Sommer bei ihr ankam, zeigte sie ihre Freude über dich als neue, kleine Erdenbürgerin ganz unverhohlen. Das tat mir unglaublich gut, weißt du?

Sie schlug sogar vor, dass du sie ›Nonna‹ nennen durftest, sobald du die ersten Brocken sprachst.«

»Ts! Jetzt wissen wir ja beide, warum es ausgerechnet das italienische Wort für Großmutter war«, bemerkte Laura trocken.

»Ja, gewundert hat mich das auch«, stimmte Georgina zu. »Aber ich war durch meine ganzen neuen Verpflichtungen so durcheinander, dass ich das nicht weiter hinterfragt habe. Schließlich fand ich eine Anstellung in England und blieb fürs Erste dort.

Ich arbeitete sehr viel, denn natürlich musste ich zu unser aller Lebensunterhalt beitragen. Und dann kam der Sommer, in dem ich aufgrund von Giulias Entschluss, das Gästehaus leer zu räumen, vier Wochen in Italien war. Das war eine harte Zeit, diese Jahre. Ich war eine Mutter, konnte aber nicht so sehr für dich da sein, wie ich es mir gewünscht hätte. Ich habe dich mitunter sehr vermisst«, gestand Giulia leise.

Laura atmete tief durch. Sie war sich sicher, in ihrem Kalender gleichermaßen Kreuze machen zu können für das schlimmste und beste Telefongespräch, das sie jemals in ihrem Leben mit ihrer Mutter geführt hatte. Sie hatte nach Jahren einen Durchbruch bei Georgina erzielt. Fast verspürte sie so etwas wie Dankbarkeit, sich in ihre Familiengeschichte gestürzt zu haben. Nicht aufgegeben zu haben, sondern sich durchzuboxen, bis sie der Sache auf den Grund gegangen war. Sie atmete befreit aus.

»Danke, Mama, dass wir das endlich klären konnten.« Ihre Worte kamen von Herzen. Sie fühlte sich glücklich und frei wie schon seit Langem nicht mehr.

»Oh ja, ich bin froh, dass wir geredet haben. Sehr, sehr froh.«

»Ich auch, Mama. Ich auch.«

Sie verabschiedeten sich voneinander. Und zum ersten Mal

seit langer, langer Zeit erfuhr Laura, wie es war, ein Gespräch mit ihrer Mutter in liebevollem Frieden zu beenden.

28. Kapitel

Kaum dass sie am nächsten Morgen die Augen aufgeschlagen hatte, rief Simon an, um sich mit ihr und Fiona zu verabreden. Laura schlug vor, sich am Marktplatz im Ort zu treffen, denn obwohl sie in den letzten Tagen den Aufenthalt tatsächlich wie eine Urlauberin hatte genießen können, merkte sie doch, wie es bereits jetzt an ihren Nerven zu zerren begann, abwarten zu müssen, bis der Notartermin anberaumt war und Matteo zurück sein würde. Laura vermisste ihn sehr. Jetzt, wo sie die Beweggründe kannte, das Weingut so schnell wie möglich wieder von sich zu stoßen, konnte sie sich eingestehen, dass sie sich unbewusst ihre Chancen bei Matteo verbaut hatte, weil sie sich von ihrer Vergangenheit hatte leiten lassen, anstatt durch ihre Gegenwart die Zukunft herauszufordern und zu formen.

»Simon! Fiona! Schön, euch zu sehen!« Sie begrüßte das Paar mit einer freundschaftlichen Umarmung. Mittlerweile hatte sie die beiden so oft zusammen gesehen, dass sie sich längst daran gewöhnt hatte, sie als Paar zu betrachten.

»Guten Morgen, Laura! Du siehst so erholt aus!« Fiona lächelte sie an.

»Stimmt. Ich habe in der letzten Nacht so gut geschlafen wie schon lange nicht mehr. Da ist wohl eine Menge Ballast von mir abgefallen.«

»Das kann ich mir vorstellen«, nickte Simon verständnisvoll.

»Ich bestelle uns mal etwas zu trinken. Caffè für alle?« Fiona machte Anstalten, in die Bar zu gehen.

»Wenn die noch diese leckeren gefüllten Hörnchen haben, nehme ich davon auch eins«, beeilte Laura sich zu sagen, denn mit der endgültigen Entscheidung in Bezug auf das Weingut war auch ihr Appetit zurückgekehrt.

»Alles klar, bringe ich mit.« Fiona verschwand im Inneren der Bar, während Simon und Laura es sich draußen am Stehtisch gemütlich machten.

»Wie ist es denn gelaufen, Simon?«, fragte Laura dann auch gleich.

»Du meinst die Chapmans? Tja, begeistert waren sie nicht.« Simon zuckte entschuldigend die Schultern.

Laura nickte zustimmend und mit bedauerndem Gesichtsausdruck. »Das war zu erwarten.«

»Ja, allerdings. Sie wollen natürlich eine Entschädigung für ihren Aufwand, wie ich dir bereits prophezeit habe.«

»Auch das kommt nicht überraschend«, bemerkte Laura. »Ich hoffe nur, dass sich die Summe in Grenzen hält.«

»Dazu wollen sie sich noch äußern. Aber ansonsten ist es glattgelaufen. Sie haben mir eine Kopie des Aufhebungsvertrags bereits zugefaxt. Das Original folgt per Post.«

In diesem Moment kehrte Fiona mit den Getränken und dem süßen Backwerk an den Tisch zurück. Zu Lauras Freude lag nicht nur eine der köstlichen gefüllten Blätterteig-Muscheln auf dem Teller, sondern gleich drei. Sie war also nicht die einzige Liebhaberin der kleinen Teile, stellte sie mit einem Schmunzeln fest.

»So, hier gibt's erst mal was«, kündigte Fiona an und lud die Tassen und Teller vom Tablett ab, auf das man ihr das alles gestellt hatte. Das Tablett lehnte sie am Fuß des Stehtischs an, und dann genossen sie schweigend ihre Mahlzeit und ihren Kaffee. Laura spürte, wie gut es tat, vollkommen entspannt hier bei ihren Freunden zu stehen und das Treiben auf dem Marktplatz zu beobachten. Heute war kein Markttag, aber es war trotzdem ganz schön was los im Ort. Jeder kannte irgendwie jeden, grüßte mal hierhin und mal dorthin, bevor die Passanten ihren Weg fortsetzten. Einige blieben stehen und schwatzten ein paar Minuten miteinander. Laura liebte die Gemächlichkeit und das anheimelnde Gefühl, welches der mittelalterliche Platz verströmte. Sie war gern an diesem Ort.

»Wie wird es nun bei dir weitergehen?«, riss Simons Frage sie aus ihren Beobachtungen.

Laura zögerte einen Moment mit der Antwort, ließ sich Zeit, um erst in sich hineinzuhorchen und zu überlegen, bevor sie sprach. Ihr Blick streifte kurz Fiona, bevor sie Simon antwortete.

»Nun ja. Ich denke, ich werde wieder zurückkehren nach England, Simon. Meine Aufgabe hier ist erledigt.«

»Tatsächlich? Ich hatte gehofft, dass du länger bleibst.«

»Ach ja? Ich hab leider kein weiteres Weingut in der Tasche, das ich dir zum Verkauf anbieten könnte«, scherzte sie, um zu überspielen, dass seine Bemerkung sie verunsichert hatte. Weshalb sagte er das? Wegen Fiona?

»Nein, ich meine auch nicht wegen weiterer geschäftlicher Aktivitäten zwischen uns, wobei ich sehr gerne mit dir zusammenarbeite, keine Frage. Ich meinte es in Bezug auf Matteo, der in den letzten Tagen leider unausstehlich gewesen ist.«

»So? War er das? Ich muss zugeben, dass ich ihn – wenn überhaupt – nur ganz kurz gesehen habe. Er ist mir gegenüber ziemlich kurz angebunden gewesen, was ich ihm nicht verdenken kann. Außer dass er auf einer Fortbildung ist, habe ich in den letzten Tagen nichts mehr von ihm mitbekommen. Er weiß das mit dem Weingut nicht einmal.«

»Tja, du scheinst ihm unter die Haut gegangen zu sein, Laura.« Simon biss von seiner Blätterteigmuschel ab. »Ich werde Giulia gleich noch anrufen und ihr mitteilen, dass der Notartermin zur Überschreibung des Weinguts bereits morgen Vormittag möglich ist. Da die Unterlagen ohnehin schon vorbereitet waren, war es kein großer Aufwand, sie abzuändern«, informierte er sie dann, nachdem er fertig war mit Kauen. »Du hast doch schon mit ihr gesprochen?«

»Ja, allerdings. Das habe ich gleich gemacht.«

»Wunderbar. Dann sei bitte morgen um zehn beim Notar.« Er reichte ihr einen Zettel, auf dem die Adresse stand.

»Danke, Simon, vielen Dank, dass du dich darum gekümmert hast!«

»Gern geschehen. Ich muss ja auch zugeben, dass ich das sogar lieber gemacht habe als die Vorbereitung der Abwicklung für die Amerikaner. So leid es mir tut. Sie wären bestimmt auch toll gewesen, hätten etwas Schönes aus der Anlage gemacht, aber auch ich bin nur ein Mensch.« Er zuckte entschuldigend die Schultern und grinste. »Mit Giulia Santoro als Eigentümerin fühlt es sich einfach richtig an.«

»Danke, genau das denke ich auch. Also, ich muss los. Wir sehen uns morgen Vormittag.«

Sie verabschiedeten sich voneinander.

Zurück auf dem Weingut, kümmerte Laura sich um die Blumen in den Kübeln vor der Eingangstür des Haupthauses. Plötzlich hörte sie Schritte hinter sich und wandte sich nach dem Geräusch um.

»Giulia!« Sie stellte die Gießkanne ab, mit der sie die Pflanzen gerade gewässert hatte und ging sofort auf die Ältere zu. »Ist alles in Ordnung?«

»Aber ja. Meine Knochen sind zwar alt, und langsam bin ich auch, aber noch ist alles in bester Ordnung.«

»Das freut mich zu hören.« Laura empfand eine tiefe Zuneigung zu der alten Frau, deren Leben so bewegt gewesen war.

»Ich bin bloß herausgekommen, weil ich Sie auf dem Hof gesehen habe, Laura. Der Immobilienmakler Simon Gaillano hat mich nämlich gerade angerufen und mir mitgeteilt, dass der Notartermin bereits morgen früh ist.«

»Ja, das sagte er mir auch gerade erst vorhin. Ich traf ihn in der Bar im Ort.«

»Nun, wie Sie ja bestimmt schon mitbekommen haben, ist mein Enkel und damit meine Fahrgelegenheit fort. Sie müssten mich schon mitnehmen, sonst wird das nichts mit der Unterschrift.«

Laura lächelte sie voller Wärme an. Sie mochte Giulias Offenheit sehr.

»Kein Problem, Giulia. Das mache ich sehr gern. Ich hole Sie morgen früh um halb zehn ab, dann haben wir genug Zeit. Einverstanden?«

»Ja. Haben Sie noch mit Matteo sprechen können?«

Sofort huschte ein trauriger Schatten über Lauras Antlitz.

»Nein, leider nicht. Ich habe ihn verpasst, beziehungsweise hatte er es so eilig, dass er keine Zeit mehr für ein Gespräch hatte. Leider wusste ich nicht, dass er eine Fortbildung hat.«

»Nun. Dann überraschen wir ihn eben mit den guten Neuigkeiten.« Für Giulia schien das überhaupt kein Problem zu sein.

»Meinen Sie, dass das eine gute Idee ist? Ich ärgere mich, ihn nicht rechtzeitig erwischt zu haben.«

»Ändern können Sie es doch nicht mehr, Laura. Kommen Sie,

wir brauchen hier nicht unnütz herumstehen. Ich habe gefüllte Cannelloni im Ofen, die Menge reicht für zwei. Lassen Sie uns gemeinsam essen, ja?«

Laura gab nach. Gesellschaft mochte sie Giulia Santoro sehr gern leisten.

Am nächsten Morgen war der Notartermin fast schon ein Kinderspiel. Alles lief so glatt, dass Laura es kaum glauben konnte. Sie sammelte Giulia ein, die sich zur Feier des Tages richtig fein herausgeputzt hatte. Mit langem Rock, bestickter Bluse, Handtasche, Armbanduhr und Kette wirkte die alte Dame wie jemand, der sich auf den Weg zu einer Feier machte. Und vielleicht war es genau das für Giulia, überlegte Laura. Eine Feier der Wiedergutmachung, ein Fest anlässlich des Begleichens einer uralten Schuld.

Beim Notar in Vallo della Lucania wurden sie von Simon erwartet, der sie freundlich begrüßte. Der Akt der Übertragung selbst war eine rein formelle Sache, die in weniger als fünfzehn Minuten erledigt war. Laura wünschte sich die ganze Zeit sehnlichst, dass Matteo dem hätte beiwohnen können, wusste aber, dass ihr Wunsch vergebens war.

Schließlich war es geschafft: Giulia Santoro war wieder die alleinige Besitzerin des Weinguts La Florentina und Matteo als ihr Erbe vorgemerkt. Überglücklich verließen sie die Kanzlei und gingen zur Feier des Tages in ein Restaurant des kleinen Städtchens. Giulia sprach ihnen ihren Dank aus und prostete ihnen zu, anschließend genossen sie ein vorzügliches Essen mit regionalen Spezialitäten.

Spätabends, als Ruhe eingekehrt war und sie keine Lichter mehr in Giulias Haus brennen sah, klemmte Laura sich einen Klappstuhl unter den Arm und schlich sich auf die große, offene Terrasse des Gästehauses. Sie saß alleine unter dem sternenüberfluteten Himmel und ließ den Tag Revue passieren. Eine ganze Weile hockte sie so da, ihre Gedanken wanderten mal hierhin, mal dorthin. Sie dachte an ihre Mutter drüben in England und an die neu entstandene Beziehung zu ihr. Sie erinnerte sich an Giulias glückseligen Gesichtsausdruck, als die Unterschriften in der Kanzlei geleistet waren und langsam in ihr einsickerte, dass ihr ihr alter Besitz nun endlich wieder rechtmäßig gehörte. Sie dachte an Vito Santoro und an ihren Großvater Carl, mit denen die verworrene Familiengeschichte auf dem Weingut La Florentina ihren Lauf genommen hatte. Und schließlich kehrten ihre Gedanken zu ihr selbst und zu dem Mann zurück, der ihr Herz besaß. Morgen würde Matteo zurückkehren, dann erhoffte sie sich ein Gespräch. Würde es für ihn und sie eine gemeinsame Zukunft geben, jetzt, wo sie frei von dem Weingut war?

Laura atmete tief die laue Nachtluft ein, horchte auf die Geräusche aus der Dunkelheit, auf das Rascheln zwischen den Rebstöcken unterhalb der großen Terrasse. Sie forschte sogar nach, ob ihr Gehör die Brandung des Meeres vernahm, doch es war zu weit weg. Sie würde diesen Ort hier vermissen, wenn der Tag der Rückreise nach England vor ihr stand, das wurde ihr schlagartig klar. Southport erschien ihr längst nicht mehr so verlockend wie noch vor ihrer Reise nach Italien.

Schließlich wurde es Zeit, ins Bett zu gehen. Laura erhob sich, genoss noch einmal den Ausblick über den schier endlosen Nachthimmel und klemmte sich den Stuhl wieder unter den Arm.

Sie rechnete mit der Rückkehr Matteos am späten Nachmittag. Vielleicht auch am Abend, je nachdem, wie lange sein Fortbildungsseminar dauerte. Womit sie allerdings nicht gerechnet hatte, war, dass Matteo überhaupt nicht mehr zurückkam. Weder an diesem noch am nächsten Tag hörte sie sein Auto vorfahren.

Schließlich waren ihre Nerven am Morgen des dritten Tages nach seiner ursprünglich geplanten Rückkehr derart angespannt, dass sie Giulia aufsuchte. Vielleicht wusste sie etwas dazu zu sagen.

»Guten Morgen, Laura! Wie geht es dir? Hast du nicht gut geschlafen? Du siehst ein wenig mitgenommen aus.« Sie waren mittlerweile beim Du angekommen, was Laura vielleicht ein Stück mehr freute, als es sie in Anbetracht der Umstände sollte. Es war abzusehen, dass ihre Tage auf La Florentina gezählt waren, und sie war sich nicht sicher, ob sie jemals auf das Weingut zurückkehren würde.

»Giulia, guten Morgen! Ich bin mir jetzt so langsam wirklich nicht mehr sicher, aber hieß es nicht, Matteo sollte bereits vor drei Tagen zurückkommen? Ich habe noch einige Dinge mit ihm zu besprechen, und na ja ...« Ihre Stimme verebbte. Giulia sah sie mitfühlend an.

»Oh, das war's, das mir die ganze Zeit nicht wieder in den Kopf kam! Meine Güte, nun werde ich doch noch tüdelig!«, rief sie aus. »Er hat angerufen, Laura, und ich hab schlicht vergessen, dir Bescheid zu sagen: Er kommt erst morgen im Laufe des Tages wieder. Nach der Fortbildung ist er noch zu einem befreundeten Winzer gefahren, mit dem trifft er sich immer ein- oder zweimal im Jahr, um sich auszutauschen.«

»Ach so«, meinte Laura leise. Sie wurde regelrecht schlaff und fiel ein Stück in sich zusammen, als sich die Anspannung löste.

»Komm doch eben mit in die Küche. Ich habe noch etwas für dich!«

Sie folgte der Älteren bereitwillig und nahm anschließend mit verdutzter Miene einen Stapel handgeschriebener Papiere entgegen.

»Du kochst doch. Und wenn ich das richtig mitbekommen

habe, willst du dich langfristig selbstständig machen, nicht wahr?«

»Ja, das stimmt.«

»Ich habe dir ein paar Rezepte aufgeschrieben. Traditionelle italienische Küche. So, wie ich das früher gelernt habe und wie die Speisen schon seit Langem in unserer Familie zubereitet werden. Na, und du gehörst doch dazu. Ich glaube, bei dir ist das sehr gut aufgehoben.« Giulia lächelte sie an.

»Ach, Giulia!«, rief Laura voller Staunen über dieses unerwartete Geschenk aus. Sie merkte, wie ihr mit einem Mal die Tränen in die Augen schossen. »Das ist ein unglaubliches Geschenk. Das kann ich doch nicht annehmen!«

»Aber natürlich kannst du das, meine Liebe! Sie sind für dich. Ich wünsche mir, dass du sie kochst und sie irgendwann deinen eigenen Gästen servieren kannst.«

»Danke! Ich weiß gar nicht, was ich sagen soll.« Hastig wischte Laura sich ein paar Tränen aus dem Gesicht, umarmte Giulia und hielt sie einen Augenblick an sich gedrückt. »Ich danke dir!«, sagte sie an deren Ohr noch, bevor sie die Umarmung wieder löste.

»Non c'è di che, gern geschehen.«

Laura wollte wieder zur Tür zurückgehen, aber Giulia hielt sie fest.

»Warte kurz!«, bat sie, dann ging sie zu einem der Küchenschränke und öffnete die Tür. Laura hielt inne. Fast schien es ihr, als würde Giulia zögern, sich plötzlich unsicher werden, ob sie im Begriff war, das Richtige zu tun. Dann war der Moment jedoch vorüber, und sie zog ein schmales, in schwarzes Leder gebundenes Buch aus dem Schrank. Damit kehrte sie zu Laura zurück.

»Was ist das?«, fragte diese neugierig mit Blick auf das Buch.

»Das ist der letzte Teil der Familiengeschichte«, antwortete

Giulia mit belegter Stimme. Offenbar machte ihr das Buch zu schaffen. »Ich hatte es verwahrt, weil dort auch Vito erwähnt wird. Sonst hätte ich es längst weggeworfen, denn es ist eher belastend denn erfreuend, es zu lesen.«

»Ein weiteres Tagebuch?«

»Ja. Ein Kriegstagebuch. Das ist das Buch deines Großvaters Carl. Hier drin steht, wie Carl und Vito sich überhaupt kennengelernt haben. Es waren Kriegszeiten, weißt du?« Ihre letzte Anmerkung klang fast wie eine Entschuldigung. Sie reichte es Laura sofort, fast so, als würde sie es sonst bereuen, es aus der Hand zu geben, wenn sie noch länger überlegte.

»Bist du dir sicher, dass du es mir geben willst?« Laura fragte trotzdem nach. Es war auch Giulias Leben. Vielleicht war es manchmal besser, gar nicht jedes Detail zu kennen.

»Ja, bin ich. Ich werde nicht ewig leben, das weißt du doch. Harriet ist schon von uns gegangen, Amalia lebt bereits seit über zwanzig Jahren nicht mehr. Ich bin die Letzte, und mit meinen sechsundachtzig dem Ende viel näher, als du denkst.«

»Giulia! Sag so etwas doch nicht!«, rief Laura schockiert aus.

»Aber wieso denn nicht? Es ist die Wahrheit. Wir alle müssen sterben, Laura. Die einen eher, die anderen später. Nimm das Tagebuch. Du wirst schon wissen, was du damit machst. Und ich bin mir sicher, dass es das Richtige ist.«

Laura schob das Tagebuch auf den Stapel der Rezepte und hielt beides fest an sich gedrückt. »Danke, Giulia«, sagte sie schlicht, denn der riesige Kloß im Hals, der ihr das Atmen plötzlich schwer machte, ließ keine weiteren Worte zu.

»Bitte, meine Liebe.«

29. Kapitel

Gemächlichen Schritts wanderte Laura am nächsten Vormittag die Reihen der Eichenfässer entlang, die, vor Sonne und Wärme geschützt, im Weinkeller lagerten, gefüllt mit der reifenden, kostbaren Flüssigkeit. Es war erst wenige Wochen her, dass Matteo ihr erklärt hatte, welche Rebsorten wie lange lagern mussten, bis sie ihre Vollendung zu einem vollmundigen, edlen Tropfen erreicht hatten. Eine ganze Reihe Fässer zu ihrer Rechten trug das Datum von vor fast einem Jahr, junger, spritziger Wein, dem der nötige Tiefgang fehlen würde, wenn er nun in Flaschen abgefüllt werden würde. Sicher würde Matteo den Wein noch mindestens sechs weitere Monate reifen lassen.

»Hallo? Laura? Bist du hier?«, erscholl plötzlich eine laute Stimme vom Eingang des Weinkellers her. Laura sackte das Herz in die Knie, so sehr erschreckte sie sich, weil sie nicht damit gerechnet hatte, dass jemand ihr folgen würde.

»Du meine Güte!«, rief sie aus, »du hast mich so erschreckt, das hat mich glatt zehn Jahre meines Lebens gekostet!«

Und plötzlich stand er vor ihr. Matteo. Laura stockte der Atem. Die Überraschung über sein verfrühtes Erscheinen musste ihr im Gesicht gestanden haben, denn Matteo trat noch einen weiteren Schritt auf sie zu und berührte sie beschwichtigend am Arm. »Alles in Ordnung, Laura. Ich bin's nur.«

»Ja, ich weiß. Ich habe mich nur so erschreckt, weil ich überhaupt nicht damit gerechnet habe, dass mir jemand hinterherkommt. Und du? Du wolltest doch erst heute Abend wiederkommen, wie mir Giulia sagte.« Sie blickte irritiert auf ihre Armbanduhr. Es war gerade zehn Uhr morgens.

»Stimmt. Aber ehrlich gesagt, hielt es mich dieses Mal nicht bei meinem Kumpel. Ich wollte lieber nach Hause, also bin ich gestern Abend schon gefahren. Zwar sehr spät, aber dennoch gestern.« Ein kühler Ausdruck schlich sich auf sein Gesicht. »Ich wollte Giulia in Anbetracht der Umstände nicht länger allein lassen.«

»Umstände? Was meinst du?«, fragte Laura irritiert. Sein Anblick bereitete ihr Herzklopfen und machte ihr das Denken schwer. Erst jetzt, wo er vor ihr stand, spürte sie, wie sehr sie ihn wirklich vermisst hatte.

»Also bitte, Laura. Dass sie den Verkauf des Weinguts nicht gut wegsteckt, ist doch wohl klar, oder?«

»Oh! Äh, ja.« Laura kam ins Schlingern. Dann fasste sie sich ein Herz.

»Matteo, ich glaube, wir müssen miteinander sprechen«, fing sie an und spürte ihr Herz rasen. Warum war das bloß so schwer? Warum konnte sie nicht einfach sagen, was los war, frank und frei, und dann sehen, was daraus wurde? Laura spielte nervös mit der Gürtelschlaufe ihrer Hose. »Kurz bevor du weggefahren bist, wollte ich mit dir reden, erinnerst du dich? Da hatte ich offensichtlich einen ganz unpassenden Moment gewählt.« Erneuter Versuch, in ihren Ohren klang dieser sogar noch stümperhafter als der vorherige.

»Stimmt. Also sag, was du zu sagen hast.« Matteo veränderte seine Körperhaltung. Er stellte die Beine ein kleines Stück auseinander und verschränkte die Arme vor der Brust.

Na großartig, nun war sie direkt vor eine Wand aus purer Abwehr geraten!

Laura ließ sich nicht anmerken, dass er sie mit seinen Worten verletzt hatte. Doch plötzlich war es ganz einfach: Sie war bereit zu kämpfen.

»Nun gut. Dann will ich es versuchen.« Laura holte tief Luft, wappnete sich und trat ihm einen großen Schritt entgegen. Nun standen sie nur noch gute eineinhalb Meter voneinander entfernt. »Als ich dir sagte, dass es mit uns beiden nicht gut gehen würde, war das zu dem Zeitpunkt meine ehrliche Meinung. Denn in der Nacht zuvor, die wir zusammen verbracht haben, hast du in mir Gefühle geweckt, die mir Angst machten.« Sie beobachtete ihn genau, ob sich sein Gesichtsausdruck änderte, doch seine Miene blieb unbewegt. »Mein Leben ist bisher von Haltlosigkeit geprägt gewesen, von Unstetigkeit, häufigen Jobwechseln und einem Haufen persönlicher Niederlagen. Ich wusste ehrlich gesagt schon gar nicht mehr, wie es sich anfühlen könnte, jemandem zu vertrauen, sich mit seinem Herzen jemandem zu öffnen und sich an ihn zu binden.« Sie zögerte erneut, dieses Mal, weil es ihr immer noch schwerfiel, über ihre Gefühle zu sprechen. Über ihre Ängste und Unsicherheiten. Aber sie wusste, dass sie dort durchmusste, sonst würde er nie verstehen, warum sie sich so verhalten hatte wie an dem Nachmittag am Pool. »Meine Angst, etwas kaputtzumachen, sei es ein Job, eine Beziehung oder ... die Liebe eines anderen Menschen hat in dem Moment alles beherrscht. Es war eine so wundervolle Nacht zwischen uns«, sie flüsterte die Worte beinahe, »und sie, nein, du hast mich bis ins Mark erschüttert. Und na ja, anstatt mich meinen Ängsten zu stellen, es zu wagen, dir mein Vertrauen zu schenken, hab ich das, was zwischen uns war, lieber im Keim erstickt, bevor es größer werden konnte als ich. Außerdem habe ich meine Beziehung zu dir von meiner Familiengeschichte abhängig gemacht.« Laura schwieg betreten. Sie spürte, wie ihr langsam kalt wurde im Weinkeller, war sich nicht sicher, ob es die kühle Umgebungstemperatur oder ihre Angst war, die im Begriff war, von ihr Besitz zu ergreifen. Unsicher verschränkte nun auch sie die Arme vor der Brust. Und dennoch: Sie wagte sich noch einen halben Meter weiter an ihn heran. Sie ermahnte sich, weiter zu kämpfen, weiterhin Stärke zu zeigen.

Für mehrere, Laura endlos lang erscheinende Sekunden herrschte absolute Stille zwischen ihnen. In dieser Zeit fragte sie sich kurz, ob es besser gewesen wäre, zuerst mit ihm über das Weingut zu reden, aber sehr schnell war sie froh, genau das nicht getan zu haben. Das Weingut sollte, was ihre Gefühle füreinander anging, lediglich eine zweitrangige Rolle spielen. Sie wollte nicht, dass ihre Entscheidung sein Verhältnis zu ihr beeinflusste.

»Was hat dich dazu bewogen, nun mit mir zu reden? Willst du reinen Tisch machen? Ist es das?« Matteo wirkte misstrauisch. Sie konnte es ihm nicht verübeln.

»Nein, ganz im Gegenteil. Ich glaube, dass das, was wir miteinander teilen, wichtig ist. Ich habe mich in dich verliebt, Matteo«, gab sie nun ehrlich zu. Das Herz pochte ihr zwar bis zum Hals, doch sie war stark und mutig genug, ihm ihre Gefühle offen mitteilen zu können. Wieder beobachtete sie ihn ganz genau, und dieses Mal hatte er sich nicht so gut unter Kontrolle. Für einen winzigen Augenblick blitzte ein Funke in seinen Augen auf, ein kaum spürbarer Ruck ging durch ihn hindurch. »In dem Augenblick, als du mir in den alten, verstaubten Schuppen hinter der Sonnenterrasse des Gästehauses hinterherkamst, weil du dir Sorgen um mich machtest, dass mir dort etwas passiert sei, habe ich mich in dich verliebt. Erinnerst du dich an den Tag?«

»Ja, das tue ich. Ich erinnere mich an dich mit staubiger Kleidung, Spinnweben im Haar und diesem ausgesprochenen Entdeckerdrang im Blick.« Matteo trat einen Schritt auf sie zu und löste seine verschränkten Arme. Ein zärtliches Lächeln umspielte seine Lippen. »Ich hatte wirklich höllische Angst, dass du durch die morsche Decke dieses alten Schuppen gebrochen bist und dalagst, das Genick gebrochen, aber du standest dort einfach nur vor mir, zerzaust und ganz offensichtlich verwundert, dass ein Haufen Krempel so viel Krach machen kann.«

Plötzlich spürte sie seine Finger über ihre Wangen streichen. »Hier waren Spinnweben. Und hier.« Er strich mit der anderen Hand über ihre Schulter, kam ihr dabei noch näher. »Vielleicht auch ... hier.«

Plötzlich spürte sie seine Lippen auf den ihren. Zart, wie ein Hauch, küsste er sie. Laura stieß mit einem Seufzer der Erleichterung die Luft aus ihren Lungen. Sie hatte gar nicht gemerkt, dass sie sie vor lauter Anspannung angehalten hatte. Sie schmiegte sich an ihn und erwiderte seinen Kuss. Endlich war sie bei ihm, spürte seinen Körper und genoss seine Wärme. Matteo legte seine Arme um sie, hielt sie fest und vertiefte den Kuss. Für Laura fühlte es sich wie Nachhausekommen an. Nichts hatte sich bisher so gut angefühlt wie die Gewissheit von ihm geliebt zu werden. Zwar hatte er ihr seine Liebe noch nicht gestanden, aber das musste er auch nicht. Schließlich löste sie sich von seinen Lippen mit einem glücklichen Lächeln im Gesicht.

»Ich nehme an, deine Küsse sind ein Zeichen deines Verzeihens?«

»Ja, das sind sie und noch viel mehr.« Er küsste sie erneut, hielt sie fest. Schaute ihr tief in die Augen. Forschend traf sein Blick ihren, und da sah sie die wortlose Bestätigung, die sie suchte. Er liebte sie ebenfalls. Wieder küssten sie sich innig, hielten sich und erfreuten sich aneinander. Dann löste er sich langsam und anscheinend widerwillig von ihr. Er holte sich die nötigen Utensilien zum Öffnen eines der Fässer, suchte eine saubere Karaffe aus einem der Unterschränke des Verköstigungstresens und wandte sich zu den langen Reihen der lagernden Fässer um.

»Komm mit!«, forderte er sie mit einem Kopfnicken in Richtung der Fässer auf. »Egal, was noch kommt, dieser besondere Augenblick muss gebührend gefeiert werden.«

Laura folgte ihm bereitwillig und schaute ihm interessiert zu. Er füllte etwas Wein in eine Karaffe. Als Matteo das Fass wieder fest verschlossen hatte, drehte er sich mit einem Lächeln auf dem Gesicht zu ihr um. »Zu dir oder zu mir?«, scherzte er belustigt, und Laura stimmte in sein Lächeln ein.

»Weder noch«, antwortete sie dann, was ihr einen überraschten Blick seinerseits einbrachte. »Ich weiß, wo unser Platz ist. Komm mit!«

Nun war sie es, die vorausging. Sie machte einen kurzen Umweg über die Küche des Haupthauses und holte zwei Gläser aus dem Küchenschrank. Dann ging sie Matteo voraus, den Wirtschaftsweg zwischen der Kelterei und dem Haupthaus hinauf. Nach einem kurzen Anstieg waren sie da, in der Kurve, nach der sich der Weg weiter den Hang aufwärtsschlängelte und von wo aus man einen wunderbaren Blick über das Weingut, das darunterliegende Tal des Flusses bis tief hinein in die Bucht des Thyrrenischen Meeres hatte.

»Setzen wir uns doch«, schlug sie vor und hockte sich auf den Rand des Weges. Matteo tat es ihr gleich und nahm ein Glas in Empfang. Als er ihr eingeschenkt hatte, reichte er es ihr zurück und schenkte sich selbst in das zweite Glas ein.

Das sanfte Klirren der Gläser, als sie anstießen, durchbrach die mittägliche Stille. Laura nahm sich die Zeit, an der tiefroten Flüssigkeit zu riechen, öffnete sich den Aromen des Weins, bevor sie einen Schluck trank. Diesen ließ sie einen Augenblick in ihrem Mund kreisen, spürte dem Wein nach und schmeckte, dann schluckte sie ihn hinunter.

»Rindersteaks, geschmort mit würzigen Kräutern wie Thymian, Rosmarin und Oregano. Oh, und Knoblauch und Lorbeer natürlich. Dazu frische, neue Kartoffeln, in der Schale gegart und mit zerlassener Butter übergossen. Buntes Gemüse, kräftig im Geschmack wie grüne Bohnen, Paprika oder Romanesco«, brach es plötzlich aus ihr heraus, und Matteo musste lachen.

»Wann gibt's das? Ich habe Hunger.« Er grinste spitzbübisch.

»Oh, keine Ahnung. Wie lange wird es dauern, bis wir das Gästehaus wieder flottgemacht und ein kleines Restaurant angebaut haben?«

Matteo wurde schlagartig still und stellte sein Glas auf dem unebenen Boden ab. Es wackelte bedenklich.

»Wir?«, hakte er nach und sah sie verunsichert an.

»Ja, wir. Du und ich. Ich könnte die Steaks natürlich auch im Haupthaus zubereiten, aber das macht bestimmt nur halb so viel Spaß.«

»Keine Scherze jetzt, Laura. Bitte. Dafür bedeutet es mir zu viel. Du hast das Weingut doch an die Amerikaner verkauft. Oder nicht?«

Laura ergriff seine Hand und spürte, wie sich seine Wärme auf sie übertrug. Sie sah für einen kurzen Moment auf das Gehöft hinab, auf den hübschen Platz, den die umstehenden Gebäude formten, die Pinien, die Olivenbäume und die Weinberge. Sie sah auf das alte Gästehaus, auf den leeren Pool dahinter, auf zugewucherte Wege und Zufahrten. Sie würden viel zu tun haben. Sehr viel. Aber zusammen würden sie es schaffen, dessen war sie sich sicher. Sie drückte seine Hand, einmal kurz, fest und bestärkend.

»La Florentina gehört wieder Giulia, Matteo. Ich habe den Verkauf rückgängig gemacht.«

Die Wirkung ihrer Worte war unbeschreiblich. Matteo starrte sie an, dann schluckte er, blickte hastig zur Seite und schluckte wieder. Erst dann konnte er sich ihr wieder zuwenden, Tränen standen in seinen Augen. »Danke«, flüsterte er erstickt und drückte nun seinerseits ihre Hand. Dann hob er den Kopf und blickte hinaus auf das, was nun wieder seiner Familie gehörte. Laura lächelte still in sich hinein. Sie nahm noch einen Schluck des Rotweins und fing an zu überlegen, zu welchen Käsesorten er wohl gut passen könnte.

Schließlich durchbrach seine sanfte Stimme ihre Gedanken. »Wonach schmeckt unser Wein?«

»Nach Liebe«, antwortete sie schlicht, dann lächelte sie ihn an.

Giulias Rezepte

Antipasti – Vorspeisen

Kleine, leichte Gerichte, die warm und/oder kalt sein können.

Pomodori ripieni alla napoletana – Gefüllte Tomaten auf neapolitanische Art

Zutaten für vier Personen:

4 reife, mittelgroße Fleischtomaten
100 g Spaghettini
75 ml passierte Tomaten
1 Stängel frischer Basilikum
20 g Parmesan
1 EL Olivenöl
Salz, Pfeffer

Zubereitung:

1. Tomaten waschen, abtrocknen und die Deckel abschneiden. Mithilfe eines Löffels und Messers das Fruchtfleich und die Kerne herauskratzen. Verbleibenden Saft abtropfen lassen.

2. Währenddessen die Spaghettini in Salzwasser al dente kochen. Backofen auf 200 °C einheizen.

3. Basilikum waschen, trocken schütteln und fein hacken. Parmesan reiben. In einem Topf das Olivenöl erhitzen und die

passierten Tomaten dazugeben. Basilikum zugeben und mit Salz und Pfeffer würzen. Die Soße fünf Minuten köcheln lassen.

4. Die Pasta abgießen, zu der Tomatensoße geben und den geriebenen Parmesan daruntermischen. Die Pasta in vier Portionen aufteilen und in die ausgehöhlten Tomaten geben. Das geht am besten mit einer Küchenzange und einer Drehbewegung.

5. Die gefüllten Fleischtomaten in eine leicht geölte Auflaufform setzen und ca. dreißig Minuten im Ofen backen, bis die Oberfläche der Füllung gebräunt ist.

Tortini di scarole – Endivientörtchen

Zutaten für sechs Personen:

Für den Teig:
500 g Mehl Type 405
25 g Frischhefe
½ TL Salz
350 ml lauwarmes Wasser
sowie ein Muffinbackblech à 12 Stück

Für die Füllung:
1 Kopf Endiviensalat
1 Knoblauchzehe
2 EL Olivenöl
100 g Pinienkerne
50 g Rosinen (nach Geschmack)
Salz, Pfeffer

Für den Guss:
2 Eier Größe L
30 g geriebener Parmesan/Pecorino

Zubereitung:

1. Mehl in eine Schüssel geben, eine Mulde hineindrücken.

Die frische Hefe in die Mulde zerbröseln, Salz und lauwarmes Wasser zugeben. Mit den Knethaken des Handrührers zu einem geschmeidigen Teig kneten. Mit einem Tuch abdecken und an einem warmen Ort dreißig Minuten gehen lassen.

2. In der Zwischenzeit den Endivienkopf putzen, waschen und verlesen. In einer großen Pfanne 2 EL Olivenöl erhitzen, die Knoblauchzehe schälen, in Scheiben schneiden und diese bei mittlerer Hitze einige Minuten im Öl anschwitzen. Knoblauchscheiben aus dem Öl herausnehmen und Endivienblätter portionsweise im Öl garen, herausnehmen und beiseitestellen, abkühlen lassen.

3. Den Backofen auf 200 g vorheizen. Die Muffinform mit Öl einpinseln. Die Arbeitsfläche bemehlen, den Teig aus der Schüssel nehmen und in zwölf gleichgroße Portionen teilen. Jede Portion zwischen den bemehlten Händen zu einer Kugel rollen und diese mit dem Nudelholz kreisförmig ausrollen und in die vorbereitete Muffinform setzen, sodass eine Teigschale entsteht.

4. Die abgekühlte Endivienmasse in Stücke schneiden. In einer Schüssel die Eier verquirlen, geriebenen Parmesan, Pinienkerne und bei Bedarf Rosinen unterrühren. Zum Schluss die Endivienstücke untermengen. Die Füllmasse mit Salz und Pfeffer abschmecken.

5. Die Füllung gleichmäßig in die vorbereiteten Teignester verteilen und die Törtchen im Ofen ca. zwanzig Minuten backen. Herausnehmen, etwas abkühlen lassen und aus der Backform nehmen.

Ceci con salsa di pomodoro – Kichererbsen in Tomatensoße

Zutaten für vier Personen:

200 g Kichererbsen, getrocknet

400 ml passierte Tomaten
1 Knoblauchzehe
1 EL Olivenöl
Salz
Oregano, Bohnenkraut, Thymian
Zubereitung:

1. Die Kichererbsen über Nacht in einer Schüssel mit Wasser einweichen. Darauf achten, dass die Schüssel groß genug ist und die Kichererbsen von Wasser bedeckt sind, sie werden ihr Volumen verdoppeln.

2. Das Einweichwasser abgießen, in einem Topf frisches Wasser zum Kochen bringen und die Kichererbsen darin in ca. dreißig bis vierzig Minuten bissfest kochen. Salzen, nachdem sie gegart sind.

3. Olivenöl in einer Pfanne erhitzen, die Knoblauchzehe hineinpressen, anschmoren. Die passierten Tomaten hinzugeben, dann die Kichererbsen hinzufügen und mit den Kräutern würzig abschmecken. Einige Minuten einkochen lassen, auf vier Teller verteilen und lauwarm servieren.

Mozzarella in carozza – Frittierte Mozzarellabrote

Zutaten für vier Personen:
200 g (Büffel-)Mozzarella
8 Scheiben Toastbrot
2 gehäufte EL Weizenmehl (Type 405)
2 Eier
50 ml Milch
Salz
Öl zum Frittieren
Zubereitung:

1. Die Rinde der Toastscheiben abschneiden. Mozzarella in Scheiben schneiden.

2. Die Toastscheiben nah am Rand dünn mit Wasser einpinseln. Vier der Toastscheiben mit Mozzarellascheiben belegen, diese dann mit den anderen vier Toastscheiben bedecken und die feuchten Ränder fest aufeinanderdrücken.

3. Reichlich Öl in einer Pfanne erhitzen. Die Toastpäckchen beidseitig mit Mehl bestäuben. In einem tiefen Teller die Eier mit Milch verquirlen, salzen und die Toastbrote darin vorsichtig wenden, bis sie sich vollgesogen haben. Bei mittlerer Hitze goldbraun ausbacken, auf Küchenpapier abtropfen lassen und noch heiß servieren.

Insalata caprese – Tomaten-Mozzarella-Salat

Zutaten für vier Personen:

4 mittelgroße, reife Tomaten
200 g (Büffel-)Mozzarella
1 Bund frisches Basilikum
Salz, Pfeffer
Olivenöl

Zubereitung:

1. Tomaten waschen und in Scheiben schneiden. Auf vier Tellern verteilen. Leicht salzen und nach Wunsch pfeffern.

2. Mozzarella in Scheiben schneiden und eine Mozzarellascheibe pro Tomatenscheibe verteilen.

3. Auf jedes Tomate-Mozzarella-Paar ein Basilikumblatt legen, große Blätter in zwei Hälften zupfen.

4. Mit Olivenöl beträufeln.

Dieser als Vorspeise weltbekannte Salat stammt von Capri (=

caprese). In Süditalien wird dafür Büffelmozzarella verwendet anstelle von Mozzarella aus Kuhmilch.

Primo Piatto – Erster Hauptgang

Der kohlehydratbetonte erste Gang, in dem Pasta, Gnocchi, Risotto, Reis- und Nudelsalate sowie Suppen ihren Platz finden.

Gnocchi con gamberetti e asparagi – Gnocchi mit Garnelen und grünem Spargel

Zutaten für vier Personen:

Für die Gnocchi:
1 kg mehlig kochende Kartoffeln
300 g Weizenmehl
1 Ei
1 Prise Salz

Für die Beilage:
500 g grüner Spargel
300 g geschälte Garnelen
1 kleine Zwiebel
100 ml fruchtiger Weißwein
100 ml Gemüsebrühe
1 Knoblauchzehe
3 EL Olivenöl
Salz
30 g Pecorino

Zubereitung:

1. Für die Gnocchi die Kartoffeln zu Pellkartoffeln kochen. Pellen und durchpressen oder mit einem Stampfer zerdrücken. In

eine Schüssel geben, mit Mehl, Salz und Ei zu einem geschmeidigen Teig verkneten.

2. Den Gnocchiteig in Stücke teilen, diese auf bemehlter Arbeitsfläche 3 cm dick ausrollen. Mit einem Messer daumennageldicke Stücke von den Rollen abschneiden, nach Wunsch mit einer Gabel etwas flach drücken. Die fertigen Gnocchi ruhen lassen. Einen großen Topf mit Salzwasser zum Kochen bringen.

3. In der Zwischenzeit den Spargel putzen, die Enden abschneiden und nur das untere Drittel schälen. In mundgerechte Stücke schneiden. Zwiebel schälen, fein hacken. Knoblauch schälen, in grobe Scheiben schneiden.

4. In einer großen Pfanne das Olivenöl erhitzen und die Knoblauchscheiben darin eine Minute schwenken, dann aus dem Öl herausnehmen. Die gehackte Zwiebel in die Pfanne geben, anschwitzen. Dann den Spargel dazugeben und zwei Minuten braten. Mit Brühe und Weißwein ablöschen und fünf Minuten einkochen lassen.

5. Die Gnocchi portionsweise in das Kochwasser geben und garen. Sie sind gar, wenn sie aufsteigen. Mit einer Schöpfkelle herausnehmen und warm halten. Kochwasser wegschütten.

6. Die Garnelen in die Pfanne geben und mit dem Spargel vermengen, zwei Minuten mitgaren lassen. Die Mischung salzen, nach Wunsch pfeffern.

7. Nun entweder die Gnocchi portionsweise auf Tellern verteilen und die Spargel-Garnelen darübergeben oder die Gnocchi in den Kochtopf zurückschütten, die Spargel-Garnelen zugeben und alles miteinander verrühren und dann auf Teller portionieren. Die fertigen Portionen vor dem Servieren mit gehobeltem Pecorino bestreuen.

Risotto con agrumi e gamberi – Garnelenrisotto mit Zitrusnote

Zutaten für vier Personen:

350 g Risottoreis, z. B. Arborio
200 g Garnelen, geschält
½ l Fischfond
2 Bioorangen
2 Biozitronen
50 g Butter
1 Schalotte
20 g Parmesan, gerieben
Pfeffer, Salz

Zubereitung:

1. Die Zitrusfrüchte waschen, abtrocknen und die Schalen von je einer Orange und einer Zitrone abreiben oder mit dem Zestenschneider herausschneiden. Den Saft aller Früchte auspressen.

2. Die Schalotte fein würfeln. In einem Topf die Hälfte der Butter erhitzen und die Schalottenwürfel darin anschwitzen. Den Risottoreis dazugeben und zwei Minuten mitbraten. Den Fruchtsaft und den Fischfond angießen und zehn Minuten köcheln lassen.

3. Die Garnelen in einer Pfanne in der restlichen Butter garen und zum Reis dazugeben. Das Risotto mit den abgeriebenen Zitrusschalen, Salz und Pfeffer würzen. Zum Schluss den geriebenen Parmesan unterziehen.

Tagliatelle cilentane con cime di rapa – Tagliatelle mit Stängelkohl (alternativ: Broccoli)

Zutaten für zwei Personen:

200 g Tagliatelle

2 Sardinen, eingelegt in Öl
1 Knoblauchzehe
¼ Peperoncino, rot (mehr nach Geschmack)
200 g Stängelkohl (alt. Broccoliröschen)
Olivenöl zum Braten
Salz
30 g Pecorino
Zubereitung:

1. Für die Soße das Öl in einer Pfanne erhitzen. Peperoncino und Knoblauch fein hacken und im Öl anbraten. Die Sardellenfilets dazugeben und zu einer Paste verrühren.

2. Den Stängelkohl putzen, dabei die großen, dunkelgrünen Blätter entfernen, da sie bitter schmecken; Röschen, Stängel und junge Blätter verwenden. Waschen und in Stücke schneiden. In einem Topf Wasser zum Kochen bringen, salzen und den Stängelkohl darin einige Minuten garen. Die Stücke mit der Schaumkelle herausholen und beiseitestellen.

3. Die Tagliatelle im kochenden Kohlwasser al dente garen. Die Pasta abgießen und zur Sardinensoße in die Pfanne geben. Den Stängelkohl (Broccoli) dazugeben und vorsichtig vermengen. Die Pasta auf zwei Teller aufteilen und mit geriebenem Pecorino bestreuen, servieren.

Stängelkohl ist eine Gemüseart aus der Familie der Kreuzblütler, zu der z. B. auch Blumenkohl, Broccoli und die Varianten der Speiserübe gehören. Er wird hauptsächlich in Süditalien angebaut.

Ceci e laganelle – Bandnudeln mit Kichererbsen

Zutaten für zwei Personen:
150 g breite Bandnudeln, z. B. Pappardelle

100 g Kichererbsen, getrocknet

1 Knoblauchzehe

5 EL Olivenöl

Salz

gemahlene Chili

Oregano

Zubereitung:

1. Die Kichererbsen über Nacht in einer Schüssel mit Wasser einweichen. Darauf achten, dass die Schüssel groß genug ist und die Kichererbsen von Wasser bedeckt sind, sie werden ihr Volumen verdoppeln.

2. Wasser in einem Topf erhitzen und die Kichererbsen darin dreißig bis vierzig Minuten gar kochen.

3. Olivenöl in einer großen Pfanne erhitzen, Knoblauchzehe hineinpressen, Chilipulver (Menge nach Schärfewunsch!) hinzugeben und anschwitzen.

3. In einem zweiten Topf Salzwasser zum Kochen bringen und die Bandnudeln garen. Drei Minuten vor Ende der Garzeit mit der Schaumkelle herausnehmen, das Kochwasser aufbewahren.

4. Die gegarten, abgegossenen Kichererbsen zu dem Würzöl in die Pfanne geben und durchschwenken. Anschließend die Pasta mit etwas Kochwasser dazugeben und fertig garen. Bei Bedarf noch etwas Kochwasser nachgießen.

5. Das Gericht mit Salz abschmecken, Oregano darüberstreuen und auf zwei Teller verteilen.

Reginette con prosciutto e porri – Reginette mit Schinken und Porree

Zutaten für zwei Personen:

150 g Reginette

100 g Porree
60 g gekochter Schinken
125 ml Weißwein
30 g Parmesan
10 g Butter
10 g Mehl
100 ml Milch
2 EL Olivenöl
Salz, Pfeffer, Muskatnuss
Zubereitung:

1. Porree gründlich waschen und putzen, in 3 mm breite Streifen schneiden. Schinken in mundgerechte Stücke schneiden.

2. Olivenöl in einer Pfanne erhitzen, zuerst den Porree zugeben und kurz anschmoren, dann den Schinken hineingeben und leicht anbraten. Mit Weißwein ablöschen und bei niedriger Hitze einkochen lassen, bis die Flüssigkeit verdampft ist.

3. In einem kleinen Topf eine Béchamelsoße herstellen: Hierfür die Butter langsam schmelzen lassen, dann das Mehl hinzugeben und die Milch unter ständigem Rühren langsam dazugießen. Weiterrühren und einmal aufkochen lassen, dann die Platte ausstellen. Mit Salz, Pfeffer und Muskatnuss abschmecken.

4. Pasta al dente kochen, abgießen und in den Kochtopf zurückgeben. Die Schinken-Porree-Mischung auf die Nudeln geben, dann die Béchamelsoße dazugießen. Vorsichtig vermengen.

5. Die Reginette in der Soße auf zwei Teller verteilen und vor dem Servieren Parmesan darüberreiben.

Secondo Piatto – Zweiter Hauptgang

Der proteinreiche zweite Hauptgang. Fisch- und

Fleischgerichte, Eierspeisen, Frittiertes, Aufläufe und Käsespeisen werden gereicht.

Parmigiana di melanzane – Auberginenauflauf

Zutaten für vier Personen:

3 mittelgroße Auberginen
4 Fleischtomaten
1 Bund Basilikum
200 g Mozzarella
3 hartgekochte Eier
100 g frisch geriebener Parmesan/Pecorino
2 Knoblauchzehen
Olivenöl
Salz, Pfeffer

Zubereitung:

1. Aus Tomaten, Basilikum, Knoblauch, Salz und Pfeffer eine Tomatensoße herstellen. Dafür die Fleischtomaten für etwa eine Minute in einen Topf mit kochendem Wasser geben, herausnehmen, abschrecken und schälen. Die geschälten Tomaten in Stücke schneiden, Kerne und Strünke entfernen. Die Tomatenstücke in einem Topf zum Kochen bringen, Basilikum waschen, in Streifen schneiden und zu den Tomaten geben. Knoblauch dazu pressen, die Soße salzen und pfeffern und etwas einkochen lassen.

2. In der Zwischenzeit die Auberginen waschen, in 0,5 cm dicke Scheiben schneiden und diese portionsweise in einer Pfanne mit reichlich Olivenöl knusprig ausbacken. Herausnehmen und auf Küchenpapier abtropfen lassen.

3. Mozzarella in Scheiben schneiden, hart gekochte Eier in Scheiben schneiden.

4. In eine Auflaufform zuerst eine Schicht Auberginenschei-

ben legen, auf diese abwechselnd Scheiben vom Ei und Mozzarella. Etwas Parmesan/Pecorino darüberstreuen und eine Schicht der Tomatensoße darauf verteilen.

5. Wie zuvor fortfahren, bis die Zutaten verbraucht sind. Als letzte Lage sollte Tomatensoße auf dem Auflauf sein. Zum Schluss mit Parmesan/Pecorino bestreuen und im Ofen bei 200 °C ca. zwanzig Minuten überbacken.

Der Auflauf schmeckt auch lauwarm und sogar kalt sehr gut.

Eine Zubereitungsvariante ist das Wenden der Auberginenscheiben in Mehl, bevor sie im heißen Öl ausgebacken werden.

Ragù alla napoletana – Neapolitanisches Ragout

Zutaten für vier Personen:

1 kg Rinderbraten zum Schmoren
500 g Schweinenacken ohne Knochen
50 g Schweineschmalz
300 g Zwiebeln
¼ l trockener Rotwein
2 l passierte Tomaten
150 g Tomatenmark
1 Bund Basilikum
Salz

Zubereitung:

1. Schweineschmalz in einen großen Bräter mit Deckel (oder Kochtopf mit Deckel) geben und langsam erhitzen. Die Zwiebeln schälen, grob hacken und im Schmalz anschwitzen. Das Fleisch salzen. Die Temperatur erhöhen und beide Fleischsorten von allen Seiten gut anbraten.

2. Die Hälfte des Rotweins angießen und die Temperatur herunterstellen. Den Deckel auflegen, sachte köcheln lassen. Nach

zwanzig Minuten bei niedriger Temperatur den Rest des Weins angießen, etwas umrühren, zudecken, weiterköcheln lassen. Auf diese Art mit den passierten Tomaten und dem Tomatenmark fortfahren: Immer eine kleine Menge angießen, umrühren, zudecken, köcheln lassen. Dabei darauf achten, dass das sugo nicht zu trocken wird, bei Bedarf etwas Wasser zugeben. Es soll sich eine cremige Konsistenz entwickeln. Die Kochzeit für diesen gesamten Vorgang beträgt mindestens 3–4 Stunden.

3. Der Schweinenacken ist vor dem Rindfleisch gar und sollte herausgenommen werden, bevor er zerfällt. Das Rindfleisch ist mürbe geschmort, wenn es sich leicht auseinanderzupfen lässt. Sobald dieses auch gar ist, ebenfalls herausnehmen. Das Ragù noch einmal gründlich umrühren, gegebenenfalls nachsalzen. Den Basilikum waschen, trocken schütteln und die Blättchen von den Stielen abzupfen. Die Blätter klein schneiden und unter das fertige Ragù rühren.

4. Die Fleischstücke tranchieren und auf einer Platte anrichten. Mit einer Gemüsebeilage servieren.

Das Ragù alla napoletana ist ein klassisches Sonntagsgericht, weshalb es auch als Ragù della domenica bezeichnet wird. Der große Koch- und Zeitaufwand lohnt sich: Je länger das Gericht schmort, desto würziger (und fruchtig-süßer!) wird die Soße. Während man das Fleisch als Hauptbestandteil einer Secondo Piatto reicht, kann man die Tomatensoße zum ersten Hauptgang zu einer Pasta servieren, die mit reichlich geriebenem Parmesan oder Pecorino bestreut wird.

Polpette di carne al sugo di pomodori – Hackfleischbällchen in Tomatensoße

Zutaten für vier Personen:

Für die Hackbällchen:
800 g Hackfleisch, gemischt
50 g geriebener Parmesan
2 Eier Größe M
50 g Semmelbrösel
2 mittelgroße Zwiebeln
2 Knoblauchzehen
1 Bund frische, krause Petersilie
Salz, Pfeffer
Für die Soße:
2 Dosen gehackte Tomaten
1 Zwiebel
1 Knoblauchzehe
1 Bund frischer Basilikum
2 EL Olivenöl
2 EL Tomatenmark
Salz, Pfeffer
Chilipulver nach Geschmack
Zubereitung:

1. Das Hackfleisch in eine Schüssel geben. Den geriebenen Parmesan und die Semmelbrösel dazugeben. Die Zwiebeln und die Knoblauchzehen schälen und fein hacken, dann ebenfallls dazugeben. Die Eier aufschlagen und auch zum Hackfleisch gießen. Petersilie waschen, trocken schütteln, hacken und zum Fleischteig geben. Mit Salz und Pfeffer würzen.

2. Die Masse zu einem homogenen Teig verkneten und daraus pflaumengroße Bällchen formen.

3. Für die Soße die Zwiebel und den Knoblauch schälen, fein hacken und mit dem Olivenöl in einer großen Pfanne (oder in einem Bräter mit Deckel) anschwitzen. Die gehackten Tomaten da-

zugeben, mit Tomatenmark, Salz, Pfeffer und Chilipulver würzen. Basilikum waschen, klein schneiden und zugeben.

4. Sobald die Soße köchelt, die Hackfleischbällchen dazulegen und zugedeckt ca. eine Stunde mitgaren, dabei darauf achten, dass immer genug Flüssigkeit in der Pfanne verbleibt, und die Hackfleischbällchen nach der ersten halben Stunde Garzeit vorsichtig durchheben. Bei Bedarf etwas Wasser nachgießen.

Die berühmten kleinen Bällchen gibt es in zahlreichen Variationen: klassisch aus Neapel stammend mit Hackfleisch, oder z. B. mit Auberginen (Polpette di melanzane), mit Kartoffeln (Polpette di patate/San Biagio), oder mit Sardellen (Polpette di alici). Sie können als Imbiss oder Antipasti gegessen werden oder mit Beilagen zum Hauptgang serviert werden.

Bistecchine alla napoletana – Geschmorte Rindersteaks

Zutaten für vier Personen:

8 kleine Rindersteaks
100 g milder Rohschinken
300 g frische Champignons
1 Bund glatte Petersilie
1½ Zitronen
3 EL Olivenöl
Salz, Pfeffer

Zubereitung:

1. Den Backofen auf 200 °C vorheizen. Steaks mit Küchenkrepp trocken tupfen. Zitronen auspressen. Steaks von beiden Seiten mit frisch gepresstem Zitronensaft bepinseln und pfeffern. Zugedeckt etwas durchziehen lassen.

2. In der Zwischenzeit den Schinken in feine Streifen schnei-

den. Champignons putzen und in Scheiben schneiden. Die Hälfte der Petersilie fein hacken.

3. In einer Pfanne 1 EL Olivenöl erhitzen, Schinken hineingeben und kurz anbraten. Pilze und Petersilie hinzufügen, zwei Minuten braten lassen. Dann salzen und Pfeffern und 2 EL Zitronensaft dazugeben. Die Schinken-Pilz-Mischung in eine Auflaufform umfüllen.

4. Marinierte Steakscheiben auf die Mischung legen und im Backofen ca. zwanzig Minuten schmoren lassen, dabei das Fleisch nach zehn Minuten wenden, salzen und pfeffern, sowie 2 EL Olivenöl und 1 EL Zitronensaft darüberträufeln. Nach dem Garen mit den restlichen Petersilienblättchen bestreuen.

Sgombro al limone – Zitronenmakrele

Zutaten für vier Personen:

4 küchenfertige Makrelen à 300g
2 Biozitronen
50 ml Olivenöl
Öl zum Einfetten
Salz, Pfeffer
1 Bund Petersilie

Zubereitung:

1. Die Makrelen unter fließendem Wasser abspülen und trocken tupfen. Den Fisch vom Bauch her aufklappen, die Mittelgräte entfernen.

2. Eine Auflaufform mit Öl einfetten, den Backofen auf 200 °C vorheizen. Den aufgeklappten Fisch in die Auflaufform legen.

3. Die Zitronen abwaschen, die Schale einer Zitrone abreiben oder Zesten mit dem Zestenschneider herausschneiden. Die Zi-

tronen halbieren und drei Hälften auspressen, die letzte Hälfte aufsparen.

4. Die Petersilie waschen, trocken schütteln und fein hacken. Aus Olivenöl, Zitronensaft, Petersilie, Salz und Pfeffer eine Emulsion herstellen. Diese auf die Fischhälften streichen.

5. Die Makrelen fünfzehn bis zwanzig Minuten im Ofen garen, herausnehmen. Die letzte Zitronenhälfte in dünne Scheiben schneiden, diese halbieren und dekorativ auf dem Fisch verteilen.

Dieses Rezept eignet sich auch für andere Fischarten, wie z. B. Dorade (Goldbrasse) oder Wolfsbarsch und Rotbarbe.

Pizza Cilentana – Pizza nach Art des Cilento

Zutaten für zwei Personen:

Teig:
75 g Weizenmehl Type 405
75 g Hartweizenmehl
30 g Sauerteig, getrocknet
2 EL lauwarmes Wasser
1 Prise Salz

Belag:
200 g passierte Tomaten
½ kleine Zwiebel
1 EL Olivenöl
1 Prise Salz
1 Prise Pfeffer
½ Bund Basilikum
1 TL Oregano, getrocknet
75 g Ziegenfrischkäse
75 g Ziegenschnittkäse

Zubereitung:

1. Den Sauerteig in einer Schale mit warmem Wasser verrühren. Die Mehlsorten und das Salz miteinander vermischen, in die Mitte eine Mulde drücken und den Sauerteig hineingeben. Die Masse mit dem Handrührgerät unter Zugabe von wenig Wasser zu einem Teig verarbeiten. Er soll gerade so nass sein, dass er nicht klebt. Den Teig mit einem Tuch zudecken und für drei Stunden ruhen lassen.

2. Für die Soße die Zwiebel fein hacken. Olivenöl in einem Topf erhitzen, Zwiebel hineingeben und anschwitzen lassen. Passierte Tomaten hinzugeben, mit Salz und Pfeffer würzen. Basilikum waschen, trocken schütteln und Blättchen in grobe Stücke zerzupfen, zur Soße geben. Das Tomatensugo auf kleiner Flamme zwanzig Minuten köcheln lassen.

3. Den Ziegenschnittkäse reiben. Den Backofen auf 250 °C (Heißluft) einheizen.

4. Den Teig in vier Partien aufteilen, jede Partie zu einer Kugel formen und diese so dünn es geht (bis kurz vorm Reißen) mit dem Nudelholz ausrollen. Die Fladen auf mit Backpapier ausgelegte Bleche platzieren und gleichmäßig die Tomatensoße bis kurz vor dem Rand der Fladen darauf verteilen.

5. Die Pizzen für fünf Minuten vorbacken, dann die Bleche herausholen und die Pizzen mit dem geriebenen Ziegenkäse bestreuen und den Ziegenfrischkäse in Flöckchen darauf verteilen. Bleche zurück in den Ofen geben und weitere zwei Minuten backen, sodass der Käse schmilzt. Heiß servieren.

Die Pizza nach Art des Cilento ist eine deftige, rustikale Variante ihrer großen Schwester aus Neapel. Der Sauerteig gibt dem Boden einen herbwürzigen Geschmack, welcher durch den Ziegenkäse noch ergänzt wird. Hartweizenmehl macht den Pizzaboden knusprig bissfest.

Pizza Margherita – Pizza mit Mozzarella und Basilikum

Zutaten für vier Personen:

Für den Teig:
500 g Mehl Type 405
½ Würfel frische Hefe
¼ TL Salz
350 ml lauwarmes Wasser

Für den Belag:
400 g gehackte Tomaten*
1 Bund frisches Basilikum
300 g (Büffel-)Mozzarella
Olivenöl zum Beträufeln
Salz

Zubereitung:

1. Für den Hefeteig das Mehl in eine Schüssel geben und eine Mulde hineindrücken. Die Hefe hineinbröseln. Salz zugeben. Das lauwarme Wasser dazugießen und mit den Knethaken des Handrührgeräts aus der Masse einen geschmeidigen, homogenen Teig kneten. Diesen an einem warmen Ort zugedeckt mindestens dreißig Minuten gehen lassen.

2. Den Backofen auf die höchste Stufe einheizen (Heißluft). Ein Backblech mit Mehl bestäuben**, ebenso die Arbeitsfläche mit Mehl bestäuben.

3. Den Mozzarella in Scheiben schneiden. Den Basilikum waschen und trocken schütteln, die Blättchen von den Stängeln zupfen.

4. Den Teig auf der bemehlten Arbeitsfläche noch einmal kräftig durchkneten, dann mit dem Nudelholz so dünn wie möglich ausrollen. Dabei darauf achten, dass immer genügend Mehl

auf der Unterseite des Teigs ist. Anschließend den Teig auf das Pizzablech legen.

5. Die Tomaten auf dem Pizzaboden nicht zu dick verteilen, dabei den Teigrand aussparen, leicht salzen. Die Mozzarellascheiben auf dem Boden verteilen.

6. Die Pizza Margherita im heißen Ofen backen, so lange, bis der Käse zerlaufen ist und zu bräunen beginnt. Herausnehmen und mit Basilikumblättchen bestreuen, sparsam mit Olivenöl beträufeln.

*Das beste Aroma erzielt man mit einer frisch hergestellten Tomatensoße

**Backpapiere sind oftmals nur bis Temperaturen von 220 °C zugelassen. Die »echte« Pizza Margherita wird traditionell im Holzofen bei über 400 °C nur wenige Minuten gebacken.

Pizza Margherita galt sehr lange als die Erfindung, mit der die Pizza ihren Lauf zum Weltruhm nahm. Ein neapolitanischer Pizzabäcker (= pizzaiolo) hat diese als Bestellung für Königin Margherita im 19. Jahrhundert serviert. Mittlerweile weiß man, dass es Pizza lange vorher schon in Süditalien gab und daraus der Handwerksberuf Pizzabäcker entstanden ist. Die Zubereitungsweise und Zusammenstellung der Pizza Napoletana, zu der die Pizza Margherita und Pizza Marinara gehören, sind mittlerweile als garantiert traditionelle Spezialität durch eine italienische Norm und eine EU-Verordnung geschützt.

Contorni – Beilagen

Als Begleiter des zweiten Gangs reicht man Gemüse, welches in zahlreichen Zubereitungsvariationen auf den Tisch kommt, dieses kann warm oder kalt (Salate) sein.

Insalata di rinforzo – Blumenkohlsalat

Zutaten für vier Personen:

1 kleiner Blumenkohl (ca. 500g)
1 rote Paprika
5 schwarze, entsteinte Oliven (alternativ: grüne Oliven)
2 EL eingelegte Kapern
2 eingelegte Sardellenfilets (Anchovis)
4 EL Olivenöl
2 EL Weinessig
Salz, Pfeffer

Zubereitung:

1. Den Blumenkohl putzen und in Röschen schneiden. Diese für fünf Minuten in kochendem Salzwasser blanchieren, herausnehmen, abschrecken und abkühlen lassen.

2. Paprika putzen und in feine Streifen oder Würfel schneiden. Oliven in Scheiben schneiden.

3. Sardellenfilets in kleine Stücke schneiden oder zerzupfen.

4. Auf einem Teller die abgekühlten Blumenkohlröschen anrichten, mit Paprika, Oliven, Kapern und Sardellen garnieren.

5. Aus Olivenöl, Essig, Salz und Pfeffer ein Dressing rühren, dieses tropfenweise auf dem Salat verteilen. Den Salat vor dem Servieren etwas durchziehen lassen.

Insalata di rinforzo stammt aus Neapel und ist ein traditionelles Feiertagsgericht zur Weihnachtszeit, das aber auch zu jeder anderen Jahreszeit erfrischend säuerlich und leicht schmeckt.

Zucchini alla scapece – Marinierte Zucchini

Zutaten für vier Personen:

750 g Zucchini

1 Bund Minze
1 Knoblauchzehe
50 ml Weißweinessig
100 ml Olivenöl
Olivenöl zum Frittieren
Salz, Pfeffer
Zubereitung:

1. Zucchini waschen, trocknen und in Scheiben schneiden. Minze waschen, trocken schütteln und fein hacken.

2. Reichlich Öl in einer Pfanne erhitzen, Zucchinischeiben darin portionsweise goldbraun frittieren, herausnehmen und auf Küchenpapier abtropfen lassen.

3. Eine Vinaigrette herstellen: Öl und Essig mit der gehackten Minze, Salz und Pfeffer in einer Schüssel verrühren. Knoblauch dazupressen.

4. Den Boden einer Schale mit den gebratenen Zucchinischeiben bedecken. Die Minz-Vinaigrette über die Scheiben träufeln. Die nächste Schicht Zucchinischeiben darüberlegen und wieder mit der Vinaigrette beträufeln. Derart verfahren, bis die Zucchini aufgebraucht ist.

5. Die Zucchini mindestens drei Stunden, besser über Nacht, durchziehen lassen und eine Stunde vor dem Servieren aus dem Kühlschrank holen, damit sie ihr Aroma entfalten können.

Dieses kampanische Gericht eignet sich auch gut als kalte Vorspeise. Eine Variante ist das Würzen mit einer Mischung aus Minze, Basilikum und Petersilie.

Cianfotta – Kartoffel-Gemüsepfanne

Zutaten für vier Personen:
2 mittelgroße Auberginen

2 Zucchini
500 g Kartoffeln
500 g gehackte Tomaten
je 1 rote und gelbe Paprikaschote
2 Zwiebeln
2 Knoblauchzehen
3 EL Olivenöl
jeweils 1 kleiner Bund frische Kräuter:
Basilikum, Oregano, Petersilie
Salz, Pfeffer, Chilipulver nach Geschmack
Zubereitung:

1. Kartoffeln schälen, in Stücke schneiden. Paprikas waschen, putzen, in Stücke schneiden. Zucchini und Auberginen waschen, putzen, in Stücke schneiden. Zwiebeln schälen, in grobe Stücke schneiden. Knoblauch schälen, fein hacken.

2. Olivenöl in einer großen Pfanne erhitzen, Zwiebeln und Knoblauch hineingeben, kurz anschwitzen lassen. Kartoffelstücke hinzugeben, eine Minute mitbraten lassen. Paprika, Zucchini und Aubergine zuletzt dazugeben, mit den gehackten Tomaten begießen. Einen Deckel auf die Pfanne setzen, Hitze etwas reduzieren und das Gemüse unter gelegentlichem Umrühren zwanzig Minuten garen.

3. In der Zwischenzeit die Kräuter waschen, trocken schütteln und hacken. Diese zum Ende der Garzeit zugeben und vorsichtig unterheben. Die Beilage mit Salz und Pfeffer und bei Bedarf Chilipulver abschmecken.

Carciofi ammolicati – Artischocken mit Semmelbröseln

Zutaten für vier Personen:
8 junge, kleine Artischocken

1 Zitrone
2 EL Olivenöl
100 ml Weißwein
1 Knoblauchzehe
Salz, Pfeffer, Oregano
Zubereitung:

1. Die Artischocken putzen. Hierfür das trockene Stielende abschneiden, die äußeren, harten Blätter entfernen. Die Artischocken halbieren. Die Zitrone auspressen und den Saft zusammen mit etwas Wasser in eine Schüssel gießen. Die Artischockenstücke hineingeben und dreißig Minuten ziehen lassen.

2. Knoblauch schälen, in einem Topf das Olivenöl erwärmen und den Knoblauch hineinpressen. Kurz anschwitzen lassen, dann die Artischockenstücke in den Topf geben und mit Weißwein und etwas Wasser aufgießen, sodass die Artischocken im Sud garen können. Nach etwa zwanzig Minuten Garzeit das verbliebene Kochwasser abgießen und die Semmelbrösel über die Artischocken streuen. Salzen und pfeffern und mit dem Oregano bestreuen. Alles kurz durchschwenken und servieren.

Dolci – Süßspeisen und Gebäck

Cremes, Puddings, Früchte, Halbgefrorenes sowie Feingebäck, Torten und Kuchen gehören zum letzten Gang eines italienischen Menüs, das gerne mit einem Espresso abgeschlossen wird.

Torta caprese – Schokoladentorte nach Capri-Art

Zutaten für zwölf Stück:

300 g gemahlene Mandeln
200 g Zartbitterschokolade
200 g Butter
150 g Zucker
5 Eier
1 Prise Salz
Paniermehl und Butter für die Form
Puderzucker zum Bestreuen
Zubereitung:

1. Backofen auf 160 °C vorheizen. Eine Springform mit etwas Butter einfetten und mit Paniermehl ausstreuen. Schokolade im Wasserbad schmelzen, Butter erwärmen.

2. Eier trennen. Eiweiß mit einer Prise Salz steif schlagen und kühl stellen. Eigelbe mit dem Zucker cremig aufschlagen.

3. Nun die gemahlenen Mandeln, dann die geschmolzene Schokolade und die erwärmte Butter in die Eiercreme einrühren.

4. Den Eischnee mithilfe eines Schneebesens unter die Eier-Schokomasse heben. Den Teig in die vorbereitete Springform umfüllen und etwa eine Stunde backen. Aus dem Ofen nehmen und erkalten lassen, dann aus der Springform lösen. Vor dem Servieren mit Puderzucker bestreuen.

Biancomangiare – Mandelflan

Zutaten für vier Personen:
1 l Mandelmilch, ungesüßt
abgeriebene Schale einer Biozitrone
100 g Zucker (mehr nach Geschmack)
1 Msp. Zimt
120 g Speisestärke
Geschmacksnote:

2 TL Orangenblütenwasser oder
Mark einer Vanilleschote oder
2 TL Rosenwasser

Zubereitung:

1. ¾ l Mandelmilch in einen Topf gießen und langsam zum Kochen bringen. Das letzte Viertel Milch in einen Messbecher oder eine große Tasse gießen und die Speisestärke hineinrühren.

2. Zucker, Zimt und abgeriebene Zitronenschale zur Mandelmilch in den Topf geben, unter Rühren den Zucker auflösen. Wenn der Zucker aufgelöst ist und die Masse langsam zu kochen beginnt, die Speisestärke-Mandelmilch hineinrühren und noch einmal aufkochen lassen. Sobald die Masse andickt, die Kochplatte ausschalten und zuletzt die gewählte Geschmacksnote unterrühren. Den Biancomangiare in eine große Dessertschale oder vier Portionsförmchen umfüllen.

3. Der Mandelflan muss auskühlen und anschließend mehrere Stunden im Kühlschrank kalt stehen. Wenn der Flan fest ist, diesen aus der Form auf einen Dessertteller stürzen und mit frischen Früchten, Pistazien oder zerlassener, dunkler Schokolade garnieren.

Die »Weiße Speise« stammte vermutlich aus dem arabischen Raum – dort auf einer Basis von zerstoßener Hühnerbrust zubereitet – und entwickelte sich im Mittelalter zur Edelspeise europäischer Adliger. Im Laufe der Zeit wandelte sich das Gericht immer mehr zu einer fleischlosen Süßspeise, die man anstelle von Speisestärke auch mit Gelatine zubereiten kann.

Granita al limone – Zitronensorbet

Zutaten für vier Personen:

500 ml Wasser

200 g Zucker

Saft von 3 Zitronen

Zubereitung:

1. Wasser in einem Topf aufkochen, Zucker hinzugeben und für ein paar Minuten zu einem Sirup einkochen lassen. Den Sirup abkühlen lassen. Den Zitronensaft durch ein Sieb filtern und unter den Sirup rühren.

2. Die Masse in einen Gefrierbehälter geben und tiefgefrieren. Alle dreißig Minuten mit einer Gabel gründlich umrühren, damit eine feinkörnige, kristalline Konsistenz entsteht. Lässt man das Sorbet vollständig durchfrieren, muss man es eine Stunde vor dem Verzehr aus dem Tiefkühlschrank holen. Zum Servieren in vorgekühlte Dessertschalen portionieren.